U0541475

汉译世界文学名著丛书

东方来信
蒙太古夫人书信集

［英］蒙太古夫人 著

冯环 译

商务印书馆
The Commercial Press

玛丽·皮埃尔朋小姐像，查尔斯·耶尔瓦（Charles Jervas）绘于1710年。

玛丽·沃特利·蒙太古夫人像，查尔斯·耶尔瓦（Charles Jervas）绘于1716年。

玛丽·沃特利·蒙太古夫人携子像，让-巴蒂斯特·凡穆尔（Jean-Baptiste Vanmour）绘于约1717年。

玛丽·沃特利·蒙太古夫人像，乔纳森·理查森（Jonathan Richardson）绘于约1725年。

爱德华·沃特利·蒙太古像，查尔斯·耶尔瓦（Charles Jervas）绘（时间不详）。

亚历山大·蒲柏像,查尔斯·耶尔瓦(Charles Jervas)绘于1715年。

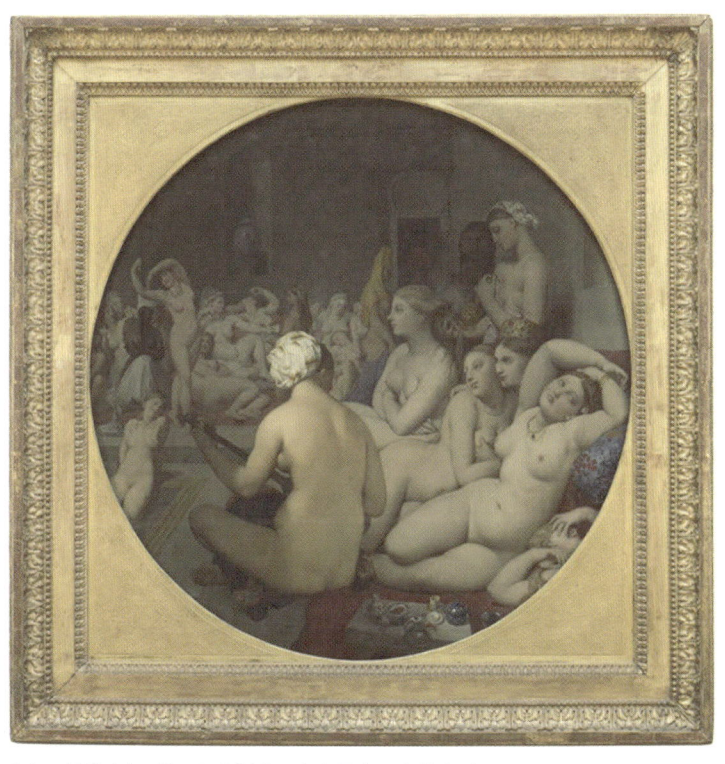

《土耳其浴室》，让－奥古斯特－多米尼克·安格尔（Jean-August-Dominique Ingres）绘于1862年。此画的创作受到蒙太古夫人书信中对土耳其浴室相关描写的启发。

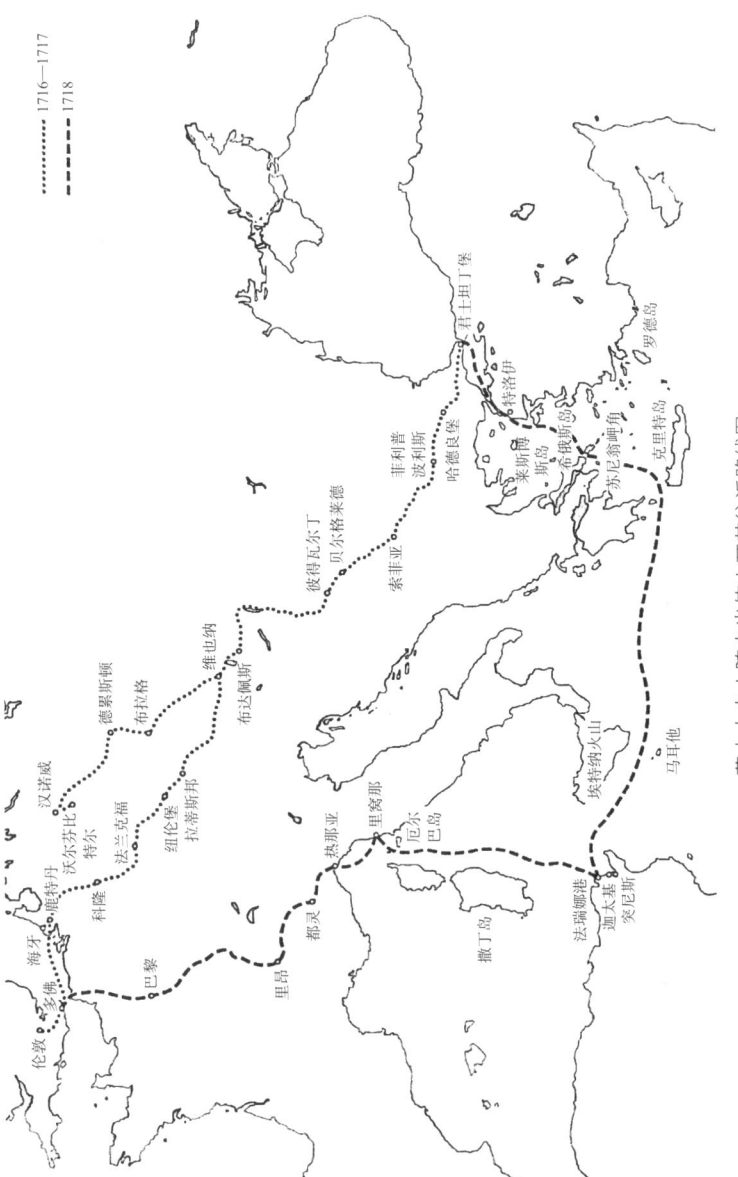

蒙太古夫人随夫出使土耳其往返路线图

汉译世界文学名著丛书
出版说明

1902年，我馆筹组编译所之初，即广邀名家，如梁启超、林纾等，翻译出版外国文学名著，风靡一时；其后策划多种文学翻译系列丛书，如"说部丛书""林译小说丛书""世界文学名著""英汉对照名家小说选"等，接踵刊行，影响甚巨。从此，文学翻译成为我馆不可或缺的出版方向，百余年来，未尝间断。2021年，正值"汉译世界学术名著丛书"出版40周年之际，我馆规划出版"汉译世界文学名著丛书"，赓续传统，立足当下，面向未来，为读者系统提供世界文学佳作。

本丛书的出版主旨，大凡有三：一是不论作品所出的民族、区域、国家、语言，不论体裁所属之诗歌、小说、戏剧、散文、传记，只要是历史上确有定评的经典，皆在本丛书收录之列，力求名作无遗，诸体皆备；二是不论译者的背景、资历、出身、年龄，只要其翻译质量合乎我馆要求，皆在本丛书收录之列，力求译笔精当，抉发文心；三是不论需要何种付出，我馆必以一贯之定力与努力，长期经营，积以时日，力求成就一套完整呈现世界文学经典全貌的汉译精品丛书。我们衷心期待各界朋友推荐佳作，携稿来归，批评指教，共襄盛举。

商务印书馆编辑部
2021年8月

导　　言

　　人类从象形文字开始就有了胜于口语和手势等表达方式的书面交流，岩石上的绘画和雕刻就是人类最早的书面表达形式。在纸张发明之前，书信交流曾采用竹简、兽皮、纸莎草（papyrus）等替代品来传递信息。直到中国发明了造纸和印刷术，人类文明在交流方式和能力上才获得了飞跃。自古以来书信的功能和类型可以说是难以计数，比如《圣经·新约》中保罗传道的公开书信，宫廷斗争策划阴谋的书信，外交和商贸信函，战报、情书和老百姓的家书等。到了17、18世纪书信交流逐渐超越了上述各种实用主义的需要，而成为文人墨客雅致的追求，他们不但通过书信表述自己的思想，征求友人的意见，而且费尽心思在书信中张扬个人文笔的风格，出现了一批撰写私人书信的佼佼者。更有甚者，18世纪英国小说家塞缪尔·理查逊（Samuel Richardson，1689—1761）发表了震撼整个欧洲的书信体小说，引发了约半个世纪的欧洲书信小说热潮。

　　然而，书信小说也好，依赖笔和纸交流的书信也好，随着电力使用的发展，逐渐被电话、电报和目前的信息技术如微信、视频等更快捷和便利的信息传递方式所取代。现当代快捷的生活速度已经不容许人们坐下来慢慢阅读长篇的书信，更谈不到欣赏书信的艺术性。而目前世界为之疯狂的网邮和各种真假信息让人们如吸毒上瘾那样不能释手。从此便利和速度几乎就成为人际交流的唯一追求，哪里还有人愿意坐下来慢慢读信、写信，并用心写出自己的风格？不过，就像今日没有人再创作《荷马史诗》那样的史诗，并不等于荷马的作品就会被淡忘，就该彻底从现代人生活中消失。史诗的思想意识、文学特点不断以各种方式影响着一代代后人的文学创作，其艺术手法和情节内容显性或隐性地反复出现在西方的文学和影视作品中。书信作为文学遗产也如此，索尔·贝娄（Saul Bellow, 1915—2005）的《赫佐格》（Herzog, 1964）就是继承和利用书信传统的上佳之一例①。因此，18世纪欧洲，特别是英国形成的书信写作高潮以及众多书信作家的优秀作品，也同《荷马史诗》一样是人类文明的重要遗产，它没有，也不应该被淡忘。

实际上，18世纪英国印刷术的普及带动了报刊文学的发达，进而促进了不同于流浪汉小说和传奇故事的现代意义的小说诞生。在英国，报刊、小说和书信文学实际上是互为影响并且不可截然分割的文化和文学现象。比如《闲谈者》和《旁观者》等期刊倡导朴素的文风并发表了许多真假读者的来信，这就直接带动了书

---

① 《赫佐格》描写了赫佐格教授离婚后精神受到刺激的一段经历。他一天到晚在头脑里或碎纸片上写信，写给各种人，包括已死去的人。写信的倾诉成为一种治疗，最后他逐渐走出了伤痛。贝娄在采用第三人称叙述主人公的故事的同时，设计了主人公的书信这另一条并行的第一人称意识流叙事，而且使用了斜体来排版主人公的书信，从而达到了在视觉上突显实际生活与精神错乱这两条叙事线的不同。

信写作，而书信流行又对书信体小说的发展起了促进作用。当时书信既有通常的朋友家人书信，如蒲柏、斯威夫特、蒙太古夫人等人的书信，又有专为子女教育所作的书信，如切斯特菲尔德伯爵写给私生子的信，更有以记述世事人情为主，以身后出版为目的的书信，如霍拉斯·沃尔波尔的书信。诗人托马斯·格雷和威廉·库珀，以及18世纪后半叶文坛盟主塞缪尔·约翰逊博士的书信也很著名。蒙太古夫人则是英国文学史上公认的18世纪优秀书信作家之一，而且是众位书信名家中唯一留名于世的女书信作家。①

由于蒙太古夫人生前书信太多，很难全部翻译介绍给国人，所以冯环先生译的这部《东方来信》选择了1716年至1718年她作为使节夫人从土耳其及周边地区写给亲友的52封信，故名为《东方来信》②。虽然这些信只是她书信作品的一小部分，但是已经能够展示作者丰富的人生、高超的写作艺术和有认识价值的人生观，并且提供了当时土耳其和阿拉伯世界的风俗人情，以及英国和欧洲的一些社会情况，特别是作者涉及的上层和精英知识界的好恶、

---

① 上面这一段内容来自《英国18世纪文学史》（增补版）由韩加明编写的第九章"报刊小品和书信日记"，152—153页。(《英国18世纪文学史》（增补版），刘意青主编，外语教学与研究出版社，2018年8月出版)

② 她这趟旅行从英国出发，先到海牙，一路前往奥斯曼帝国，两年后经由法国返回英国多佛。其实，她那些沿途寄出去的书信鲜有留存于世的，目前这52封书信全都来自她回国后誊录并保存在其书信册（letter book）中的副本。至于这些书信副本是否含有她事后的创作，则很难断定了。在她去世后不久，她的书信册就被人暗中抄录整理，并于1763年在伦敦出了第一版，截至18世纪末共印行了23版（详见本书译者的译后记）。网上不列颠百科全书对她的52封书信由来的介绍也可参考。

品味及意识形态。

玛丽·沃特利·蒙太古夫人（Lady Mary Wortley Montagu，1689—1762），闺名皮埃尔朋（Pierrepont），一岁时父亲受封金斯顿伯爵，因此她是位贵族小姐，受到良好的教育。她通晓法语和意大利语，并自学拉丁语和德语，尤喜博览群书。后来她与爱德华·沃特利·蒙太古相恋，并在1712年违抗父命与爱德华私奔成婚。婚后蒙太古夫人同当时文人斯梯尔、艾迪生、康格里夫、蒲柏、盖伊等人交往甚密，初享文名。艾迪生的古典悲剧《卡托》出版之前曾请她置评，她提出过修改建议。1716年，她模仿维吉尔风格写的都市田园诗被盗版匿名印行，题为《宫廷诗》(*Court Poems*)。同年，蒙太古夫人随丈夫出使土耳其，1718年回国。在国外两年多的时间里她给亲友写了大量书信，介绍了沿途和在土耳其的所见所闻。冯环选译的此书内容就来自这个时期。尤其值得指出的是，她看到土耳其用接种疫苗来预防天花，大受鼓舞，不仅用此法在土耳其给儿子接种，回国后在天花肆虐英国期间还用此法给女儿接种，并大力宣传推广，被后世传为美谈。

后来她与蒲柏等人反目，由文友变文敌，故在《群愚史诗》中占了一席之地。为了反击，她在1733年匿名出版《赠贺拉斯模仿者的诗》(*Verses Addressed to the Imitator of Horace*)，从而与蒲柏交恶日深。她与菲尔丁是远房表亲，菲尔丁的第一部剧作《戴着各种假面具的爱情》(*Love in Several Masques*, 1728)曾得到她的帮助，并在她的推荐下得以上演。尽管蒙太古夫人是自由恋爱，私奔成婚，但她的婚姻生活远非幸福，1739年为了婚外的作家恋人，她移居意大利，之后发现恋人并不认真对待他们的关系，她选择了独自在意大利居住二十多年，直到丈夫去世后才于1762年1月返回英国，同年8月病逝。① 不久，她的《东方来信》被盗印出版。

为了读者能更好地理解这部书信，在这里我想先简单地介绍一下蒙太古夫人的世界观和人生态度，讲一下几百年前的那个英国和西方世界对这位书信作者的思想影响。布鲁斯·雷德福令人信服地指出蒙太古夫人一生持斯多葛主义（Stoicism）人生观②，在写作上则仰慕古罗马重要的悲剧作家和斯多葛派哲学家塞内加（Seneca，公元前4—公元65）的文笔③。除了18世纪上半叶英国盛行的新古典主义氛围的影响，蒙太古夫人的斯多葛人生观有多

---

① 这一段生平简介同样来自《英国18世纪文学史》（增补版）由韩加明编写的第九章"报刊小品和书信日记"，p. 153。

② 斯多葛主义（Stoicism）最早是公元前3世纪初一个塞浦路斯的哲人芝诺（Zeno）提出的，因斯多葛主义第一批追随者在雅典的Stoa Poecile（希腊文，意思是"油漆的门廊"）聚会而得名。芝诺接受了苏格拉底和亚里士多德的希腊哲学思想，在他身后有名的斯多葛哲学家有公元前2世纪的帕那伊提乌斯，他把斯多葛主义引入罗马，并接受了柏拉图的心理学观念。到了塞内加和埃皮克提图（Epictetus，又译爱比克泰德）的时代，斯多葛主义才得以普遍传开。斯多葛主义主张上帝无处不在，他融于人的理性和灵魂之中；美德则是人生最重要的追求，而且人活着就要顺应自然；只有放弃激情、不正当的念头和惯纵自身，树立正确的品格来完成人生的使命，人才能获得真正的自由，做自己的主人。可参见1963年出版的《哥伦比亚百科全书》第3版，Stoicism词条，p. 2047。

③ 我这里的观点主要来自布鲁斯·雷德福（Bruce Redford）的著作：《用笔交谈》（The Converse of the Pen: Acts of Intimacy in the Eighteenth-Century Familiar Letter. Chicago and London: The University of Chicago Press, 1986）。

个来源。这首先来自她从小的阅读。她父亲宅邸里有一个藏书丰富的图书馆，从小直到青春少女，孤独的玛丽主要的快乐就是在这里读书。她记忆力很好，博览经典，还自学了拉丁文，显示了不凡的语言才能。也是在这段时间，她父亲为她请了伯内特主教（Bishop Gilbert Burnet）指导，伯内特是塞内加的崇拜者，他进一步给玛丽灌注了斯多葛主义和塞内加文风，这是第二个影响。第三个影响来自当时英国的文人，蒙太古夫人到伦敦居住后结识了许多知名作家和诗人，特别与艾迪生和蒲柏交往甚密，他们都不同程度地遵循新古典主义的理性至上，仰慕斯多葛哲学，并且也曾追随过塞内加文体。然而，铸就了蒙太古夫人终身世界观和写作风格的最主要事件是她在1710年完成了从拉丁文翻译希腊斯多葛哲学家埃皮克提图（Epictetus, A. D. c50—c138, or c55—c135）的言论集《手册》(*Encheiridion*)[①]，并送交伯内特主教校正。她后来的书信中使用了不少取自这部书的句子。

斯多葛主义不但影响了蒙太古夫人的文风，也表现在她的处世态度上。她一生秉承的宗旨是不求人，不靠人，不做别人的奴仆，把自己在世的角色扮演好。只要自信做得对，她就不在意他人的批评。但是她同时也不断警告自己不要被欲望左右，要时刻像盯住敌人那样看住自己。最有趣的是，她15岁时曾向往有一个为女人专门设立的修道院，在那里她可以独立自主地修炼，做自己的主人。当然，主义归主义，20岁之后的玛丽似乎变得非常浪

---

① 《手册》是埃皮克提图的弟子根据听课的记录整理出版的言论集。

漫，为了爱情可以反抗父母，私奔；对丈夫失望后可以在婚外找恋人。她恋爱时写的信突出表现了她比较进步的恋爱观，她坚信互相了解和友谊是爱情的基础，反对把财产和门第当作婚姻的决定因素。她在给友人的信中曾把三种不同类型的婚姻比作乐园、地狱、炼狱——自由婚姻是乐园，包办婚姻是地狱，而炼狱则指与一个可以勉强相处的人成婚。[①]

蒙太古夫人这些在婚恋问题上的表现好像违背了她不让自己被欲望左右的生活原则。然而，仔细读她的书信，我们会发现即便在婚恋选择上她有情感冲动，但她心中追求的仍然是一个符合斯多葛思想的伴侣。在写给未来丈夫爱德华·沃特利的一封信中，她曾坦言自己不能保证婚后维持激情："如果你期待激情，我一点也不具备。这可能是我性格的缺欠。"[②] 她坚决选择跟沃特利结婚也许恰恰是以为找到了志同道合的伴侣，因此才有之后的失望和分道扬镳。蒙太古夫人这些前后不大一致的婚恋表现是否可以让我们得出一个折中的认识，即她是个兼有情感追求又不断用斯多葛人生哲学管控自己的矛盾体。她有过对理想爱情的向往，但她一生坚持追求的是理性的思考和塞内加那简明的文风[③]，她的思维和笔谈彼此影响又相互补益。她不止一次明确地表示过自己努力用

[①] 蒙太古夫人较进步的恋爱观这一段内容来自《英国18世纪文学史》(增补版)由韩加明编写的第九章"报刊小品和书信日记"，p. 154。

[②] *The Complete Works of Lady Mary Wortley Montagu*, ed. Robert Halsband (Oxford Clarendon Press, 1965–1967), 1. pp. 53–54. 转引自 *The Converse of the Pen*, pp. 26–27。

[③] 雷德福把她的文笔与蒙田媲美，认为他们两人的散文具有欺骗性的平实、简单 (in deceptively smooth cadences)。见 *The Converse of the Pen*，p. 27。

读书、写作和思考来度过孤独——如果不能快乐，就让自己平静度日。这是比较典型的斯多葛主义人生态度。

在政治态度上，蒙太古夫人拥护辉格党。结婚以后她往往可以在复杂的政治生活中给丈夫提出很好的建议。与同时期的大部分文人反对首相沃尔波尔不同，她在政治上坚定支持沃尔波尔为首的辉格党政府，1737年在沃尔波尔受到各方面攻击的艰难阶段，她曾短期主办《常识之荒诞》(The Nonsense of Common Sense)批评反对派的杂志《常识》(Common Sense)，并在每一期上写明："只要作者认为合适，读者喜欢阅读，就将继续出版。"这是她直接参与政治的一次尝试，尽管由于客观原因，该杂志只出版了九期就停了刊。[①]

关于蒙太古夫人是否是个女权主义者，学界也有不同的看法。她在自己的信里曾声称："我不是在争两性平等，我不质疑上帝和自然把我们（女人）安置了一个低下的地位。"在这里她明确地表达了自己接受男人是家庭中的主导，而不会争独立，站在男人的对立面。然而学界也仍有人把这样的表白看作是她为应付正统意识形态而虚晃的一招。[②]通观她所有的书信、散文和诗歌，蒙太古夫人为女人鸣不平时主要关注的是女人的教育问题，她与导师伯内特主教一样认为那个时代的女性教育缺少严肃的人文知

---

① 这一段政治态度及活动简介来自《英国18世纪文学史》（增补版）由韩加明编写的第九章"报刊小品和书信日记"，p. 155。

② 见 The Converse of the Pen, p. 29。这意见出自罗伯特·哈尔斯班德（Robert Halsband）。

识和宗教内容，造成了大多数女人虚荣和肤浅地了结了一生。她像个教育理论家，总是强调女人的智识教育和文化素质培养，但间或她也会谴责社会对女人的不公，比如在写给爱德华·蒙太古的第一封信里她谈到斯梯尔的《闲谈者》(*The Tatler*，1709—1711) 1710年3月9日那一期刊登了关于女性乐于纠缠琐事的文章。但是她认为女性并非如此，而且女性鄙视某些所谓的"大事"也是事出有因的。① 她特别反感人们在道德问题上表现的双重标准。众所周知，18世纪不同于之前清教很严格的17世纪和之后道貌岸然的19世纪，当时的英国社会默许男人出入妓院或包养情妇，但是对女人则坚持了贞洁第一的严格道德标准。这在理查逊的书信体小说《帕米拉》(*Pamela, or Virtue Rewarded*, 1740) 和《克拉丽莎》(*Clarissa, or The History of a Young Lady*, 1741—1948) 中已有明确的表述。蒙太古夫人很反感这种双重标准，在一首诗中她借一个犯有婚外情错误的Y夫人写给丈夫的信指出：女人不但不能接受与男人一样的文学和哲学教育，而且要受到比男人苛刻得多的道德约束，这是不公正的。② 类似这样的表态就成为批评界比较武断地把她定性为女权主义者的根据。实际上，她远不是一个为女性解放而斗争的勇士。只不过身为女人，她会持女人的立场。何况她

---

① 此例取自《英国18世纪文学史》（增补版）由韩加明编写的第九章"报刊小品和书信日记"，p. 155。

② 在诗中她的写信人物，有出轨行为的杨太太（Mrs. Yonge）质问丈夫道："这样不公平的区别是从哪里来的？我们（男人和女人）难道不是有同样的激情吗？……我们的头脑同样的高尚，我们的身体流着同样的热血。"见 *The Converse of the Pen*, p. 30。

本人后来也有了婚外情，与丈夫分居，自然会对社会所持的男女婚外情的双重标准表示不满。但是她的侧重始终是女性得不到与男性同等的教育这个议题。她为身边许多太太小姐的无知、轻浮而难过，提倡用知识帮助她们抑制情感，像她那样接受现实，承受舆论压力和孤独。所以，她的立足点和人生态度归根到底是18世纪上半叶新古典主义提倡的斯多葛主义，与此同时她也就追随了斯多葛主义作家塞内加的平实和简练的文风。

亲友书信（familiar letters）虽然在18世纪风靡一时，但作为一种文类它的处境却十分尴尬，有人把它看作是通过趣闻逸事和个人观察来反映社会情况的文献，[1]也有人强烈主张它应该归于历史语篇，[2]却几乎无人讨论过它的艺术特点。就连近年来传记和自传也名正言顺地归入了文学类之后，亲友书信仍旧处于边缘化的地位，被文学批评界所忽视。然而，这类书信有虚构的潜在可能，它不仅反映了现实，还可以创造情景。好的写手还可以在书信里创造一个"自我"，使其在一个小世界、小范围内活动、表演，甚至把真实环境替代掉。这些书信中对细节的精致描绘有时就像象牙雕刻，而其内容的范围之广也十分惊人——从蒙太古夫人穿越欧洲大陆的畅游到威廉·库珀对他精耕的小花园的描述，几乎就

---

[1] 见威廉·欧文（William Irving）的著作 *The Familiar Letter in the 18th Century*, University of Kansas Press, 1966。

[2] 见芭芭拉·史密斯（Barbara H. Smith）影响很大的著作 *On the Margins of Discourse*, University of Chicago Press, 1978。

没有亲友书信不能包容的议题。有时亲友书信的戏剧性也令人吃惊，比如蒙太古夫人在写给妹妹马尔伯爵夫人的一封信中描述的乔治二世的加冕典礼就是这样的神来之笔。她讽刺地勾勒了三位贵妇人在场的表现，人物活灵活现，充分展现了与理查逊的书信体小说类似的戏剧性。①因此，亲友书信不是简单的事实或历史，好的亲友书信可作为文学作品欣赏，它们在事实和艺术之间创造了神秘的张力，需读者进行灵活的阐释性阅读。②

由于导言的篇幅有限，我们不可能逐封信件地仔细讨论这部译著里选编的蒙太古夫人的书信。但既然译者有意选取了1716年至1718年她作为使节夫人从土耳其及周边地区写给亲友的信，来形成一个以旅游为中心议题的整体，那么我们就姑且把《东方来信》这个书信集当作书信体游记，从旅游视角入手看看她在这些优美的游记报道中的匠心。首先，这次游历的一头一尾都是乘船，又恰好都遇上了风暴，于是蒙太古夫人以不同的心态和笔法描述了这两次可怕的风暴，有意或无意地形成了首尾对仗的一个完整的游记整体。众所周知，大多数游记只写去时的一路见闻，不写或仅仅简单地交代一下回途。比如约翰逊博士游苏格兰西部诸岛的日记式记载，叙述了在苏格兰的所见所闻，并以发表自己的见解和思考为主，没有重视游记该有的趣味性和艺术性等特点。蒙太古夫人就不同了，她用书信向亲友报道一路经历的一个重要的

---

① 见哈尔斯班德编 The Complete Letters of Lady Mary Wortley Montagu, 2. pp. 85-86。
② 这部分的评议基本取自布鲁斯·雷德福对6位18世纪英国优秀书信撰写者的亲友书信的精彩评论。The Converse of the Pen，pp. 9-13。

着眼点就是趣味性。①为此，她不仅采用了活泼、多彩的语言，而且施展了高超的艺术手法来描写情景，塑造人物。这两次风暴的叙述就是很好的例子，我们可以尝试对比分析这两次风暴，从笔者不同的反应和表现中读出她的不同心情，甚至阐释出这次东方之行带给她的思想和情感变化。

第一封信是写给妹妹马尔伯爵夫人的，报道了她离开英国不久去鹿特丹的途中遇到的海上风暴。她乘了一艘帆船（yacht），出发时天气很好，因此船长满怀信心地表示此行再容易不过了。但是两天后风暴骤起，水手们在甲板上都站不住脚跟，整个周日的夜间船都处在极度的颠簸中。她写道："至于船长，我还未曾见过有谁像他那样惊恐万状的。""所幸的是我自己既不感到害怕，也不觉得晕船，只是难免也想尽快回到陆地上。故我等不及我们这艘快帆船抵达鹿特丹，便坐进了附载的大划艇里，先去了海勒富特斯勒斯②"，并从那里雇了马车途经小城镇布里勒，最终到达鹿特丹。之后她的这封信就是鹿特丹的见闻报道，以及她如何快乐，如何欣赏当地百姓的淳朴和城市的一尘不染。

《东方来信》接近尾声的倒数第二封信是写给修道院院长、威尼斯康提神父的，报告她乘了艘邮船从法国加来渡过英吉利海峡，最后安全抵达了英国的多佛港。她写道："我是今早抵达的多佛，

---

① 当然，这一路上她也有嘘寒问暖、交代替朋友购物的事宜，以及同康提神父与蒲柏这样的学者文人就文化、文学、宗教等议题交换看法的书信内容。但是，总体上我们如果说这些书信注重趣味性仍然不为过分。

② 海勒富特斯勒斯（Helvoetsluys），鹿特丹附近的港市。

登岸前我在那邮船上被颠簸了一整夜。当时船只晃动得极其猛烈，船长考虑到他的船不很坚固，便决定最好还是抛掉邮包，并向我们发出遇险的通知。于是，我们便向一艘小渔船呼救，然而它却难以靠近我们，而我们船上的人则全都在呼天抢地了——我实在想象不出一个人还能陷入何种比这样的凶险之境更为可怖的境地。"就在此严峻时刻，蒙太古夫人被一位同船女士纠缠，十分无奈。最后她终于登上了渔船，安全地回到了英国。

这两次风暴的对仗描写的不同首先体现了蒙太古夫人的不同心情。出发时虽有大风暴，但她的报道是活泼、轻松的。她十分简单地写道："… the wind blew so hard, that none of the sailors could keep their feet, and we were all Sunday night tossed very handsomely."仅仅这么一句话就包容了整夜风暴的厉害和她坦然的心态，因为她反讽地采用了"very handsomely"这个副词。"handsomely"意思是"慷慨地"，这样诙谐地描述风暴造成的颠簸①表示了她面对危险很勇敢、很乐观，即便狂风暴雨也没有影响她旅游的兴致。②有趣的是，牛津英语辞典（OED）在注释"handsomely"这个词时就引用了蒙太古夫人的这句话来说明这个词可以反讽地表示"严重地""厉害地"（severely），可见这句话已成为经典。这封信接下来写的就是她愉快地游览鹿特丹，告诉妹妹那城市非常美丽、繁荣，交通发达，物品质量好还便宜，百姓淳朴，而且她在城里逛

---

① 诙谐（understatement）是很典型的英式幽默，又称客厅幽默，很斯文，不同于夸张的幽默与讽刺（overstatement / exaggeration）。

② 如果活译，后半句英文的意思就是："整个周日夜晚我们足够让风暴颠簸了一番。"

了一圈之后鞋子上却没有一丁点灰尘；不像伦敦肮脏的街上有很多乞丐，还有各种闲杂人等及年轻女人①。一直以来，蒙太古夫人的文笔得到历代文人墨客的褒奖，比如赞赏她扎实的判断、宽泛的知识、轻快的机敏、雅致的品味和出色的人格②。她绝大多数的书信活泼、轻快，文体清纯、优美，语言则被视为标准英语的典范。她记载的旅行沿途见闻和与当地百姓的交流比其他任何游记都要真实，她盛赞沿途见到的比英国优秀的生活方式，热情报道有趣的风俗人情，而当她发现这些地方的不足与落后之处时，她很少批评指责，而是持同情与理解的态度③。上面所举的第一封信则是上述特点最好的证明。

倒数第二封信中写的风暴经历就不一样了。首先，回途没有来时的兴奋和愉快了，对船长的恐惧和风暴的描述，以及对同船者呼天喊地、抢着登上渔船等表现的报道，几乎可被看作是一个小型的、没有了英雄主义的泰坦尼克号似的经历。而且尽管语言

---

① wenches指下层姑娘。这里蒙太古夫人很含蓄，没有说这些在街上游荡的女人是仆女还是妓女。

② 这里总结的几点褒奖引自这部译作的网上在线版《蒙太古夫人书信选》"编辑的话"，见Jack Lynch选编的《玛丽·沃特利·蒙太古夫人书信》(Letters by Lady Mary Wortley Montagu), 1724, p. 3, A.3。这几点褒奖的原文是：the solidity of her judgment, the extent of her knowledge, the sprightliness of her wit, the elegance of her taste and the excellence of her real character。

③ 此集子中的第45封写给康提神父的信中，蒙太古夫人非常少有地对住帐篷的非洲土著妇女做了不敬的描述，说她们与狒狒差别甚微。我想那是几百年前欧洲人对土著居民的代表性看法，当时她的吃惊成分多于歧视。虽然这种比喻也显示了欧洲人的优越感，但也不能完全用现当代的意识形态去批判她。

精练，点到为止，这封信可谓是对海难即至的非常现实主义的描写。因此它潜在地表达了蒙太古夫人的国外旅游结束了，不同于当时快乐的心情，她累了，想家了。于是她在信的最后用了不少笔墨倾诉思乡之情，向往那种英国乡间挤奶女的单纯而安乐的生活。两年在国外流连后，她就像奥德修斯急于回家，虽然她的路途危险无法与荷马的英雄相比，但她也同样克服了冒死的艰险才回到久违的家乡。其实她很明白，自己回归的英国生活与田园式的梦想无缘。这在她对风暴中那位黏着她、骚扰她的女游客的描述里已经做了铺垫，因为她回到英国后交往的仍是上层绅士和太太小姐。这段插入的与风暴关系不大的室内戏剧似乎离题了，但我以为却在两个方面密切地关联了正在回英国途中的蒙太古夫人。首先，这个小插曲暗示了回英国后她的生活将一切照旧，躲不掉与这些所谓的上层女士交往；其次，这位女士的可笑、肤浅和虚伪正是蒙太古夫人一生谴责的英国上层妇女教育的缺失。她还没登上故土，就再次感受了她一生为之呼吁的妇女教育问题的必要性。她实际上明白自己将回归的仍是出游前生活的那个上层社会，也正因如此，她在这封信最后如述梦境般地描绘着自己向往的乡间田园式生活。

除了帮助我们了解蒙太古夫人回国时的思想和心态，回英国的这封信中还重笔描绘了那位非要住进她船舱的女士。与第一封信的诙谐式幽默完全不同，这段室内戏剧充分展示了她的喜剧才能，其漫画性的人物塑造堪与菲尔丁小说人物媲美。就像菲尔丁以及他之后的狄更斯，蒙太古夫人在这里采用了夸张的漫画式手笔，仅寥寥数语就勾勒出了一个无聊、肤浅、琐碎并可笑的英国上层女人的形象。这位女士是蒙太古夫人在加来认识的，登船后她硬是要求住进夫人的船舱。她随身"买了一顶精致的蕾丝小帽，打算瞒过海关官员将之偷运回国。后来，当海上的风越刮越大，我们的小邮船出现裂痕时，她竟非常虔诚地跪在地上祈祷了起来，整副心思全都投注在了她的灵魂上面。而待到风力似乎开始减弱后，她却又回到了对她头饰的那种世俗的担忧中，并还主动地跟我说：'亲爱的夫人，您能帮我照看一下这顶帽子吗？如果它丢了！——噢，上帝啊，我们都会丢命的！愿主怜悯我的灵魂吧！——夫人，请您照看好这件头饰啊。'眼见从她的灵魂到她的头饰之间那轻易的转变，以及这两者交替着给她带来的痛苦，实在令人难以确定她究竟认为哪一样最珍贵。"类似菲尔丁在《弃儿汤姆·琼斯史》(*The History of Tom Jones, a Foundling*，1749) 开篇时塑造的女管家黛博拉·威尔金斯太太半夜被奥尔渥西老爷招去时要先对着镜子打点好自己已不年轻的容貌，但推开门发现老爷只穿了一件衬衫，露着大腿时，她又马上捂着脸尖叫起来，① 蒙太古夫人描写的这位女士在风暴剧烈时就跪地祈祷，求上帝拯救她的灵魂；风暴稍稍减弱她就担心那顶偷运的蕾丝帽。如此的两面和分裂的人格既恶心又可怜。她自己显然没意识到这是虚伪的人格，但蒙太古夫人却看得明白，并且十分厌恶她。这个戏剧性的插曲

---

① 奥尔渥西老爷离家三个月，回到家里第一晚上床睡觉时发现床上有一个弃婴，马上按铃召唤管家威尔金斯太太。因为发现了婴儿十分震惊，他忘了自己只穿了一件衬衫，直到女管家尖叫，他才意识到自己该把外衣穿上。菲尔丁在这里讽刺了管家，这位半老徐娘夜晚听见铃声，先照镜子打点自己的容貌之后才去老爷房间，暗示这女人心怀不轨，因此她后来的尖叫和要晕倒都是假正经。

显示了蒙太古夫人不但善于用词语达到轻松、诙谐的效果，在采用夸张来塑造漫画式人物方面也不亚于当时最棒的男性作家。

导言至此已该停笔了，在结束前我觉得还有必要代表中国读者向译者冯环先生和商务印书馆致谢。冯环一直对英国17、18世纪非虚构性的重要文学成果深感兴趣；而中华老字号出版社商务印书馆也慧眼识真金地支持并接受了这部译作。不同于眼下社会浮躁地一味追求畅销文学，冯环执意选择翻译严肃而难度很大的英国文学的珍贵遗产，来介绍给国人。他之前翻译出版了16与17世纪交界时期英国知名学者罗伯特·伯顿（Robert Burton，1577—1640）研究忧郁现象的经典著作《忧郁的解剖》（The Anatomy of Melancholy，1621）。这部著作是世界文学史上的奇书之一，它首先是一部介绍医学常识的作品，但在讨论各种类型的忧郁的长篇大论中伯顿剖析了各类忧郁的成因，介绍了不同的症状，时而大谈哲理，时而提供忠告，时而还带上一点对人类知识常常不解决问题的温和讽刺，更不要说在他的长篇大论中夹杂了许多趣闻逸事和箴言谚语。所以这部"医书"也被纳入了文学文库，其牵涉的从自然科学到社会科学的各类知识让中国许多翻译家们生畏而却步。冯环却迎难而上，成功地翻译和出版了这部奇书的中文选译本。接下来，我们看到他又选译了这部18世纪英国书信名家蒙太古夫人的亲友书信，克服了各种困难，在工作之余完成了目前即将问世的《东方来信》。

对我这个研究英国18世纪文学的教师来说，这本译作的出版令人欣喜还有一个重要原因。解放初期，我国的外国文学教学与研究受苏联影响，独尊西方都不承认的所谓批判现实主义文学；"文革"后我国文学界又转而紧跟西方后现代的各种文化、文学理论为指导的，宣传多元政治来反对一元权威的五花八门的现代主义和后现代主义的小说，如意识流小说、超现实主义小说、魔幻现实主义小说等。中国文坛的这种追时髦现象虽然一定程度地引介了西方文学和文化理论及成果，但过程中存在着相当的盲目性。我可以毫不夸张地说，在新中国成立后整个的70年中，我国的英国文学教学与研究轻视和边缘化了18世纪文学和文化，没有看到英国和西方18世纪资本主义上升时期的各种政治、经济理论以及文学中反映的英国首个繁荣的商品经济和人们意识形态变化的意义，没有意识到这些作品能够帮助我们从根源上了解西方资本主义社会，在批判的同时借鉴他们发展中的经验。这就是我们不仅要多翻译和引介18世纪文学作品，而且还要扩展到引介文化和政经著作的一个重要理由。这也是为什么出版社要多支持和出版严肃著作，而不是眼睛只盯着以市场盈利为主要目的畅销书。

在提及出版译著的现实意义时，蒙太古夫人及其书信就是一例，通过她的作品我们可以加深对英国知识界的认识，比如我们会了解到18世纪英国知识界广泛地认可斯多葛主义的人生态度，除了蒙太古夫人，熟悉18世纪英国文学的人都知道，约翰逊博士也用斯多葛态度与自己一生贫穷多病的痛苦以及无子女的孤独斗争。但是，追求享乐的英国封建庄园主和贵族很少理睬这种人生观，而是忙着饮酒、猎狐和享乐，比如《汤姆·琼斯》这部小说中的地主威斯顿老爷。这是为什么？是否斯多葛主义与英国上升的资产阶级意识形态和清教教义不谋而合？这些都是值得我们进一步思考的问题。另外，关于教育思想，蒙太古夫人一生反对女性教育的肤浅，反对女子教育仅仅局限于学一点礼仪和交际谈话的技巧，以及吹拉弹唱的本领，而得不到应有的哲学、历史、文学、宗教等严肃的人文知识教育，因此造成了大多数女人的虚荣和肤浅。她这种教育思想实际上也适用于包括男性在内的全民教育，代表了新兴资产阶级重视智识教育和文化素质培养的主张。虽然我国是共产党领导的社会主义国家，与英国等西方资本主义国家有根本区别，但是这样的教育主张难道对我们没有参照和借鉴作用吗？而且目前后现代的电媒、视频和影视已经在逐步以压倒的优势影响着年轻人的成长，它们虽不是校园和课堂教育，但其后果正是蒙太古夫人一生反对的，即把年轻人的教育引向了肤浅，将会坑害我国一代代的接班人。

另外，被忽视的18世纪英格兰、苏格兰和爱尔兰除了文学，还出现了那么多需要我们认真了解的政治、经济和教育理论，并且值得我们翻译出版：如亚当·斯密（Adam Smith，1723—1790）的重农主义和《国富论》，其经济理论至今都是世界上所有大学经济系的必修科目；休谟（David Hume，1711—1776）发表的《人性论》，对人性和道德做了哲学思考；洛克（John Locke，1632—1704）那有名的认知理论《人类理解论》，奠定了西方认识论的基础；还有哈奇森（Francis Hutcheson，1694—1746），他把道德与美学联系起来，发表了许多道德和政治方面的文章，并在世界上首次设立了大学里的道德哲学教席；更不要说建立了很有影响力的苏格兰"常识学派"（The Common Sense School）的格拉斯哥大学教授托马斯·里德（Thomas Reid，1710—1796），这个学派形成了休谟的对立面，等等。虽然上面提到的这些理论家和学者的有些著作已有中译本，但与反复翻译出版的《简·爱》《傲慢与偏见》《德伯家的苔丝》等小说相比较，我们70年来还是忽略了许多应该探讨和了解的英国重要理论家和思想家的非虚构类作品。目前习近平主席创造性地提出了"建立人类命运共同体"的思想，我们中国政界和学界更需要彻底了解西方，只有知己知彼才能完成建立人类命运共同体的伟大使命。冯环先生的这本译作在商务印书馆出版是我们朝着这个方向进展跨出的一步。为此，让我在此祝贺《东方来信》的出版，并期望看到更多的这类作品的译作在我国问世！

刘意青

2020年6月于北京

目　　录

第一封　　致马尔伯爵夫人 1
第二封　　致史密斯夫人 4
第三封　　致萨拉·茨斯维尔夫人 6
第四封　　致××夫人 9
第五封　　致布里斯托尔伯爵夫人 12
第六封　　致瑟斯尔斯维特夫人 15
第七封　　致马尔伯爵夫人 19
第八封　　致蒲柏先生 23
第九封　　致马尔伯爵夫人 27
第十封　　致里奇夫人 33
第十一封　致瑟斯尔斯维特夫人 37
第十二封　致××夫人 40
第十三封　致××先生 44
第十四封　致马尔伯爵夫人 47
第十五封　致马尔伯爵夫人 49
第十六封　致××伯爵夫人 54
第十七封　致布里斯托尔伯爵夫人 56

第十八封	致里奇夫人	59
第十九封	致马尔伯爵夫人	62
第二十封	致里奇夫人	65
第二十一封	致马尔伯爵夫人	68
第二十三封	致蒲柏先生	73
第二十四封	致马尔伯爵夫人	75
第二十五封	致亚历山大·蒲柏先生	85
第二十六封	致威尔士王妃殿下	91
第二十七封	致××夫人	95
第二十八封	致康提神父	100
第二十九封	致布里斯托尔伯爵夫人	109
第三十封	致马尔伯爵夫人	115
第三十一封	致蒲柏先生	121
第三十二封	致萨拉·茨斯维尔夫人	134
第三十三封	致瑟斯尔斯维特夫人	137
第三十四封	致马尔伯爵夫人	143
第三十五封	致康提神父	151
第三十六封	致康提神父	160
第三十七封	致蒲柏先生	167
第三十八封	致里奇夫人	170
第三十九封	致瑟斯尔斯维特夫人	175
第四十封	致马尔伯爵夫人	179
第四十一封	致里奇夫人	190
第四十二封	致布里斯托尔伯爵夫人	195

第四十三封	致××伯爵夫人	204
第四十四封	致康提神父	214
第四十五封	致康提神父	219
第四十六封	致马尔伯爵夫人	239
第四十七封	致马尔伯爵夫人	245
第四十八封	致瑟斯尔斯维特夫人	248
第四十九封	致亚历山大·蒲柏先生	251
第五十封	致里奇夫人	257
第五十一封	致瑟斯尔斯维特夫人	261
第五十二封	致康提神父	265
第五十三封	致蒲柏先生	268

译后记·················271

第一封
致马尔伯爵夫人①

鹿特丹②，旧历1716年8月3日

亲爱的妹妹，我自认为你得知此事后是会颇感欣快的——我们虽然不幸遇到了暴风雨，但还算平安地驶过了这片海域。起初，在风平浪静之际，船长劝大家登船出航③，仿佛天底下再没有比越洋渡海更容易的事了。哪知在缓缓前行了两日后，却刮起了无比猛烈的大风，使得船员没有一个能站稳脚跟。整个周日的晚上，我们经受了好一番颠簸。至于船长，我还未曾见过有谁像他那样惊恐万状的。所幸的是我自己既不感到害怕，也不觉得晕船，只是难免也想尽快回到陆地上。故我等不及我们这艘快帆船抵达鹿特丹，便坐进了附载的大划艇里，先去了海勒富特斯勒斯，并

---

① 弗朗西丝·皮埃尔朋（Frances Pierrepont, 1690—1761），蒙太古夫人的妹妹，嫁与了马尔伯爵约翰·厄斯金（John Erskine）。同姐姐一样，她也多年旅居国外，大半住在巴黎。
② 鹿特丹（Rotterdam），荷兰西南部港市。
③ 蒙太古夫妇此行的出发地是英国的格雷夫森德（Gravesend）。

从那里雇了马车把我们送至布里勒[①]——我很是喜欢这座小城整洁的样子,然待我们来到了鹿特丹,却又见到了另一番迷人的景象。那里的街道都铺着宽大的石板,而在卑微至极的匠人的家门前,还有贴着五颜六色的大理石片的座椅。并且街道上纤尘不染——我不骗你,昨日我穿着便鞋悄悄地把全城游了个遍,也未沾上哪怕一丁点儿的泥污。你可想见荷兰女佣清洗街道的路面比我们的女佣打扫卧房还要来得用心。另外,这座城里满是熙熙攘攘的人群,每个人都神色匆匆,马不停蹄,我很难不以为正在举办什么欢庆会,可哪有天天如此的呢?此城实在是最得贸易经商之地利,它有着七条大运河,商船往来其间,直抵各家门前。而城中的商铺和货栈也都出乎意料地规整、气派,里面精美的商品琳琅满目,远比我们在英国所见的要便宜得多——我费了好大的劲才使自己相信我此刻离英国仍是很近的。然而在这里,你却既见不到脏污,也见不到乞丐。你是不会被遍布伦敦的那类讨厌的跛子给惊着的,亦不会遭到自甘邋遢、懒惰的游手好闲之男女的胡搅蛮缠。这里就连寻常的用人、瘦小的女店员也比我们大多数的女士要更显俏丽甜净,而她们那些各色各样漂亮的装扮——每位女子均按自己的喜好打理头发——又为游览此城增添了一份额外的乐趣。

你瞧,亲爱的妹妹,我至此也未曾抱怨过一句。如若接下来我仍是像现在这样喜欢我的旅行的话,那我是不会后悔自己当初的计划的。而假使这趟旅行还能给我一些愉悦你的机会,这也将大大地助我生出不虚此行之感。不过,在荷兰你可别想有什么不

---

① 布里勒(Briel),鹿特丹附近的小镇。

求利益的交易。我完全可以用鹿特丹的方式直言相告——总之，你得予我以回报，要把伦敦的近况统统告诉我。你看我都学会如何做一桩好买卖了，而末了的这句话也不是白白写给你的：

我是疼爱你的姐姐

第二封
致史密斯夫人①

海牙②，旧历1716年8月5日

我迫不及待地想要告诉你，亲爱的夫人，在经历了你之前警告过我的旅途中的种种可怕的劳累后，我到目前为止对我的旅行也仍是很感满意的。我们每日里都小心地把各段路程安排得很短，这样一来就全然不会觉得是在赶路，倒好像是置身于一场场的聚会当中，而在荷兰旅行也的确是再惬意不过的了。荷兰这整个国家就仿佛是一座大花园，里面的每条道路皆是精心铺设的，道路的两旁还立有一排排成荫的绿树，而这些道路又都毗邻着那些大运河——运河上到处是来来往往的船只。在这里，每每走上二十步，你就会见到某一乡间别墅的美景，走上四个钟头，又会有一座大的城镇映入眼帘，其整洁漂亮真是令人惊讶，我想你定会为之着迷的。就说我眼下所处的这个地方吧，它无疑是这世间最美

---

① 极可能指简·史密斯（Jane Smith，卒于1730年）。她是蒙太古夫人儿时的好友，威尔士王妃（Princess of Wales）的侍女。

② 海牙（Hague），荷兰西部城市，荷兰王宫和政府的所在地。

丽的村庄之一。村里有着数个修得很精美的广场，并且广场上还栽种了枝繁叶茂的大树——这在我看来就别有一番美感了。而其中的那座福尔豪特①广场，则可同时比拟我国上流人士常去的海德公园和林荫大道②，因为当地人在那里呼吸新鲜空气，既有徒步而行的，亦有乘马车悠游的③。此外，广场上还可见各种的铺子，分别在卖着薄酥饼、凉酒等物。当时，我也去看过这里最具盛名的几座花园，不过我倒不想予以描绘了，免得惹你心痒。

我敢断言，你肯定感到我的这封信已然够长了，只是在未求得你的原谅前，我还不能收尾——你要我给你寄这里的蕾丝，我却没有遵从你的吩咐，但请相信我，这实在是因为这里的都不比你在伦敦可以买到的要便宜。你若是想买些印度的东西，这里倒还有许多各色各样的价格实惠之物可供挑选。而我也会很乐意地谨遵你的吩咐去办。匆匆不尽。亲爱的夫人，你的好友敬上。

---

① 福尔豪特（Vourhout），海牙的中心广场。
② 林荫大道（the Mall），英国伦敦圣詹姆斯公园中的一条绿树成荫的大道。
③ 可能当时英国的社会名流多是乘马车游览海德公园，徒步游览林荫大道，所以蒙太古夫人才会说海牙的这座福尔豪特广场可以同时比拟前两者。

第三封
致萨拉·茨斯维尔夫人①

奈梅亨②，旧历1716年8月13日

我很是遗憾，亲爱的萨拉，你的害怕有违亲友，以及他们对你安康的担忧，终使我无缘得到你的陪伴，而这在你也算是失掉了一次愉快旅行的乐趣。途中我每每见到什么异域奇珍或宜人的景色，总要感到几分怅然——因为念及你有多么不幸，竟无法与我同享那些你必定也会得到的快乐。而倘若眼下你是和我一起身处在此城之中的话，那你就应会觉得你的那些诺丁汉③的朋友将要来登门拜访了——天底下竟有如此相像的两处地方！这里的马斯河④其实换个名字也可叫作特伦特河⑤，两者的景色之间实在没有什

---

① 萨拉·茨斯维尔（Sarah Chiswell，卒于1726年），蒙太古夫人的另一位儿时好友，曾受蒙太古夫人之邀同去君士坦丁堡，未果，后死于天花——蒙太古夫人亦曾身染此病，不堪其苦。
② 奈梅亨（Nijmegen），荷兰东部城市。
③ 诺丁汉（Nottingham），英格兰中部城市。
④ 原文为"Maese"。
⑤ 特伦特河（Trent），英格兰中部河流。

么不同。这里的房子也与诺丁汉的一样，一栋叠一栋的，亦以相同的方式与树和花园相间相融。而他们所称的尤利乌斯·凯撒之塔，则与诺丁汉城堡所处的地势相仿佛，也不免让我以为从那里可以遥望特伦特河畔、阿德布尔顿①这些为我们所熟知的地方。固然这里的防御工事构成了两地之间的一大差别，而但凡深谙战争之艺术者都对那防御工事赞不绝口。不过像我这样不懂个中门道的人，则只好跟你说说其他的方面了，告诉你在城墙上有一条精致的小道，上面立了座塔楼，名副其实地叫作"贝尔维迪"②。人们常去那里一边喝咖啡、茶之类的饮料，一边欣赏世间最迷人的景色。至于城里面的大道，除了有成荫的绿树外，就别无什么特别美的地方了。然而有座桥却是我不得不提的，它实在是让我叹为观止。这桥之大竟容得下数百人连马带车地往来其上。人们在上桥之时会先付相当于两便士的钱，然后便可乘马车通过整座的大桥，到河的另一边去。而马车过桥的速度却很是缓慢，让人全然不觉得是在移动。

我昨日还去到了这里的法国教堂，全神贯注地看里面的人是怎样做礼拜的。只见那牧师先是扣上了一顶宽边帽，整个给人一种《巴塞罗缪市集》③里那个不知叫什么来着的牧师的感觉。并且，他始终是让人觉得如此的，因为他的那些动作极其地滑稽可笑，

---

① 阿德布尔顿（Adboulton），一个位于特伦特河南岸的村镇。
② 贝尔维迪，英文作"Belvedere"，指观景楼、眺望台或眺远亭。
③ 《巴塞罗缪市集》乃英国剧作家本·琼生（Ben Jonson，1572—1637）的喜剧，发表于1631年，并早于1614年就已上演过。剧中市集设在史密斯菲尔德，该剧以一出木偶戏结尾。信中所指为剧里的牧师兰通·勒瑟赫德（Lanthorn Leatherhead）。

而他所大讲特讲的也与那位牧师给木偶布的道如出一辙。然而信众们却以极大的虔诚领受着他的布道。据某个教徒的说法，这位牧师在他们中间是很德高望重的。

我想此时此刻你早已听厌了我关于他的描述了，就像我对他的布道那般生厌。但我认为你的兄长对这番有益英国国教的题外话是不会予以责究的。你也明白，大不敬地谈论加尔文教的信徒，也就无异于在满怀敬意地谈论国教。

再见了，我亲爱的萨拉。你要常常想起我，也请你放心，我是决不会忘了你的。

第四封
致××夫人①

科隆②，旧历1716年8月16日

××夫人，你若对我前两日所经受的劳累有几分了解的话，我确信你会觉得，我此刻还坐下来给你写信，是对你的一种莫大的尊敬。

我们雇了几匹马从奈梅亨行路至此，但途中却遍寻驿站而不得，及至在赖恩贝格③找到了条件极差的住处，才总算有了第一个歇脚之地。不过，这与我昨日的遭遇相比还算不得什么。我们本是有望直抵科隆的，但谁知到了斯塔梅尔④这个距科隆还有三个钟头路程的地方，我们的马儿却不堪疲惫了。我只得在一个比棚屋好不到哪儿去的破屋子里和衣睡下，勉强度过了一晚。其实我是

---

① 可能为里奇夫人。里奇夫人（Lady Rich，1692—1773），原名伊丽莎白·格里芬（Elisabeth Griffin），罗伯特·里奇爵士（Sir Robert Rich）之妻，卡罗琳王后（Queen Caroline）的女侍臣。

② 科隆（Cologne），德国西部城市。

③ 赖恩贝格（Reinberg），德国村庄。

④ 原文为"Stamel"。

有自己的床的，但实在也不想脱去衣服，因为这屋子透风得厉害，仿佛到处都会有风刮进来似的。天刚破晓，我们便离开了那处鬼地方，在今早约莫六点钟的时候，平安地来到了这里。于是我赶紧上了床，沉沉地睡了三个钟头，醒来后已觉疲乏尽消了，又有了足够的精神要去看一看城里的各种珍奇之物——说起来，也就只有那些教堂罢了，因为除此之外便没什么是值得一看的。虽然这是一座很大的城市，但城中的建筑大多都已老旧不堪了。

耶稣会会士的教堂是最为整洁漂亮的。我由一位年轻俊俏的会士引着在那里参观，他对我很是殷勤。兴许因了不知我是谁的缘故，他的品评或褒或贬都带有几分的肆意，这可着实把我给逗乐了。这样的教堂是我从来没有见过的，其圣坛之华美、圣徒像之富丽（全系实心银打造），还有那盛着圣人遗物的玻璃箱，均让我赞不容口。然而看到箱子里有那么多的珍珠、钻石和红宝石，居然被用来装点腐朽的牙齿、肮脏的破衣之类，我也禁不住在心里面咕哝起来。无可否认，我生出了顶邪恶的念头，竟对圣乌尔苏拉[①]的珍珠项链有所觊觎，或许这也称不上是什么邪念吧，毕竟此像定然不是哪位邻居家里的塑像[②]。并且，我还要再贪一步，希望她能自行转化成一只银质的梳妆盘，而如果伟大的圣克里斯多

[①] 圣乌尔苏拉（St. Ursula），传说中的英国公主，于公元4世纪带领一万一千名少女前往罗马朝圣，归途中因不愿舍弃基督教信仰而与少女们一同殉道，惨遭匈奴人杀害于德国科隆。

[②] 《圣经·出埃及记》20:17有云："不可贪图邻人的房产，不可贪爱邻人的妻子、奴婢、牛驴或他的任何东西。"可资参考。

弗①之像变成了用来凉酒的银质大钵上的装饰，想来应会很好看的。以上种种就是我"虔诚"的感悟了，虽则当我看到他们把那一万一千名少女的头骨叠作一堆，用以表示对我国的敬意时，我的心里也是颇感满意的。我在这里还见到了数百件同样十分珍贵的圣徒遗物，但我却无意于效仿旅人们的一贯做法，去给你罗列出一大串的名目来，因为我相信你断然不会对下颌骨和朽木渣的名称感兴趣的。

再会吧，我就要去进晚餐了。我会用上好的洛林②葡萄酒为你的健康举杯，这酒想必也就是你在伦敦所称的勃艮第葡萄酒了。

---

① 圣克里斯多弗（St. Christopher），基督教传奇人物，据传曾携幼年基督渡河，现被视为旅游者的保护神。

② 洛林（Lorraine），法国东北部一地区。

第五封
致布里斯托尔伯爵夫人[①]

纽伦堡[②],旧历1716年8月22日

在接连五日乘驿车赶路后,我还能坐下身来提笔写信,也只在向我亲爱的布里斯托尔夫人表明,我未曾忘了您那恳切的嘱咐,要把旅途中的一些见闻写了寄给您。

德意志我已走了大半,见过了科隆、法兰克福[③]、维尔茨堡[④]以及纽伦堡这个地方的种种奇风名胜,故也就无法不看到所谓自由之城与受专制君主统驭之城(德意志的小领主们无不如此)间的诸般殊异了。就前者而言,它往往呈现出一派商业兴荣、繁盛富饶的气象。其城中的街道通常修造得美丽而宽阔,街上满是行人,而人们的穿戴也都素雅整洁,且那街边的店铺里还摆满了各色商

[①] 伊丽莎白·菲尔顿(Elizabeth Felton,1676—1741),布里斯托尔伯爵一世约翰·哈维(John Hervey)的第二任妻子,蒙太古夫人的密友。这位布里斯托尔伯爵夫人也是王后的侍臣,她对玩牌的痴迷不已是众所周知的。

[②] 纽伦堡(Nuremberg),德国南部城市。

[③] 法兰克福(Frankfort),德国中部城市。

[④] 维尔茨堡(Wurzburg),德国南部城市。

品，平民百姓无不是洁净、欢快的。至于后者，则给人以一种俗丽的味道。权贵蓬头垢面、俗不可耐，街道肮脏逼仄、年久失修，城中人烟稀少、一片荒凉，百姓朝不保夕、乞讨度日。这就使我不免要有这样的联想了，即前者好似一位荷兰市民的妻子，俏丽而甜净；后者则犹如穷乡僻壤里的娼妓，成天涂脂抹粉，在头饰里编满了缎带，穿一双失掉光泽的银边鞋，还有那破破烂烂的衬裙，真是一幅融堕落与贫穷于一体的悲惨图景。

在纽伦堡城中，订立有禁止奢侈的法规，它以人们的衣着穿戴为据区分各自的阶级，进而遏制那奢侈之风——这股风气曾毁掉过多少其他的城市啊，此风更多的是愉悦了异乡人的眼目，于我们当地的风尚却并无助益。既然康布雷大主教[1]已对此表示赞同，那我就无须怯于承认我希望把这些律法在世界上其他的各个地方也推广开来。其实，如若不失偏颇地想一想，一套华美的服饰在多数场合下会有何等的好处，足以招来怎样的尊重和笑脸，更不消说那由此而生的艳羡和赞叹（往往这才是身穿华服者眼中华服最主要的一处魅力），人们便无法不认同：抵制获得朋友之称赞、引来对头之嫉妒的诱惑，实非依靠常人之智性能够做到；而年轻人因之误入歧途，陷于穷困潦倒这万恶之源的境地中，也是再自然不过的事了。有多少人初入世事时挥霍成性，而后又被这种性子给害得凄苦不堪啊——他们爱慕虚荣，便也挥金如土，终

---

[1] 弗朗索瓦·费奈隆（Francois Fenelon，1651—1715），法国教士、知名作家，著述广泛，涉及宗教、教育及政治等领域，他支持恢复古罗马的各种禁止奢侈的法规。

于债台高筑，无以偿清，为此而气节尽失。本来他们是染不上这般德行的啊！——若是有明文规定，要求人们在服饰上只推崇一种特定颜色或剪裁的朴素布料的话。唉，再这样想下去恐怕只会引起更多的太过忧愁的思绪。

我还是赶紧把这些忧思从您的脑中赶走吧，跟您讲一讲关于圣者遗物的滑稽见闻——每到一处所谓的天主教教堂这都会让我感到好笑。而如此的愚蠢就连路德会的教友也未能得免。我就在该城最主要的一座教堂里见到了一只缀满珠宝的大十字架，至于教堂里的那柄矛的尖头，据会士们郑重其事的说法，则与刺入我们救世主侧肋的是同一个。不过，更有趣的还要数我在一座罗马天主教——当地允许信奉此教——小教堂里所见到的。那里的这一教派的信众由于不很富有，便无法像附近的教士那样华丽地装点圣像，但他们为了使圣像不至于太过缺乏华丽之气，竟然为圣坛上的救世主之像戴了一顶金色的过肩假发，并还不忘好好地替假发扑上粉。我想夫人您此刻一定是看得瞠目结舌，不免要感到难以置信了吧？然而我的确没有假旅人之便，胡编海外的奇谈，我每字每句均是以真心实意写就的。我也要用这份真诚跟您保证，亲爱的夫人，我是夫人您永远的朋友。余不赘。

第六封
致瑟斯尔斯维特夫人①

拉蒂斯邦②，旧历1716年8月30日

就在我离开伦敦的前一天，有幸收到了您的来信，对于您那满怀好意的祝愿，我要表示万分的感谢。我这个人是深信祝福的效用的，我以为自己在漫漫长途中至今也未遇到过什么祸患，有部分的功劳得归于这样的祝福。就说最近吧，我因了偶感风寒的缘故，只好在此城之中多逗留了几日。不过我却不曾感到受了多少的耽搁，反倒是有了多余的时日，让我得以将城中的各类稀奇事物都看了个遍，也初识了几位前来探望我的夫人小姐。她们对我都十分地客气，而其中又以我们汉诺威王朝钦命的使节③的太太里斯伯格夫人为尤甚。她引我去参加了各种聚会，我在她家中也得到了极为优厚的款待，她那房子的富丽堂皇在当地是数一数二

---

① 安妮·瑟斯尔斯维特（Anne Thistlethwayte，1669年生），蒙太古夫人的朋友，住在威尔特郡韦斯特丁附近。

② 拉蒂斯邦（Ratisbon），德国东南部城市，雷根斯堡（Regensburg）的英语旧称。

③ 指里斯伯格爵士鲁道夫·约翰（Rudolf Johann，1677—1764）。

的。想必您也知道，此处的权贵无不是来自各国的使节。他们人数众多，本也能够和睦而愉快地相处——若是他们对繁文缛节不那么斤斤计较的话。然而，他们却无意于齐心协力地为此城做规划，尽量地使此城在各自的眼中都显得悦目合宜。并且，他们也不对各自的小团体进行改良，他们愉悦自己的方式就只有那无休无止的争吵。他们竟还要把这些争吵遗留给后来的继任者，以确保能使之永远地延续下去。例如一位初到拉蒂斯邦的使节，除了领受其官职上的种种优待外，往往还要接手五六起的纠纷争吵。

您自然也不会怀疑，在悉心维系、进而加深上述那些重要的怨怼这件事上，是少不了女士们的那一份的。她们的介入使得一城之中派别林立，有多少户的人家便会有多少支的派系。这些女士是宁可在聚会的夜晚孤零零地独坐一旁，也不愿在假意的矜持方面退让一小步的。我到此处还不满一周，就已从近乎每个人的口中听闻了各自所受的委屈，以及对邻里如何待自己不公的种种抱怨。其目无非是想拉我入她们的派别中去。不过出于十二分的谨慎，我还是保持了一种中立的态度，虽则若要与她们待上一阵子，长此以往也不是什么办法。因为她们之间的争执汹涌而激烈，可容不得我这个中立者踏入其仇家的大门。上述种种的相持不下的事端，全都是围绕着地位以及"阁下"这一尊称而展开的。她们人人都自封为"阁下"，但问题的症结是，她们却不大愿意把它用在别人的头上。我看在眼里，便也禁不住要劝她们，为了大家相安无事，不必吝啬这"阁下"二字（自然人人也会以"阁下"来予以回敬的）。然而这降尊纡贵以求和的想法一经提出，就引来了众人的愤怒，与布莱克艾可夫人①之反对某诉讼程序所激起的不相上下。现在看来我提出这样的建议未免有几分心地不良，这座城里的消遣本就不多，我又怎能从她们那里夺走如此有趣的乐子呢？我知道我的和气的性格已给了她们非常坏的印象，大家都在暗地里说我倨傲无礼，说我时至今日都依旧觍着脸对所有人毕恭毕敬，只不过是因为我不屑于同下等人打嘴仗罢了。如果在接下来的几日里我还不打算继续我的旅行的话，看来我也只好改一改我为人处事的方式了。

这里的教堂我都去看过了，还获准摸了摸圣者的遗物，而在其他没有人知道我是谁的地方，这可是从未被允许过的。我既已得到了这种特许，就要借此良机好好地观赏品评一番了——想来对于所有其他的教堂，我的评价必也不会相差甚远。他们引我去看的那些堆在圣者遗物与圣像四周的绿宝石、红宝石大多都不是真的，虽然他们会跟你讲，许多边上镶了这类宝石的十字架和圣母玛利亚像均是得自国王与大诸侯的馈赠。其实，我并不怀疑它们原初都是一些价值连城的珠宝，只不过虔诚的神父们后来发现，将其挪作他用也并非什么难事，因为前来瞻仰的人，对取而代之的玻璃碴是不曾有所怀疑的。在各种圣者遗物中，他们给我看过一只裹了金的巨爪，名曰格里芬②之爪。当时，我忍不住问那向我

---

① 布莱克艾可夫人（Mrs. Blackacre）乃威彻利《直爽人》一剧中的人物，她反对法律纠纷由平衡法院事务官来裁决。威彻利（William Wycherley，1640—1716），英国剧作家，王政复辟时期喜剧代表作家之一，著有喜剧《乡下女人》《直爽人》等，旨在讽刺当时庸俗、自私和虚伪的社会风气。

② 格里芬（griffin），希腊神话中的狮身鹰首兽。

展示此物的神父大人，所谓格里芬者，可以算作圣人吗？神父闻之，不觉乱了分寸，推搪道，他们只是将它当作奇珍来收藏罢了。而那尊三位一体的银像，则令我极其地反感——圣父是龙钟老翁的模样，他的胡子垂及双膝，他的头上戴了顶三重冕，他双臂环抱着钉在十字架上的圣子，其头顶还有化作鸽子的圣灵在盘旋。

真是不巧，里斯伯格夫人此刻前来邀我去参加聚会了，我也只好唐突地结束此信，草草写下我是您永远的朋友。

第七封
致马尔伯爵夫人

维也纳，旧历1716年9月8日

亲爱的妹妹，眼下我已安然抵达维也纳了。托上帝的福，一路上虽风尘仆仆，我的身子却还无恙，而我那孩子（他是我的心肝尖）也同样如此。我们是从拉蒂斯邦出发的，并沿了多瑙河顺流而下，这趟水上的旅程真可谓舒心惬意。我们坐的是当地众多的小船中的一艘，那里的人以"水中木屋"称之，说来也是名副其实的，因为这些小船就如同宫殿般应有尽有，什么卧房里的暖炉，烹饪用的灶间，等等，均不在话下。每艘小船上为之划桨的船夫共计有十二位，其前进的速度真是快得惊人，使你一日之内便可饱览五光十色的风景。在短短数小时中所欣赏到的，既有琼楼玉宇林立的人烟浩穰之城，亦有烟波飘渺处的世外桃源之境。那多瑙河的两岸也是一片旖旎风光，树林、岩石、爬满藤蔓的山丘、种有谷物的田地、宏伟的城市以及古堡的遗址，无不错落有致，又交相辉映。此外，我还看到了帕绍和林茨[①]这两座大城镇，

---

① 城市名，原文为"Passau"和"Lintz"。

即维也纳之围中那有名的皇家避难之地。

而维也纳则是皇帝[①]王宫之所在，不过，它虽有此殊荣，却与我心中预想的样子相去甚远，实在令我大失所望。因为维也纳城中的街道都挨得很近，其狭窄之至竟让人无法驻足观赏各座宫殿那华美的正面，尽管它们大多数是很值得一看的——均以精美的白石建造，无不高耸入云，的确堪称金碧辉煌。并且，这座城对于想要在城中居住的人的数量来说，未免也太过于逼仄了。由此，这里的建造师便仿佛是有意地想以"一镇叠一镇"的方式来弥补土地之不足，而这就使得城中的房子大多有五层楼高，且有些竟还高达六层。你大可想见，街道的过于狭窄会令上层的房间怎样的暗淡至极了，然在我看来，更加让人无法忍受的不便还要数各房之中所居户数竟未有少于五六户的。哪怕是无比尊贵的夫人，甚至是国中的大臣，他们住的也只是套间，与裁缝或鞋匠的居所仅一墙之隔而已。我还未曾见过谁的家中有着两层楼，能把下面一层留作己用，上面一层配给仆人。那些拥有房子的人，往往是把多余的房间随意地租与他人，如此一来，房中纯以石头修造的大楼梯就成为公用的了，变得同街面一样肮脏。然而也不可否认，你一旦入得房内看过了各家的套间，其富丽堂皇是会让你啧啧称奇的。这些套间通常由八个或十个大房间组成，室内全都做了镶嵌，房门和窗户上均带有华丽的雕饰，且还涂上了金。而房中的家具陈设则是在别国国君的宫殿里也难得一见的，比如布鲁塞尔的上等精织挂毯，银框装裱的特大玻璃梳妆镜，精致的涂有日本

[①] 指神圣罗马帝国皇帝查理六世（1685—1740）。

漆的桌床椅，用最为富丽的热那亚花缎或丝绒制成的床帐和窗帘（差不多都镶了金花边或刺绣），能为室内增色添香的图画、日式大瓷瓶，以及那近乎每个房间内都摆放得有的熠熠生辉的水晶石。

我已有幸受到过几位上流权贵的宴请，故而须得说几句公道的话，他们设下的那些珍馐美馔是衬得起房中家具之豪奢的。他们以五十道的菜肴来款待我也不止一次了。每一道端上桌来的菜都是盛在银盘里的，烹调得颇为精致，并且之后还上了相应分量的甜点，是用极其精美的瓷器来装的。不过，那酒的多样与丰裕才最是让我喜出望外。他们的一贯做法，是把酒的名单同餐巾一道摆在客人的餐盘上。有那么几次我竟数出了十八种的酒，而这些酒在各自的类别中也均属名贵。

就在昨日，我才去了舍温博恩①（即御前大臣）之园赴宴，其地所在的维也纳的福克斯堡②实乃我前所未见的一处洞天福地。那里广袤无垠，坐落其中的近乎全都是美轮美奂的宫室殿宇。国王如若觉得此举合乎体统的话——准许城门洞开，以使福克斯堡与城里相连，那么，其治下就将会多出一座最大最美的欧洲城市来了。舍温博恩伯爵的别墅，是这里最为豪奢的几栋之一，那里面的家具均铺得有富丽的织锦，看起来华美别致，相得益彰，真是无比地绚烂华丽，更不消说还有那陈列满奇珍异宝如珊瑚、珍珠母……的展廊，以及房中无处不在的大量的描金、雕饰、佳画，

---

① 舍温博恩（Schonborn，1674—1746），维也纳政治家、社会显要，曾在神圣罗马帝国定于维也纳期间任御前大臣三十余载。

② 福克斯堡（Fauxbourg），一皇家建筑群，含有皇宫及廷臣的宅第。

精美绝伦的瓷器,用石膏、象牙制成的雕像和种在鎏金花盆中的大株的橘树与柠檬树。这次的宴会,可说是盛大隆重,井然有序,伯爵本人的幽默又令气氛更显欢愉。至今,我都还未曾入宫,因为我须得等我的礼服,不穿礼服可是无法觐见皇后[1]的,虽然我是那么迫不及待地想要一睹她那令如此多的国家都为之倾倒的芳容。日后我若是有幸得见,我定会把我的真实感受告诉你的——我总是特别地乐于跟我亲爱的妹妹通信。

---

[1] 指伊丽莎白·克里斯蒂娜(Elisabeth Christine,1691—1750)。她于1708年嫁给了神圣罗马帝国皇帝查理六世。

第八封
致蒲柏先生①

维也纳，旧历1716年9月14日

我这般郑重其事地感谢你向我表示了热情的关心恐会见笑于你。固然我也大可把你所说的那些好话看作是风趣与戏谑之言——或许本就该如此看待。只不过我从未像现在这样加倍地愿意去真心相信你。还有，我俩天各一方——你能维系这份友情实属难得——这就极大地加深了我对你那关心的信任。而且我发现——我们女人都一样，无论脸上表现得如何，心里都是很愿意相信奇迹的。但你莫要以为我已沾染上了那些天主教国家的气息，虽则我远远地偏离了英国国教的教规，于上个周日去观赏了在法

---

① 亚历山大·蒲柏（Alexander Pope，1688—1744），英国诗人，长于讽刺，善用英雄偶体，著有长篇讽刺诗《夺发记》《群愚史诗》等，曾翻译荷马史诗《伊利亚特》和《奥德赛》。蒲柏于1715年初识蒙太古夫人，并为其魅力和学识所倾倒。在蒙太古夫人旅居国外时，两人书信不断。蒲柏一方书信，使用的是一种殷勤的笔调，且其中亦不乏幽默的点缀。但到了后来，两人的关系却逐渐恶化，殷勤自然也是荡然无存。

沃里达①的花园里上演的一出歌剧——其精彩至极竟令我无悔于此举。它那场面的盛大是无出其右的，所以听人们说布景和戏服共花去国王三万英镑，我当然相信此言不虚。这出歌剧的舞台搭建在一条大运河上，第二幕开场时舞台被一分为二，运河的水面便露了出来，并且顷刻间就从四面八方驶来了两队涂金的小船，营造出了海战的氛围。这一场戏的壮美是难以想象的，我看得特别地投入。而其余的各场戏以相应的标准来看也都是无可挑剔。该剧的本事，取自奥辛娜施法的故事②，其中既有魔法的加入，那就得动用各样的装置，时时翻新舞台的布景了，而这一切都是以神速完成的。说起来，这个剧场是极大的，一眼难以见边，且尽显华丽的戏服竟有一百〇八套之多，如此磅礴的装饰布置便没有室内剧院能容得下了，所以小姐太太们就只好全都坐在露天里观剧。然那里却仅有一顶供皇家用的华盖，个中麻烦自是不少。在上演的第一晚，就不巧下起雨来，歌剧中断了，人群仓皇四散，险些没把我给活活挤死。

他们的歌剧就是这样的精彩，至于他们的喜剧，也是同等程度的滑稽好笑。这里的戏院仅有一家，我曾怀了兴致去那里看过一出德语喜剧，所幸演的是安菲特律翁③的故事。这一主题已分别

---

① 法沃里达（Favorita），皇家夏宫所在地。

② 奥辛娜（Alcina），奥地利作曲家富克斯（Johann Josef Fux，1660—1741）歌剧《安杰莉卡大胜奥辛娜》（*Angelicas' Victory over Alcina*）中人物，该剧取材自《疯狂的奥兰多》。

③ 安菲特律翁（Amphitrion），底比斯将军，在其征战时，朱庇特乔装成他的模样，诱奸其妻阿尔克墨涅，使之生下大力神赫拉克勒斯。

被拉丁语、法语和英语诗人演绎过了，如今又有奥地利作者重拾此题，看看也是颇有趣味的。德语我已懂得足够多，所以那剧中的对话我大都听得明白，再说同来的还有位太太，肯好心地为我逐字逐句地解释。按照这里的规矩，尽管只有我与同伴二人，我们也找了四人的包厢入座，票价是固定的一达克特①金币。这座戏院在我看来是低矮而阴暗的，但无可否认，上演的喜剧却精彩绝伦，便也挽回了那点欠缺。而我笑得那样地开怀，还是有生以来的第一次。此剧以朱庇特拨云窥视坠情网始，以赫拉克勒斯之诞生终，其间最有趣的当莫过于朱庇特变形后的所作所为。只见他化身成安菲特律翁的模样，却未立即飞往阿尔克墨涅身边满嘴地喊那些德莱顿②安排给他的狂喜之言，反倒是借此叫来了安菲特律翁的裁缝，然后骗走了裁缝的一件花边外套，接着又骗走了钱庄主的一袋钱和犹太人的一枚钻戒，并还以安氏的名义定下了一大桌的晚宴。于是这出喜剧的大部分内容就围绕着安菲特律翁因欠债而被上述诸人纠缠不休展开，至于墨丘利③的假扮索西亚④也是如出一辙。然而我是无法轻易原谅那诗人的不讲分寸的，他在剧中掺杂的何止是不雅之表述，竟还有那般的污言秽语——我想我们的民众即便从江湖骗子的口中也听不到这些。此外，那两位索西亚居然正对着包厢把裤子都脱了下来。当时包厢里坐满了上流

---

① 达克特（ducat），旧时在大部分欧洲国家流通的金币。
② 德莱顿（John Dryden，1631—1700），英国诗人、剧作家和文学评论家。
③ 墨丘利（Mercury），罗马神话中众神的信使。
④ 索西亚（Sosia），安菲特律翁的仆人。

人士，不过，他们看起来却似乎对此很是欢迎。他们还肯定地告诉我说，这可是很有名的一节表演呢。那我就以这段不同寻常的见闻终了此信吧，想来这也颇值得柯黑尔①先生去认真思考一番了。我是不会说些道别的敬辞来使你感到厌烦的，这在我看来就与本已拜访了够久之后，却还要在走出别人家门时行屈膝礼，基本上是一样地无关紧要。

---

① 柯黑尔（Collier，1650—1726），英国反对向国王宣誓效忠的主教，曾抨击戏剧演出中的不道德行为，写有《略论英国舞台上的不道德和亵渎》。

第九封
致马尔伯爵夫人

维也纳，旧历1716年9月14日

亲爱的妹妹，虽然我才唠唠叨叨地写了一封长信给你，但我还是要信守诺言，跟你讲讲我第一次进宫的事。遵照那礼仪的规定，我被硬生生地塞进了一套礼服里，并且还戴上了肩颈领和其他相应的装点之物。这身装扮是极其不便的，可也确实能够大大地凸显出穿衣之人的脖颈和身段来。谈到这里，我就不免要向你描绘一番此地的风尚了，其荒谬不堪、有违常识和背离常理将是你难以想见的。这里的女子都惯用薄纱在头上做出花样，其高度约有一码左右，共分三至四层，是以无尽长的厚丝带固定的。这类发饰的底座乃一种名叫"布尔勒"①的东西，其形状和外观与我们那简朴的挤奶女工拿来加固奶桶的箍圈几近相仿，只是后者在大小上是前者的四倍罢了。对于此物件，她们会先在自己的头发里掺入大量的假发后再把它掩盖起来。在她们眼中，将整个头发梳得高大无比，竟至连普通的浴盆也容之不下，是可以算作一种

---

① 原文为"bourle"。

别具一格的美的。此外，她们还会给头发扑上厚厚的粉，好让假发隐而不显，并插上三四排的长发卡（长得出奇，往往多出头发二三英寸）来做装饰。而那些发卡又都是由钻石、珍珠，以及红、绿、黄宝石等重物制成，如此一来，若还想保持亭亭玉立的样子，就需得拥有相当的技巧和经验了，这与在五朔节上头戴花环跳舞是一样的不容易。至于她们的鲸须裙，其周长则要比我们的长出几码，仿佛盖得住数英亩的土地。你不难想象，这身出众惊人的装扮会为她们这些拜全能的上帝所赐、个个生来就丑陋的人儿，衬托出并额外添加多少分的美啊。哪怕是那秀美动人的皇后，也无法不去稍稍顺应上述种种荒唐的时尚，因为这对她们来说实在是难以割舍的。

依循礼仪的规定，我可以单独觐见皇后半个钟头，然后其他的女士才能获准前来觐见。我被这位皇后给彻底地迷住了，但我却不能跟你说她的相貌是匀称的[①]。其实，她的眼睛并不很大，只是看上去水灵灵的，盛满了甜蜜，然她的肤色则是我所见过的最为白皙的了。她的鼻子和额头，生得都算漂亮，至于她的嘴，那才真是百媚千娇、勾魂摄魄呢——笑颜一展，百媚俱生，倾倒众生。而她的一头金发亦可谓丰艳，但还是瞧一瞧她的身子吧。若不用诗语来颂赞则不足以道尽它的曼妙，众诗人笔下朱诺[②]之风姿、维纳斯之神采均无法及得上。美惠三女神也要伴随她左右，

[①] 译者的理解是，蒙太古夫人觉得这位皇后的相貌其实并不算匀称，但她的肤色、嘴以及身体等却美得惊人。

[②] 朱诺（Juno），罗马神话中的天后，主神朱庇特的姐姐和妻子。

美第奇家族的名雕像亦不如她那样纤柔婀娜，她的颈和手更是美到了增一分也嫌多的地步。我哪曾见过世间有如此完美的造物啊？以我的地位还不足以让我获准上前亲上一口，真是何等遗憾。不过这两处地方也不缺我的吻，因为但凡侍奉她的人在晋谒和告退之际都要行那亲吻的敬礼。待到贵妇人们接踵而至后，她便坐下身来玩一种名叫"十五点"的牌戏了。我自是不能加入这种见所未见的娱乐的，她就在她的右手边为我赐了座，和悦地与我谈了许多的话，言语间带有一份与生俱来的优雅。我无时无刻不在以为也会有男子前来觐见的，可此处的宫廷接见之礼却与英国的大不相同，其间只进来了一位上了年纪的大典礼官，他是前来向皇后禀报皇帝驾到的消息的。而令我感到不胜荣幸的是，皇帝陛下居然平易近人地同我讲了话，他对其他的女士可没有这样做。陛下始终都是正颜厉色，凛然不已的，显得非常庄严。

晚间，先皇约瑟夫的遗孀阿玛莉皇后[①]也来谒见这位当朝的皇后了。同来的还有两位女大公，是她的一双女儿，均为非常可人的年轻公主。皇帝和皇后起身前去厅门迎见了她，然后让她坐在了皇后身边的一张扶手椅上。待到进晚膳的时候，也是如此安排的，而外边的男子亦获准可以觐见了。至于女大公，她们坐的椅子则只有靠背而无扶手。那餐桌上，是摆满了佳肴的，每道菜都是由皇后的侍女——十二位年轻的上流贵族小姐——端上来摆好的。这些侍女不领薪俸，仅在宫中拥有各自的厢房，过的是一种

[①] 威廉明妮·阿玛莉（Wilhelmine Amalie，1673—1742），神圣罗马帝国皇帝约瑟夫一世之妻。

幽居独处的日子，因为这里是禁止她们到城里的集会或公众场所去的——只有在为侍女姐妹伴婚时她们才可抛头露面，而皇后也总会赏赐给新娘以钻石镶边的画像。另外，侍女之中地位最高的三人，被称为"掌钥侍女"，在她们的腰际均系有金制的钥匙。不过，我感到最有趣的还是下面的这条宫规，即如若侍女们不再侍奉皇后了，余生里也要在每年皇后大宴之日敬献一份礼物。说起来，已婚的女子是不能服侍皇后殿下的，只有那"大女侍从"除外——通常是一位贵族寡妇，往往人老珠黄，既是皇家内侍长，也是侍女长。至于更衣侍者，则一点也不像英国的那般装腔作势，在他人眼中根本就与屋里的女仆没什么两样。

第二日我去觐见了皇太后殿下[①]，她是一位大德大善的皇后，然而又太过以近乎狂热的虔诚自诩了。她无时不在大行那忏悔的苦修之仪，虽则她也未曾做过什么值得这样去悔罪的事情。她的侍女的数目与皇后的相同。她是准许这些女孩穿彩色衣服的，唯独她自己从不会脱下其丧服。在这里的确没有比举哀服丧更显悲戚的事了，即便只是因了兄弟的离世。此地的丧服上面，是见不出一丁点儿亚麻的，其用料全都是黑色的纱，并且服丧者的颈、耳和脸侧也是以一块褶过边的黑纱盖住的，而从中露出来的脸则活像是被搁在了颈手枷上。除了以上这些，寡妇们还会戴一种黑纱额巾。——她们便是穿着这样的一身黯淡的丧服，毫无忌惮地往来于各种公共的消闲娱乐之地的。

---

① 埃莱奥诺雷·玛格达莱妮（Eleonore Magdalena，1655—1720），神圣罗马帝国皇帝利奥波德一世的第三任妻子。

接下来的一日里，我还去拜谒了阿玛莉皇后，当时她正住在距此城半里远的离宫之中。我在那里有幸得见了一种于我而言算是十分新奇的娱乐活动，不过它却盛行于这边的宫廷里。只见皇后殿下端坐在花园小径尽头的一张小巧的宝座上，她的左右聚集了两群女子，既有她的侍女，也有其他的贵族小姐，而领头的便是那两位年轻的女大公了。她们一个个都做好了头发，戴满了珠宝，且手里还拿了把精致的小手枪。在那规定的距离之外，依次摆放着的是三张椭圆形的画，这是用来作打枪的标靶的。第一张画的是正在斟满一杯勃艮第葡萄酒的丘比特，画中有题词曰"此处英勇并非难事"。第二张的上面是手持花环的命运女神，题词为"授予被命运女神眷顾的女子"。至于第三张，上面则是一把剑尖上挂了桂冠的宝剑，题的词是"失败亦不蒙羞"。在皇后的近旁还有一根镀金的奖品柱，柱身之上缠绕着花朵，且柱体是由小弯钩构型而成——弯钩上挂着富丽的土耳其方巾、披肩、丝带、花边等物以作小奖。头奖是由皇后亲手颁发的，那是一只盛在金鼻烟盒里的用钻石镶边的精美的红宝石戒指。而她为亚军准备的奖品则是一尊嵌满多面形宝石的丘比特小像。此外还有其他的奖品，比如一套包金的细瓷茶具、日式的漆箱、扇子以及许多类似的奢华物件。维也纳的贵族绅士们都前来观赛了，不过只有女士才可获准开枪。这次是女大公阿玛莉拿走了那份头奖。在观赏完了这项娱乐活动后，我感到十分尽兴，但我不知若我有了维吉尔的文笔，我能否将这场比赛描写得如同《埃涅阿斯记》中的射箭比赛那般精彩。而这项活动亦是皇帝陛下最喜爱的消遣，几乎没有哪一周会缺了这样的盛会，小姐们也由此练就了一身护城御敌的好本领。她们见我连枪也不敢去拿，自然是要大大地笑我一番了。

我亲爱的妹妹，你当不会恼于我草草结束此信的，因为我想此刻你正要担心我将滔滔不绝地收不住笔了。

第十封
致里奇夫人

维也纳，旧历1716年9月20日

你肯乐意写一封有趣的长信寄给我，这让我感到不胜欣喜，然而此亦为情理之中的事。以我对你的了解，你即使身处宫中也不会忘了远方的朋友的。而且，你又是那么地乐善好施，哪怕无望于得到些许的回报。所以我想，虽然你见不到我，但你也依旧会关爱我、惦记我的。

你跟我讲了我们都认识的一位年轻朋友所蒙受的羞辱，对此我自然是表示同情的，可我也更加地可怜她，因为我知道她的羞辱都是拜我们本国那种不近人情的礼教所赐。说实在的，若是换作在这里的话，她便算不得犯了什么错，只能说她此时去跟风学样①多少还是太年轻了点。现在的她只消移居此处，然后再待上七年，就又可以成为一位年轻而貌美的漂亮姑娘了。你请放心，皱纹或肩背的微驼，甚至那灰白的头发，均是碍不了她去另求新欢

---

① 应是指跟随此地找情夫的风气。

的。我想你很难想象一个二十五岁的小伙会与萨福克夫人[①]眉目传情,或殷勤地牵着牛津伯爵夫人[②]的手共同步出剧院。然而,这些都是我日日所见到的情形,除了我也并未发觉有任何人对之生出讶异。一个女子,若未满三十五岁,在他们看来就是含苞待放的少女,若无四十岁的大小,就不要想着去涉世扬名。我不知道夫人你对此是何看法,但得知年长的妇女们竟有这样一块人间乐土,对我而言真是莫大的安慰。所以我是安于眼下的卑微的,毕竟我盘算着往后无可归依之时,要再度回到此处来。

说到这里,我就不免要替许多英国的好女子感到惋惜了。她们过早地遁入所谓淑女加杏仁甜酒的生活,真是一大憾事。如若她们受命运的指引,有幸来到了这里,那可是会艳压群芳的啊。而且,"名声"这一含混之词在此处的意义与你在伦敦所理解的截然不同。在这里,勾搭上一个情夫非但不会令你丢了名声,反倒会正面地增长你的声誉,女子的尊卑多是系于情夫而非丈夫的地位。

你或许要感到奇怪了,对于我们本国那套把女子分成两类的做法,他们竟会全然不知。这里的女子是没有所谓正经与不正经之分的——她们断不会有人不正经到同时去勾搭两个情人,但我也不曾见到有哪位正经到了对丈夫显得忠贞不渝。她们的丈夫,

---

[①] 萨福克夫人(Lady Suffolk 即 Henrietta Howard,约 1688—1763),萨福克伯爵夫人,曾为威尔士亲王情人,居特威肯汉姆时与蒲柏为邻为友。

[②] 牛津伯爵夫人(the Countess of Oxford 即 Henrietta Cavendish Holles,1694—1755),纽卡斯尔公爵之女,蒙太古夫人的儿时好友。

无疑都是世间性情最好的一群人，竟然好意地把妻子的情人看作是自己的代理员——替自己分担掉了婚姻中的种种麻烦事。不过，丈夫们的重担也未曾减轻多少，因为他们往往也是其他女人的丈夫的代理员。概而言之，这就是此地既有的习俗了，各个女子均可拥有两位丈夫，一位得其名，一位尽其责。如此的婚姻关系自然为人所尽知，如若你要宴请某位女士，却不一并邀她的情夫和丈夫同往——她总是会正襟危坐在两人的中间，那可就算得上是公然的冒犯了，你便会成为众矢之的。通常说来，这种附属的婚姻能够维系二十来年，并且女方往往会去支配那可怜的情夫的财产，甚至到了要令他家破人亡的地步，哪怕他们的结合也与其他的结合一样，鲜有始于热烈的情爱的。只不过，男子若不沾惹上一点这样的关系便会有损于他的形象，而女子成婚后自然也要去寻觅一个情人，把他纳入自己的随从里面，因为缺了情人她是入不了所谓上流社会的。他们之间的誓约的第一条，是设立一笔赡养金，并归女方所有——不过，要证实情夫移情别恋后才能拿到手。而这一针对不守名节的昂贵惩罚，在我看来便是那么多人竟能做到白头偕老的真正原因。可我也当真认得几位贵族女子，她们拿取赡养金是众所周知地就像在收年租一样，但却并没有人看轻了她们。反倒是若被认为当了情妇却分文不求的话，其神智的清醒与否就要遭到质疑了。而这里的女子彼此斗艳争芳主要还是看谁寻获得最多，至于一点私情也没有则可说是奇耻大辱。对此你是不必怀疑的。我在这里的一位很好的朋友昨日刚告诉了我，多亏有她在，才能替我讲几句公道话——那时大家都在议论我呢，说什么来到城里两周有余还不见我在情事上有任何的动静，恐怕脑子多半是有毛病的罢。我的朋友为我做了一番辩解，说我还不确定能在这里待上多久，而这恐怕才是我之所以显得愚蠢的缘故。除此之外，她也找不出什么其他的理由来了。

就在昨天晚上，我遇到了有生以来最有趣的经历，这能让你真切地了解到，那种纯粹的爱欲在该国是靠了何等文雅精细的礼节来驾驭的。我当时正在参加某位伯爵夫人的聚会，而那年轻的伯爵竟前来引我下楼，并问我打算在这里待多久。我回答说，这得看皇帝陛下的意思了，我是决定不了的。好吧，女士，他说道，不管您待在这里的时间是长是短，我想您总该过得愉快一些，为此您得在心里有点小情小爱才行。我的心，我则声色俱厉地跟他说，可没有那么容易动情，我也无意于把它打开。我明白了，女士，他叹了口气，听了您那样冷冰冰的回答我是无望于此的了，对于爱慕着您的我来说这真让我不好受。但是不管怎样，我还是愿意为您效劳，既然我自己无法取悦于您，那就请赏个脸告诉我您最喜欢我们中的哪一个，我好着手去安排安排，使您称心如意。——你也想象得到，在故国面对如此的恭维，我会以怎样的方式应对。只是我已很熟悉这里的做法了，知道他是真心要帮我的，便正式地对他行了屈膝礼，感谢他要为我效劳的热忱，但又实言相告我没有用得上的时候。

你看到了吧，亲爱的夫人，殷勤的作风与良好的教养同道德宗教一样，在不同的地方各有不同。到底谁对这两者有着最正确的观念，大概要等到审判之日才能见分晓。而那个朗然的大日子，我想你是不会急于得见的。余容后叙。

第十一封
致瑟斯尔斯维特夫人①

维也纳，旧历1716年9月26日

您善意的来信真是让我感到喜出望外，而我这样说则是我敬重您的一种特殊的表示。我要跟您讲一句掏心的话，我对您的爱没有减少一丝一毫。若是有的话，那我见到您这样一封有趣的来信，会觉得过意不去的。毕竟对于写作我向来极其厌恶，一想到又有什么新的笔友，就不免要害怕得发抖。我想我已开罪了不少伦敦的故旧，因为我没有去搭理他们的来信，虽则我也真的相信他们是有意写下很有趣的信寄了给我。然而我宁可丢掉读到几样好玩之事带来的乐趣，也不愿被迫去写许多无聊的文字。不过，想虽是这样想的，我却喜欢极了您的这封象征友谊的信，进而还要恳请您延续这样的一份善举——尽管也担心如此唠叨下去会让您乏味到后悔给我写了信。

一个人如若身处奥地利的话，是无法写出生动的文字来的，而我同样也沾染上了该国的那股怠惰之气。他们甚至在谈情说爱

---

① 这封信的收信人是否为瑟斯尔斯维特夫人，学界还有争议。

和争吵打骂的时候，也是那样超然地冷静，唯有在关乎繁文缛节的地方才会显出些许的生气来。我得承认，他们于此之中将所有的情绪都表露无遗了。就在不久前的某天夜晚，有两驾马车相逢于一条狭小的路上。两驾车里的女士均不愿就谁前谁后的礼节退让分毫，便互不低头地静候车中直至凌晨两点。她们两位都是狠下心来了的，就算死在路上也不会放下各自的身段。如果不是国王派来护卫把她们分开，恐怕这条路要等到两人纷纷离世后才会重新畅通吧。其实，护卫在场的时候，她们也还是纹丝不动的，多亏最后想出了权宜之计，看准了时机把她们连椅子带人地同时同刻挪了出来。而在这之后，两名车夫还为彼此通行之次序相持不下，他们对尊卑贵贱的固守也不亚于那两位夫人。不止如此，这种对名位的计较在为人妻者的心中亦为之强烈，其夫虽仍还在世，她们也时时要为将来的丧夫之痛而心碎欲裂，因为那一刻的到来将使她们的名分一落千丈——寡妇在维也纳可是没有任何地位的。

　　至于男子，他们对名誉也是十分地看重，如若遇到那些家世不比自己煊赫的女子，他们不光会耻于迎娶，甚至连爱也懒得去求了。在他们眼中，女人的花容月貌自然没有血统的高贵来得重要。倘若祖辈之中数得出一两个伯爵，那这样的女子便有福了，她们无须倚靠姿色、金钱或者端庄的举止就能替自己找到情人和丈夫。其实从钱的方面来看，她们的嫁人实在也带不了什么利益给那新郎。因为奥地利有法律规定，女方的嫁妆不得超过二千弗罗林[①]（约二百英镑），凡多出来的部分均为她们自己所有，可任

[①] 弗罗林（florin），奥地利金币。

其随意支配。故而这里的夫人太太往往要比那做丈夫的富裕得多，而后者还得给她们符合她们身份的零花钱。我看，她们在其他诸事上的随心所欲，也要归于这一项莫大的特权。

　　夫人您也清楚，我对这种事从来都是采取懒得搭理和漠不关心的态度的。想必此刻您就要同情起我来了——见我纠缠于上述种种的繁文缛节当中，那在我会是怎样沉重的负担啊，哪怕我为全城的人所艳羡，因为按他们当地的礼节，我的出行总是要优先于他们的。然而，他们却把这份向大使行礼以示尊敬的账，算在了那些可怜的小使者的头上，嗤之以鼻地对之随意使唤。我就算再怎样漠不关心，也感到这是难以忍受的。比如，在有节典的日子，那些使者是不得入宫的，至于其他的日子，他们就要甘于走在每个人的后头了，直到最后才能被注意到。我若是把这一条条的礼节统统都告诉给您，那我恐怕就得要写下一整卷的书了。在这个无聊的问题上，我已经唠叨得够多了，虽然那是这里的人们无时无刻不在关注的东西。接下来我就不必再跟您说什么我在这里度过了怎样快乐的时光了罢，想来您对我的喜好的了解就如同我对您的一样也是自不待言的。匆匆不尽。

第十二封
致××夫人

维也纳，旧历1716年10月1日

夫人你要我寄给你一些有关此地风俗的见闻，也顺带写一写维也纳的风光，我自然是愿意听从你的吩咐的。可在这件事上你当明白我实在是心有余而力不足。如若我把他们异于我们礼俗的种种细节都逐一地告诉给你，我就非得写下一本厚厚的大部头来不可，其内容定是极其地乏味无聊，印出来也是不会有人去读的。

她们的衣裙与法国或英国的没有一处相像的地方，只是都要穿衬裙罢了。他们也有着许多特别的时尚，譬如寡妇的有伤风化只在穿红戴绿，而其他任何艳丽的颜色却均不在此列。聚会可说是这里仅有的定期举办的消遣活动，至于歌剧，则始终是在宫中上演，通常要在特殊的日子才能看到。拉布汀夫人[①]是每晚都要照例在她家中举办宴会的，而其他的女士但凡想要显摆自家寓所的金碧辉煌，或想邀请朋友在其"圣徒纪念日"前来道贺，也都

---

① 多萝西·伊丽莎白（Dorothea Elisabeth，1645—1725），拉布汀伯爵（Count von Rabutin）之妻。

会随即宣称某日得在家中办场聚会,以致敬某某伯爵或伯爵夫人的盛情款待。这样的日子便叫作欢庆之日,那位设宴的女士——当天正是她的圣徒纪念日——的亲朋好友皆需穿上最华贵的衣服,戴上所有的珠宝,如约到场。说起来,那屋中的女主人对谁都不会特别地留意,也不会对他人的来访报以回访,只要来者乐意,就连与主人打个照面的礼节也是可以抛弃的。在聚会上,有各色各样的冰食可供享用,冬夏皆是如此,享用完后,宾客们就会分成不同的圈子,有玩奥伯尔牌①的、皮克牌②的,也有闲聊谈天的,不过赌博类的游戏总不被允许。前些天我去参加了皇帝的宠臣阿尔森伯爵③的盛会,在那里我有生以来第一次见到了如此之多的华丽服饰,然其设计却糟糕透顶。他们为衣服绣上富丽至极的金制物,只是为了能使之显得足够的华贵——这也就是他们所展现出来的全部的品味了。而在其他的日子里,他们通常穿在外面的不过是一条披巾罢了,至于披巾里面则随你怎样穿也都无妨。

现在我该谈谈维也纳这个地方了,想必你很期待我能讲一讲此地的女修道院。它们的种类和规模不一而足,可我最喜欢的还是圣劳伦斯修道院。从那里可以看到修女们的生活带着一份闲适与洁净,这似乎要比更形严苛的修道会的所在有教益得多,因为存在于后者中的无边的忏悔以及肮脏无疑会令人生出不满和罪恶来。这里的修女们全都是贵族出身,算起来总共有五十来位。她

---

① 奥伯尔牌(ombre),17至18世纪欧洲流行的一种三人玩的牌戏。
② 皮克牌(piquet),一种由两人用7到A共32张牌对玩的牌戏。
③ 阿尔森伯爵(Count von Althann,1679—1722)。

们每个人都分得有一间小的清修室,室内窗明几净,墙上覆盖着图画,其精美的程度视修女身份的高低而定。一条白色的石头长廊连接了所有的清修室,装点它的是模范修女的画像。而那教堂则是出奇地洁净,并且有着华丽的装饰。然而我还是忍不住要笑她们竟拿了一只救世主的木质头像给我看,还言之凿凿地称它在维也纳之围的时候是开口说过话的。为证其言不虚,她们又让我留意头像上那张自此之后就未曾合拢过的嘴。至于修女们的穿着则最是得体。那是一种纯白色的精织毛服,袖子也是用精美的白色棉布卷的边,她们的头巾亦是同样的洁白,唯有后边垂了一条小小的黑色纱巾。此外,她们身边还有一类低等的打杂的修女,就像女佣一样服侍着她们。她们是会接受每位女客的拜访的,她们也会在其寝室里玩奥伯尔牌戏——若是得到了院长的准许的话。其实,获得准许真是轻而易举的事,因为这修道院的院长是我见过的最和蔼的老妇人了。她虽是年近八十的高龄,却一点也不显得老态龙钟,还是那么活泼而欢快。她亲切地抚抱着我,就好像我是她的女儿一般,她还赠给我一些她做的小巧漂亮的玩意儿,以及吃不完的果脯。这座修道院的铁栅算不上极其地牢靠,若要把头探进来也不是很难的事,而且我还相信,一个男子如果比寻常人略微瘦点,甚至是可能整个人都挤进来的。我还在那里的时候,小索尔姆伯爵[①]就来到了铁栅跟前,只见修道院院长伸出手去接受了他的一吻。

出乎我意料的是,在这里我遇到了维也纳唯一一位称得上年

[①] 卡尔·安东(Carl Anton, 1697—1755),索尔姆伯爵(Count von Salm)之子。

轻貌美的女士。她不止美丽，还很端庄、聪慧、随和，出身名门的她，曾为全城所倾慕。我禁不住表露出了我的惊讶，想不到竟会见到她这样的修女。而她对我则是赞美个不停，还要我常去她那里。真是万分高兴啊，她感叹道，我能够见上你，不过其他的故旧我就要故意地避开了，任她们何时来我这修道院，我都会把自己锁在清修室里。当时，我见她有泪水噙在眼里，便深深地受了感动，开始以一种由她所引发的关切爱怜的口吻同她说话，只是她却怎么也不肯在我面前承认她并非是幸福美满的。此后我也试图去查找过她归隐修道院的真正原因，可并未能寻获到什么解释，唯知人人都对此表示诧异，却又无人能道出个所以然来。我后来还去见过她几次——看到如此可人的少女竟要这般死寂地活着，真是让我伤感不已。而对于修女们总是能激起他人强烈的情感，我也并不觉得奇怪，因为那种自然而发的同情——可怜她们本该有别样的命运——会让更加哀伤的情感轻松地流露出来。至于罗马天主教，我则从未有像现在这样难以容忍它，因为我看到它给那么多可怜而不幸的女子造成了苦难，并且还在平民中引起了那蒙昧的迷信——总有那么一些人会日日夜夜地为近乎每条街上都设有的木像点上几小支蜡烛。而我经常看到的教堂游行也成了盛大的庆典，其令人生厌、有违常理直如那中国的佛塔。上帝才知道，是否有股女人好反驳的脾性在对我起作用，总归我现在是空前强烈地反对夫人你心中的罗马天主教的。余不多叙。

第十三封
致××先生

维也纳，旧历1716年10月10日

我是担不起你对我所做的种种谴责的。若我未回你的来信已有些时日了，这也并非因我不懂得你肯给我写信，在我便是欠下了你许多的恩情；亦非因我会那样地傻，要为了其他的欢娱而抛弃掉收到你来信的那份快乐。只是你如此好意地直陈你对我的敬重，就难免会让我要尽量地拖着不去回你的信了，因为我想借此来表明你错看了我。如果你是认真地说你满心期待我的信会带给你极大的乐趣，那我可要感到沮丧了——想到你收到我的回信时必将会大失所望的，虽则我也尽了最大的努力找到了一些值得写给你看的东西。

而但凡我所能见到的，我都怀了极大的好奇心去细细地看过了。这里有着几栋华美的别墅宅院，其中，最华美的当属新近离世的列支敦士登大公①的府邸。只是那府中的雕像全是现代的作

---

① 约翰·亚当（Johann Adam，1656—1712），列支敦士登大公（Prince von Liechtenstein）、奥地利陆军元帅。

品，里面的画作也都不是原画。而这里的皇帝，则的确是有一些价值连城的藏品的。昨日里我便去看过了他的藏馆，馆里的人员将之称为皇帝的宝库。不过，他们似乎更勤于收罗大量的物件，一心求多而不求精。我在那里转悠了五个钟头有余，也很少见到有什么能引我驻足细看的。唯一值得称道的，也就是那藏品惊人的数量罢了——占满了一整条极长的展廊的两边，以及五个大房间。馆中的油画是数之不尽的，当中亦不乏精美的微型画，但最珍贵的还要数那为数不多的几幅柯勒乔[①]的画作，而提香[②]的那些画作则是藏在法沃里达的。

馆中的珠宝厅并没有我所想象的那样富丽。他们给我看了一只茶盘大小的杯子，通体是用绿宝石做成的。他们特别地珍视此物，唯有皇帝本人才有触碰它的特权。这里还有一只大柜，里面装满了珍奇的带发条的物件，其中仅有一件我觉得是值得一看的。那是一只小龙虾，它的各种动作均极其地自然，惟妙惟肖得叫人辨不出真假。在下一个展柜里，装着大量的玛瑙摆件，其中有些真是精美无比，大得出奇，此外里面还有几件青金石做的大花瓶。而那装奖章的展柜的简陋则令我感到吃惊，柜子里竟没有一样是有多少价值的，所有的奖章都横七竖八地胡乱摆成了一堆。至于古物，则很少有名副其实的。我一说这些东西是现代的，那位领

---

① 柯勒乔（Corregio，1494—1534），意大利文艺复兴时期重要作家，创作了大量的油画和天顶画，多以宗教和神话为题材，著名作品有《耶稣诞生》、天顶画《圣母升天》。

② 提香（Titian，约1488—1576），意大利画家，威尼斯画派代表人物，擅长宗教和神话题材，代表作有《巴克斯与阿里亚德妮》及其肖像画作品。

我参观的资深古文物专家就立刻说它们已是够古的了,因为据他所知这些东西在此处都摆放了四十来年了。这样的回答真让我忍不住笑了出来。不过接下来的展柜就要有趣多了,虽然只是一些蜡制娃娃和象牙玩具,但却很适合送给五岁大的小孩。另外还有两间屋子,里面陈设的全是各种各样的圣人遗物,这些遗物上面均镶嵌了珠宝。而他们要引我去看的,乃是一只十字架。他们确凿无疑地跟我说,这十字架曾向利奥波德皇帝①说过很明智的话。我是不想把余下的那堆东西一条条罗列出来给你平添烦扰了,但还有一件我得要提一提,那便是一块小磁石——它能吸住一只我也举不起来的钢锚。这是我感到所有宝物中最有趣味的一件。其实这里也有几件古代雕像的头像,只是有一些已被现代的添添补补给弄得面目全非了。

我想你对这封信是不会有多满意的,我也不敢奢求你能善解人意地把此信的无聊乏味归于话题的贫乏,并淡然地看待我的愚蠢。余不多叙。

---

① 指神圣罗马帝国皇帝利奥波德一世(Leopold I,1640—1705)。

第十四封
致马尔伯爵夫人

布拉格,旧历1716年11月17日

我希望我亲爱的妹妹不要再让我向她证明我对她的真切关怀了。倘若你执意如此,那我在此时此刻还给你写信就是最好不过的明证——我刚刚才结束了整整三日,或更确切地说,应是整整三日三夜的奔波于各个驿站间的旅行。

波希米亚王国,是我见过的德意志诸侯国中最荒芜的一个。它那里的村庄是那样的贫瘠,村里驿站的屋子也是那样的破落,就连干净的稻草和清水都成了难以寻获的恩赐之物,而稍好一点的住宿之地,则是想也不用想了。虽然我是带了我的随行床的,可有时候却找不到地方将它摆放起来。我宁可彻夜地赶路,哪怕夜里很冷,要裹在毛皮衣里,也不愿去一享那公用的火炉,因为那里充满了各种各样难闻的味道。

眼下的这座城市曾经是波希米亚国王的王城,现在依然是这个王国的首府。城中多少留下了一些从前的辉煌的遗迹,毕竟它是德意志地区几座最大的城市之一。只是这些遗迹大多都很古旧了,里面住的人也很稀少,所以一栋栋房屋就显得十分寒酸。那些不堪承受维也纳的开销的贵族，便选择了住在这里，他们也会举办为数不多的聚会、音乐会和其他娱乐活动，当然宫中的那类除外。而这里的各种物产都是极其丰富的，尤其是一种我至今尝过的味道最佳的野禽。目前，已有一些非常尊贵的夫人前来拜访了我，她们的亲戚我在维也纳就已结识。她们的衣着打扮皆是追随的维也纳的风尚，就像埃克塞特人学伦敦人一样，也就是说她们学过头了，那夸张的装扮真是难以形容——她们整个人都完全陷落在了头饰与衬裙之间，得在背上写下"这是一位女士"才能让过往的来客辨识出她们，正如画路标的往往还得用文字写上"这是棕熊路"。

等我到了德累斯顿[①]和莱比锡[②]后，我不会忘了再给你写信的，因为相较于让自己好好休息一番，我更急切地想要先去满足你的好奇心。匆匆不尽。你的姐姐上。

[①] 德累斯顿（Dresden），德国东部城市。
[②] 莱比锡（Leipzig），德国中东部城市。

第十五封
致马尔伯爵夫人

莱比锡,旧历1716年11月21日

亲爱的妹妹,我想你多半会原谅我没能如约在德累斯顿给你写信——只要我告诉了你从布拉格前往那里的路上我连马车都还没有下过。你大可想见我是有多么地心力交瘁了,二十四个钟头的车马兼程,既没有合过眼,也没有填过一点肚子,毕竟就算再怎么疲惫不堪,我在马车上也是始终睡不着觉的。我们借着月光走过了那分隔开波希米亚与萨克森①的可怕的悬崖,悬崖底下流淌着的是易北河②。我也谈不上有多么担心我会淹死在河中,因为我深信若是马车坠落了,人是根本不可能活着跌到崖底下去的。这条路上有好些地方都十分狭窄,马车轮子与崖壁边缘之间连一英寸的间隔也难以见到。我这个当妻子的很是体贴,没有叫醒身旁睡得正香的沃特利先生,让他跟着我一起担惊受怕——反正想来那危险是躲不掉的了。然而在明亮的月光下,我却看到马背上的

---

① 萨克森(Saxony),旧时德国东南部和中部公国及选侯邦。
② 易北河(Elbe),欧洲中部河流。

车夫竟打起了瞌睡,而那些拉车的马儿则依旧在飞驰奔腾,我想也该是时候喊他们留心脚下的路了。不料,我的喊叫声却吵醒了沃特利先生。他眼见我们所陷入的处境,显得比我还要更加吃惊。他言之凿凿地跟我说,他在不同的地方共翻越了五次阿尔卑斯山,也不曾走过这般险象丛生的道路。后来有人告诉我在易北河里经常可以见到旅人的尸体。真要感谢上帝了,我们没有落入那样的命运,还好都安然无恙地抵达了德累斯顿。只是那一路上的担忧和颠簸令我感到筋疲力尽,实在没有力气悠闲地提笔写信了。

在途经了种种峭壁危岩之后,那坐落在易北河两岸美丽的大平原上的德累斯顿,在我看来就要显得宜人多了。我也十分乐意在这里待上一天好让自己歇息歇息。此城可算是我在德意志地区所见过的最整洁的一座城了。它里面的房子大多都是新修的,而那选帝侯①的宫殿也堪称富丽堂皇。在他的宝库里陈列满了各色各样的异宝奇珍,其中又以奖章的收藏为人所称道。我们国王的使节理查德·维隆爵士②前来看望了我,并且德·洛尔姆夫人③也随他一起来了——德·洛尔姆夫人是我在伦敦就认识的,那时她的丈夫还是派给波兰国王的驻外公使。夫人她尽心地款待了我,不管什么能给便给,而且还邀来了几位女士介绍给我。萨克森的女士与奥地利的女士是迥然不同的,其区别之大正如中国女子之于

---

① 奥古斯都二世(Augustus the Strong,1670—1733),波兰国王、萨克森选帝侯。

② 理查德·维隆爵士(Sir Richard Vernon,1678—1733),当时英国驻德累斯顿的特派公使。

③ 原文为"Madam de Lorme"。

伦敦女子。她们的穿戴都十分雅致，遵循的是法、英两国的风尚。她们的脸蛋也很漂亮，但她们却又是世间最擅矫揉造作的女子。在她们看来，说话或动作若显得自自然然，便是有违教养的莫大的罪过。她们皆需刻意地嗲声嗲气地说话，踏着细细碎碎的步子走路。其实，她们做出这些女性的娇弱之态也可以理解，因为那会令她们在生客的眼中显得彬彬有礼、温文尔雅，而对于这一点我是大为赞赏的。

在距此地数里格①远的地方有一座阴森的城堡，城堡里面幽禁着柯塞尔女伯爵②，有关她的故事我还是得跟你讲一讲，因为这在我看来确属难得一见，哪怕眼看这封信越写越多就要与邮包一般厚了。这位女子原本是波兰国王（即萨克森选帝侯）的情人，国王对她是百依百顺，而宫中也从未出现过哪位女子能有她这般能耐的。这里的人跟我讲了一段国王陛下初次跟她示爱的趣闻——说是他某日专程前去找了她，当时他一只手里提着一袋钱，足有十万克朗③那么多，另一只手里则拿了一块马蹄铁，当着她的面就将之掰成了两半。他如此这般是为了让她在见识过他的这些力量与财富的明证后再做决断。我也不知到底是哪一样迷住了她，总之她愿意离开丈夫，死心塌地地投入国王的怀抱。不过，这样公然地离婚后，按照他们国家的律法，夫妻任一方就都不能再婚了。

---

① 里格（league），旧时的距离单位，通常合3英里。

② 安娜·康斯坦兹·冯·布罗克多夫（Anna Constanze von Brockdorf, 1680—1756）于1700年成为奥古斯都二世情妇，并于1706年被封为柯塞尔女伯爵（Countess of Cosel）。

③ 克朗（crown），欧洲的一种硬币。

天晓得是出于当时的浓情蜜意，还是什么时候的一阵情深难耐，国王确实是软了心与她正式地结下了婚约。虽然只要王后还健在，这婚约便什么也不是，但她依然喜不自胜，见人就要夸耀此事，而且还摆出了一副王后的架子来。

男人在两个人相爱甚欢的时候不管什么事情总能够容忍，可一旦过盛的情爱随着相处的渐久而变得冷淡之后，国王陛下也进而想到了把那一纸婚约放在她手里会留下怎样不好的后果，于是便打算把它收回来。可她却甘愿承受国王震怒下的无比残酷的惩罚，也不肯将婚约交还。即便她是国中家财万贯又贪财好利的一位女子，她还是拒绝了继续领受国王的大笔赡养金，亦不去理会积攒至今的大堆钱财是否会就此散失。国王终于怒不可遏，将她幽禁了起来。她从此便经受着那严密的幽禁所带来的种种恐惧，可是面对威胁也好、许诺也罢，她仍旧无动于衷，哪怕她心中强烈的情感已令她晕厥痉挛，而人们都说这很快就会要了她的命。我禁不住对这样的一位女子生出了几分的同情，见她为了维系她的名分而甘愿遭受如此的磨难。至于那名分是否来得正当，都不重要了，尤其是在一个妇女们都不谨守名节的国家里。

我当时真是盼着沃特利先生还有事务要办，那样的话我就能在德累斯顿多待上一段时日了。或许我对信奉新教的城市格外有好感吧——不过，德累斯顿的各事各物还洋溢着一股有别于我在其他地方所感受到的文雅气息。而我眼下所在的莱比锡，则是一座经商贸易的重镇。我借此机会买了一些侍从穿的号衣以及自用的金件之类。这些东西统统要比维也纳的至少贵一倍，一方面是因了过高的关税，而另一方面则是因了当地人天资与勤劳不足，制造不出什么东西来，当地的女士就连鞋子都得从萨克森订购。这里的集市可说是德意志地区最盛大的集市之一了，聚集于此的除了商人以外，还有来自各方的上流人士。其实，此城亦是一要塞，可我却想避而不提那些防御工事，因为我深知自己是不懂得该如何去谈论它们的。而我一想到你势必会愿意原谅我此处的付诸阙如，我就更不懊恼于我的无知了。因为倘若我跟你细讲一番我旅行中所见的各种V形棱堡和堡垒的话，我可以断言你定然要问我"什么是V形棱堡呢？""什么又是堡垒呢？"

再会罢，我亲爱的妹妹。

第十六封
致××伯爵夫人

不伦瑞克[1]，旧历1716年11月23日

我现在刚抵达了不伦瑞克。此城虽然古旧，却好在它是沃尔芬比特尔公爵[2]领地的首府。这沃尔芬比特尔家族啊，且不说其祖上的荣耀，光是看现在年轻的一支已登上了英格兰的王座[3]，并且还出了两位德意志的皇后[4]，就足以说明它的显赫了。我在喝马姆酒[5]的时候，并没有忘了遥祝你身体健康，这酒在我看来真是名副其实的世间第一等的好酒。此信是我在旅途中写给你的第三封信了。我得跟你言明，你若再不赶快把我们那些伦敦的熟人中间发生的种种变化和意想不到的事原原本本地写给我看，我就不会给

---

[1] 不伦瑞克（Brunswick），德国中部城市。

[2] 奥古斯特·威廉（August Wilhelm，1662—1731），不伦瑞克-沃尔芬比特尔公爵（Duke of Brunswick-Wolfenbuttel）。

[3] 指乔治一世（George I）。

[4] 指约瑟夫一世（Joseph I）的皇后和查理六世（Charles VI）的皇后。

[5] 马姆酒（mum），不伦瑞克酿造的一种麦芽酒。

你写汉诺威[1]了（希望今晚就能抵达），虽然我深知你比别的人都更想听一听那地方的见闻。

---

[1] 汉诺威（Hannover），德国西北部城市。

第十七封
致布里斯托尔伯爵夫人

汉诺威，旧历1716年11月25日

收到夫人您来信的时候，已是我要动身离开维也纳的前一天了。这信本不会拖得这么久，早就该收到的，只是德意志大多数地区的邮政都疏于治理，再没有比之更糟糕的了。我可以毫不夸张地跟您说，从布拉格发出的邮包竟然就系在我那马车的车尾上，被如此这般地送往了德累斯顿。而这半个国家的秘密也就当真要落到我的手中了，倘若我有那好奇心去窥探一番的话①。对于您的来信，我现在就得表示感激，因为我不愿再耽误下去了，尽管我在这里实在朋友众多，而且还有进出宫廷的义务，的确很难匀出多少时间来回信。接下来，我要非常高兴地告诉您——绝无溢美之词或偏爱之情，我们那小王子②有着他那年纪所能拥有的一切才华，他看起来又活泼又机灵，举止落落大方，极具魅力，用不着

---

① 蒙太古夫人的意思可能是，邮包就系在她的马车上，如果她有那好奇心想去打开来看，那她就会窥探到这个国家的许多机密了。

② 弗雷德里克·路易斯（Frederick Louis，1707—1751），威尔士亲王的长子。

仰仗他身份的尊贵便已足够迷人了。昨晚，在国王驾到之前，我有幸先与那王子聊了好一阵。王子的老师也故意地退开了（这是之后才从其口中得知的），以便让我能听王子畅所欲言，从中对王子的聪明才智做出一番评判。我很惊喜地发现，王子所说的每一句话都透着敏捷与文雅，而这些又都结合在了这样一个可爱至极的人的身上，并且他还继承了王妃[①]的秀丽的金发。

至于这座城市，它既不算大，也不算漂亮。不过，城中的皇宫却能容下比圣詹姆斯宫廷[②]还要大得多的宫廷。国王好意地为我们在宫里分配了一个住处，若无此的话，我们就只得凑合着过夜了，因为那一大群的英国人早就让这座城里人满为患了。在有这么多人的情况下，如果还能在寒酸的小客栈里找到一个劣等的房间就该算幸运了。今日，我与葡萄牙大使共进晚餐的时候，他便表示很庆幸自己能在旅店里有两间破破烂烂的客房。如今我已游历了德意志，便难免要谈谈在这里旅行跟在英国旅行有着一种怎样莫大的差别——这里是见不到英国常见的那种贵族的堂皇的府邸的，就连类似乡绅宅子的房屋也是见不到的，虽然他们的土地上有着许多绝佳的地段。这里的人们仿佛是被划分在了各自独立的小国里一般，其中的富人与显贵要么居于宫中，要么就居于诸如纽伦堡和法兰克福那样的商人区里，而他们往往也是为了经商的便利才选择住在这些地方的城镇之中的。

[①] 安斯巴赫的卡罗琳（Caroline of Ansbach，1683—1713），威尔士王妃，乔治二世之妻，是信中王子的母亲。

[②] 圣詹姆斯宫廷（Court of St. James's），英国宫廷的正式名称。

每天晚上，国王那班来自法国的喜剧演员都要在宫里演戏。他们的装扮都十分华丽，其中也不乏演得好的演员。国王陛下是经常会当众饮宴的，因此宫廷里的人就非常多，国王的平易仁厚简直使这里成了世间最惬意的一处地方。匆匆不尽。亲爱的夫人，您的好友敬上。

第十八封
致里奇夫人

汉诺威，旧历1716年12月1日

亲爱的里奇夫人，我很高兴你告诉我说，你在听到我要回英国的传闻后是多么地开心，尽管与其他逸闻一样，我可以跟你保证，这传闻也是没有事实根据的。我希望你对我有足够的了解，愿把我的话当真，不再去相信任何与我有关的传闻。的确，就距离来看，相较于几周前我离伦敦是更近了许多，可若要说到有什么归乡之思的话，我则从未像现在这样将其抛得远远的。我也并不否认，我可以怀着莫大的喜悦去了却我那心愿，即见一见你以及为数不多的其他几位我所敬重的人。不过啊，沃特利先生已决定了要继续实施他的计划，而我也将死心塌地地去追随他了。——我这便谈到我自己的事情上去了，想必会如大多数人写自己那样，我笔下的文字将变得呆板无趣起来吧。

我还是赶紧把这个讨厌的话题岔开，聊聊别的，告诉你眼下我来到了一处美人如云的地方。可以毫不夸张地说，这里的女子一个个都有着玫瑰红的双颊、雪白的额头和胸脯、黛青的眉、绯红的唇，此外，她们往往还留有一头乌黑的秀发。这些无瑕之美，直到去世的那一刻，也从未离开过她们的身上，而在烛光的映照下，还有着一种极其精致的韵味。只是，我更希望她们能美得多样一些。她们彼此都太相像了，跟大不列颠萨尔蒙夫人蜡像宫[①]里的作品没什么分别，而且如果离火太近了，仿佛也会有被烤化之虞。因此，她们便小心翼翼地避着炉火，哪怕眼下是那样寒冷的严冬。我想她们为了这份自我约束必定吃尽了苦头。这里的雪已经积得很深，人们都开始坐着各自的雪橇车滑来滑去了。这是一项在德意志各地都很受欢迎的消遣。所谓雪橇车，就是固定在雪橇上的车座，可容纳一位女士和一位绅士，并由一匹马来拉动。绅士往往承担着驾车的荣幸，而那雪橇车则以惊人的速度滑行。只见女士、马匹和车座皆是精心装扮，非常华美，如若有许多辆同时出现，真可说是一场无比精彩的演出。而在维也纳，各种华美之物都是会极尽奢靡之能事的，所以有时候雪橇车竟有价值五六百英镑的。

此刻，沃尔芬比特尔公爵正在宫中。你也知道他是我们国王的近亲，是德意志当朝皇后的叔叔。这位皇后依我看应是世间最美丽的皇后了。她现在已怀上了孩子，也算是对皇宫痛失那年幼的大公的一种安慰了。在离开维也纳的前一天我去向她道别的时候，她便开始跟我讲起了那年幼的王子早夭的事，言语间充满了悲痛和哀愁，让我好生费劲才止住了自己的泪水。你应该知道我向来不会因对方的名头而对其有所偏心，不过我得承认我的确

---

① 指位于英国伦敦舰队街（Fleet Street）的萨尔蒙夫人（Ms. Salmon）蜡像展馆。

是很喜爱"这位迷人的皇后"的——倘若我可以用这样一种亲切的称呼的话。而即使我没有爱慕她，我也被那独子的悲惨结局大大地触动了。盼了这么久总算生下了他，却又因照料不周终致其死——竟在这初冬时节给他断奶。再见了，我亲爱的里奇夫人。你要继续写信给我，并要相信你的善意没有一丝一毫不是记在我心上的。匆匆不尽。

第十九封
致马尔伯爵夫人

布兰肯堡①，旧历1716年12月17日

亲爱的妹妹，就在离开汉诺威的那天，我才收到了你的来信。你应不难想象，当时我是多么急不可待地要去回复它，不过现在你也看到了，一有机会我便做起了回信这桩乐事。我来到此地之时，已是在十五日的深夜了——刚刚结束了一段糟糕透顶的旅程，经历了世间可怜的旅行者所能经历的最难行的道路和最恶劣的天气。我受这点疲惫，只是为了给那德意志的当朝皇后效劳，替皇后殿下捎信给她的母亲布兰肯堡公爵夫人②——这是一位端庄娴雅、深具教养的亲王夫人，即便到了现在的年纪也仍是风采依旧。我是很晚才来到该城的，如果就这样去惊扰公爵和公爵夫人，告诉他们我到了，想来实在欠妥，所以我先在一间破旧不堪的旅馆里

---

① 布兰肯堡（Blankenburg），德国城市。
② 克里斯蒂娜·路易丝（Christine Luise，1671—1747），伊丽莎白·克里斯蒂娜之母，夫君是不伦瑞克-卢内贝格公爵、布兰肯堡亲王路德维希·鲁道夫（Ludwig Rudolph, the Duke of Brunswick-Luneberg and Prince of Blankenburg）。

暂歇了下来。只是我刚遣人把我的问候传到两位大人那里，他们就立刻派来了一辆由六匹马拉的马车——也只有用上六匹马，才能把我们拉到城堡所在的那座极高的山上。公爵夫人对我很是热情，而这个小小的宫中亦不乏消遣娱乐。公爵每晚都会赌上几把巴斯特牌①，公爵夫人则告诉我有我相陪她感到非常高兴。若不是眼下她正在教堂里，我是很难腾得出时间来写信的——她去教堂，我无法陪着她，因为我不通当地的语言，还不足以用之来做祷告。

接下来如果我不就汉诺威说上几句，你恐怕不会原谅我了。我无法告诉你这座城市该说是单纯的大呢，还是壮丽宏伟。那个由已故选帝侯②修建的歌剧院可要比维也纳的华丽多了。虽因天气不佳，我无缘遍览海恩豪森花园③的全部美景，但我依然觉得这雪中的花园十分漂亮。而尤其令我惊叹的，是那多不胜数的橘子树，尽管就气候而言，这里的确比英国更冷，但橘子树却都比我在英国见过的要大许多。不过，更值得让我惊奇的，还要数那晚在国王的御宴桌上所看到的。当时，有个该国的绅士给他献上了满满两大篮子熟透了的橘子和各种品类的柠檬，许多都是我未曾见过的。而我认为最值得称道的，应是那两颗熟菠萝，在我尝来真可说是一种无比美味的水果。你也知道这种水果原产于巴西，我怎么也猜不透，若非靠了法术，它如何能出现在这里。经过一番询问后，我了解到，原来他们是用了炉子。他们把炉火调得恰到好

---

① 巴斯特牌（basset），一种带赌博性质的牌戏。
② 恩斯特·奥古斯特（Ernst August，1629—1698），汉诺威选帝侯。
③ 原文为"the Herrenhausen Gardens"。

处,这样就能任意地将夏天延长了,使每一株植物都能吸收到如同在原产地接受日照般那样的温度,其效果是不相上下的。我不免有些诧异,如此实用的新巧之法我们竟没有在英国推行。想到这里,我又进而想到了我们的固执。我们宁愿在一年中那五个寒冷的月份里冻得发抖,也不愿去用一用暖炉。暖炉无疑是生活中最大的便利之一啊,非但不会破坏了屋子的形态,涂彩描金后,反倒还会为屋子大大地增添富丽堂皇之感。维也纳即是如此,而德累斯顿亦然——在那里暖炉多是瓷瓶、雕像或精致柜橱的外形,看起来十分自然,不会让人感到突兀。倘若我回来了,我便要一反流行的做法,亲爱的妹妹,你定会在我的房内见到一个暖炉的。

  我以后会经常给你写信,既然你一直在盼着。但我也必须恳求你在你的来信中要写得更详细一点。你认为我和你仅隔着四十英里的距离,但你却全然忘了我久居在外,已不能领会你的那些点到为止的话了。

第二十封
致里奇夫人

维也纳，旧历1717年1月1日

我在维也纳刚收到了从汉诺威转寄过来的夫人你写给我的贺信，在信中你恭贺我即将回到英国。可是夫人呐，你瞧，天底下那些言之凿凿的事往往并不都是千真万确的。所以你也就没有任何理由来埋怨我，说什么全世界都知道了我打算返归故土，就只对你还当作秘密瞒着。现在你大可用我的名义来告诉天下的人，我的事情他们断不会有我自己了解得清楚，我非常确信我眼下是在维也纳。这里的狂欢节已经开始了，有各种各样的娱乐活动在永不停歇地进行着，只是没有假面剧可供观赏，因为在与土耳其人交战期间，这是绝不许上演的。

此处的舞会往往在公共的场地举办，男士需先支付一达克特金币方能入场，而女士则什么也不必给。据说，这些舞会厅有时一晚就可以有一千达克特的进账。舞会厅的装潢是极其富丽奢华的，音乐也很美妙——只可惜未能摈弃在演奏中混入猎号的讨厌习俗，真是震耳欲聋。然而，这吵闹的声音在当地人听来却很悦耳，他们的音乐会没有一场是不用猎号的。通常说来，舞会是以英国的乡村舞收尾,届时会有三四十对的舞伴共舞,不过他们跳得实在是糟糕,让人感到索然无味。并且他们只懂得六种跳法,还翻来覆去地跳了五十年。我原本是想教他们一些新的花样的,但却意识到,恐怕得耗费数月的努力才能让他们有所领会罢。昨晚,在宫里上演了一出意大利喜剧。那布景倒挺漂亮,然喜剧本身却是低俗至极的闹剧,既无机智,也无幽默。我便难免感到惊异,整个宫里的人竟能坐在这里聚精会神地足足看了四个钟头。按例,女子是不准登台演戏的,故那些扮女装的男演员就会成了粗笨的丑角,他们为该剧又增添了许多的笑料。而说到这一消遣娱乐,就不能不提与之相伴的极度寒冷的天气,当时真是奇寒无比,险些没把我给冻死在那儿。

眼下,这里的冬季已然到了最寒最冷的时候了。多瑙河全都结了冰,若不是靠着暖炉和裘皮,哪能受得住这样的天气啊。然而,这里的空气却十分清新,所以近乎每个人都很健康,伤风感冒远不似英国那般寻常,连一半也不及。我深信,天底下再没有比维也纳的空气更洁净、更益于健康的了。至于这里供应的货品,也是样样俱全,其丰富与精致皆要比我曾待过的任何地方都超出许多,故而维持一张摆满珍馐美馔的餐桌并不会花费甚巨。——真是有趣啊,穿过那一个个的集市,看到被我们视作珍稀食材的禽肉和鹿肉竟很丰足,每日都有来自匈牙利和波希米亚的供货。对于他们,所缺的就仅有贝类了,而他们又是那样地喜欢吃牡蛎,便只好从威尼斯运牡蛎过来。他们吃得狼吞虎咽,才不管那牡蛎臭了没臭。

为你写下这样一段关于维也纳的介绍,我便算是遵从了夫人你的命令,尽管我也知道你并不会对此感到满意的。你总是责怪我太懒,有成千的奇闻趣事都没跟你讲,还说你确信我是耳闻目睹过的。夫人呐,我敢担保,我是因了对真实的看重,而非因了懒惰,才没有拿其他旅行者常用来供读者消遣的种种异闻去博你开心。我本来也可以在我途经的每个城镇中都轻轻松松地找到奇事,或跟你讲一长串天主教的神迹,但我并不觉得让你知道世界各地神父在撒谎、民众在盲信,这于你会有什么新鲜的。而那些你急于打探的新闻,又怎会让你感到有趣呢?你又不识个中人物,你听到的只是哪里哪里的亲王抛弃了哪里哪里的伯爵夫人,或某某亲王夫人又与某某伯爵有染罢了。难道你要让我像多尔诺瓦伯爵夫人[①]那样写小说吗?就这样跟你讲讲寻常朴素的真实经历不更好吗?余不赘。你的好友敬上。

---

① 玛丽·凯瑟琳(Marie Catherine d'Aulnoy,约1650—1705),法国童话作家,写过西班牙旅行记。

第二十一封
致马尔伯爵夫人

维也纳,旧历1717年1月16日

亲爱的妹妹,从今天开始我就要跟你分别很长一段时间了,也将会永远地离开维也纳了。因为我打算明日就踏上穿越匈牙利的旅途,哪怕面对的是极度的严寒和累累的积雪——足以浇灭那大到远非我所能驾驭的勇气。不过,我所秉持的"被动服从"的原则[①]从来都是让我渡过了各种难关的。我事先已觐见过各位皇后了,跟她们都道了别。而在我陪侍当朝皇后的时候,皇帝陛下也很乐意地驾临了,经过一番非常客套的交谈后,两位大人都邀我要在归途中再访维也纳。只是我实在没有再去受一番劳形之苦的念头了。随后,我就把来自布兰肯堡公爵夫人的信交到了皇后手中。虽然皇后殿下是那般热情地要强留我,但我也仅在宫中待

---

① 原文为"principle of passive obedience"。虽然将之翻译成"逆来顺受的原则"会更地道一些,但蒙太古夫人此处可能是在嘲讽英国的托利党人所持的"被动服从"(passive obedience)观念,所以也就采用了现在的这种译法。此外,她在第二十九封信中也提到了"passive obedience"。

了短短数日而已，在离别之时，她便只好让我允诺今后不忘写信给她。

我从这个地方也是给你写过一封长信的，愿你已经收到了，尽管你只字未提。此外，我想我还有件趣事忘了跟你讲，因其在德意志的各个皇宫中皆可得见，便难免不引起我的注意。那些德意志的王公们呐，都养得有心爱的侏儒。皇帝和皇后就养了两个这样的矮小的怪物——他们皆丑如魔鬼，尤其是那女的，但他们身上却又都缀着一颗颗的钻石，皇后殿下无论到哪儿露面，那个女侏儒总是会侍立在她的身旁。同样地，沃尔芬比特尔公爵也养了一个，而布兰肯堡公爵夫人亦不例外——她养的那个真算得上是我所见过的最匀称的侏儒了。另据传，丹麦的国王还将此时尚发扬光大，竟让他的侏儒当上了首席大臣。对于他们何以会宠爱这些畸形的怪胎，我实在想不出别的缘由，只能说全天下独揽大权的君主无不认为与除他而外的人交谈会有损身份，但为了不至落得过于孤单，又只好到人类的废渣堆里去寻来了朋伴，而这些怪物便是他们宫中唯一有幸能与之畅谈的了。

眼下的我正犯着咽喉痛，需在屋里休养，出不了门。不过我也真的庆幸能有这样一个借口，可以不去见那些我所珍爱的人——想到就要与他们永久地分别了，真不知如何是好。诚然，奥地利人通常说来并不算是世间最有礼节的民族，也不是最招人喜欢的，但在维也纳却住着来自各个国家的人，这样我便得以聚集了一小圈与我意气相投、默契无间的朋友。别看人数不是太多，如若换了别的地方，我还真挑不出这样数目的通情达理、易于相处的朋友来。我们这些人，近乎每时每刻都是待在一块儿的，而你也知道，我向来都认为只与一些自己所敬重的好友促膝长谈才是人生最大的幸福。在这些好友里，有几位来自西班牙的男女，他们将自古以来就被认作是其民族所特有的那种热情奔放、豪爽大方的性格表现得淋漓尽致。而我若当真以为整个西班牙王国的人都跟他们一样的话，那我恐怕就会一心只愿在那里终老了。

与我相识的那些夫人小姐们，待我都特别好，她们一见到我就会抹泪，因为我已下定决心要上路了。其实，我每每想到自己即将经受的种种，也是无法安之若素的。而差不多我所遇见的每个人，又都会跟我讲一个新的阻碍以期把我吓退。欧根亲王[①]便是这样，他好心好意地把他能说的都说了，只想着劝我多留一阵，待到多瑙河解冻后再动身，称这样一来我就有了走水道的便利了。并且，他还言之凿凿地告诉我，匈牙利的房子根本就抵御不了如此恶劣的天气，况且在布达[②]和奥西耶克[③]之间四天的路程里，我有三天是连留宿之地也找不着的，我只能去穿越那为白雪所覆盖的荒原，而荒原又寒风凛冽，曾冻死过好多的人。不瞒你说，这一幕幕可怖的场景在我的脑海中留下了极深的印象，因为我相信他是实话实说，没有人会比他更清楚这些的。走笔至此，我已提到了那位伟人的名字，想必你就会盼着我专门说点关于他的事情，既然我有幸可以经常见到他。但是呐，我却不愿在维也纳谈欧根

[①] 欧根亲王（Prince Eugene，1663—1736），法裔奥地利将军，在奥土战争和西班牙王位继承战中屡立战功，是当时的一大名将。

[②] 布达（Buda），多瑙河右岸的山城，后与左岸的佩斯合并组成匈牙利的首都布达佩斯。

[③] 奥西耶克（Osijek），亦写作Essek，克罗地亚东北部城镇。

亲王,这就跟我在翁法勒①的宫中见到了赫拉克勒斯后并不会在那里议论他是一样的②。我真不明白,那些平庸之辈细细翻找伟大人物的弱点,借此将自己拉得离他们近一些,会得到何种的快慰。但对我来说,眼见人无完人,这总要令我心生羞惭的。如今,那位年轻的葡萄牙亲王③已成了宫廷上下都很仰慕的对象。他英俊不凡,温文尔雅,又朝气蓬勃。官员们无不在传最近一次征战中他凭其勇武所立下的件件奇功。而他也正住在王宫里面,享受着与他地位相称的各种尊荣。

再会吧,亲爱的妹妹。这将是你能从我这里得到的最后一篇关于维也纳的见闻了。倘若经过此番跋涉,我还幸而未死的话,那么你是应当又可以听到我的音讯的。在此,我要借蒙勒斯④之言真真切切地说一句,我早已学会了如何做到无牵无挂,只是一念及我那可怜的幼子所要经受的疲顿劳累,我就难免会眼中饱含身为人母的全部慈爱,心中盛满相应的所有柔情。

又及,我写过一封信给里奇夫人,想必她是不喜欢那信的。

---

① 翁法勒(Omphale),希腊神话中吕底亚的女王。赫拉克勒斯曾按德尔斐神谕的指示,卖身给她当奴隶,以赎杀死依菲托斯(Iphitus)的罪。在赫拉克勒斯为奴期间,她给赫拉克勒斯换上了女子的衣服,并命他干女子的活儿。

② 欧根亲王因为一直未婚,在维也纳便被同僚称为"缺了维纳斯的马尔斯"(a Mars without a Venus)。马尔斯是罗马神话中的战神,曾和维纳斯私通,所以"缺了维纳斯的马尔斯"一语就是在嘲讽欧根亲王的同性恋倾向了。

③ 唐·曼努埃尔(Dom Manuel of Braganza,1679—1766),葡萄牙亲王,为奥地利征战于彼得瓦尔丁,他在此次战役中的表现广受赞誉。

④ 蒙勒斯(Monese),尼古拉斯·罗《帖木儿》一剧中的人物。尼古拉斯·罗(Nicholas Rowe,1674—1718)是英国悲剧作家、桂冠诗人。

我静下心来深思一番后，觉得当初还是应该置之不理才对。不过，我那时实在很气恼，气她提出的种种质疑，也气她那可笑的想法，竟以为我的确看到过数不胜数的奇迹，全因我心怀恶意才将之秘藏了起来。她这就相当于是在怨我不去学着像其他旅行者那样编故事啊。而我也深信不疑，她是期待我跟她讲讲食人族的，也就是那些脑袋长在肩膀下方的人。不管怎样，还请说点什么抚慰一下她吧。

第二十三封[1]
致蒲柏先生

维也纳，旧历1717年1月16日

我是腾不出时间来回你的信了，我眼下正在为我的旅行做着准备，实在是忙得不可开交。不过，我觉得还是应该先郑重其事地跟我的朋友们道声别，就好像我要去冲锋陷阵了一般——倘若我愿相信这里的人提供给我的信息的话。总之，他们跟我说了各种各样我可能会遭遇的危险。而当前的天气也的确恶劣透顶，鲜有人会贸然动身的。与此同时，我还担心将被活活冻死，葬身在雪地之中，或是让鞑靼人给绑了去——鞑靼人正肆虐横行于我将要穿越的匈牙利的那片地区。的确，我们会带一支很庞大的护卫队上路，不过，如此一来我就有可能身陷混战之中，从而观赏到一幕新景了。我的冒险之旅究竟将有怎样的结局，只好完完全全地听天由命了。如果是以喜剧告终，那么你就应当能听到我旅途的见闻的。

---

[1] 书信集中缺第二十二封信，直接从第二十一封跳到了第二十三封。

请好心地帮忙转告康格里夫先生①我已收到了他的来信。替我向他道别。倘若我能活下来，我会回他信的。并向里奇夫人致以同样的问候。

---

① 威廉·康格里夫（William Congreve，1670—1729），英国剧作家，擅长使用喜剧对话和讥讽手法刻画并讽刺当时的英国上流社会，主要剧作有《以爱还爱》《如此世道》等。

第二十四封
致马尔伯爵夫人

彼得瓦尔丁[①],旧历1717年1月30日

终于啊,亲爱的妹妹,我和我的家人全都安然无恙地抵达了彼得瓦尔丁。我们一路上并没有经受多少这个季节里的严寒之苦(为了御寒,我们备足了毛皮衣服),而且在沿途各地(预先已捎信联系)也都找到了还算不错的住宿之所,这就让我一想到先前听闻的种种关于此次旅行的可怖说法,便会忍不住发笑。——我那些维也纳的朋友之所以这样说,也全是因了他们心肠柔善,并想留我与他们共度寒冬。或许,就这次旅行写一篇简短的流水账,是不会见怪于你的吧。毕竟你对我所途经的那个国度一无所知,它是一个鲜有人踏足的地方,就连匈牙利人也不例外——为图便利,他们往往是沿多瑙河顺流而下的。

一路上,我们有幸得到了上天的眷顾,与过去每年的这个时节相比,天气状况要好许多。然积雪依旧很深,我们只好把马车固定在雪橇上面,如此一来,马车便能飞速地滑行,且还畅然无

---

① 彼得瓦尔丁(Petrovaradin),塞尔维亚城市。

阻，这真是迄今为止最为惬意的驱马赶路的方式了。也就是在离开维也纳后的第二天，亦即十七日当天，我们赶到了拉布[1]。沃特利先生已事先差人将我们到来的消息带给了当地的总督，所以我们在这里才得以享有那特意安排的城中最好的房子。而驻守于此的守卫队也都武装着，且专门有一卫兵听命把守在我们的房门口。此外，我们还受到了其他种种的礼遇。很快地，总督连同多名官员就前来拜见沃特利先生了，他们皆关切地问他还有什么能为他效劳的。于此期间，蒂米什瓦拉的主教[2]也来看望了我们，他很是热情好客，一个劲儿地要留我们明日与他一同进餐，可惜我们早就决意要继续赶路，便只好婉拒了。不过，他还是送了我们几篮子的冬季水果、品类繁多的匈牙利葡萄酒，以及一只刚杀的小母鹿。这位在该国享有大权的高级教士，出身于名叫纳达斯第的古老世家——这一世家好几百年以来在王国之中都堪称声势显赫。主教真是个温文尔雅、和蔼可亲、乐天开朗的老爷子啊，他穿着一袭匈牙利的本土长袍，而那把威严的长白胡子则已垂及腰间了。

拉布，乃一固若金汤的要镇，戒备森严，有着很好的防御工事，长期以来都是介于土耳其与德意志两大帝国间的边陲小镇。拉布之名源自拉布河，而它也正好就坐落在拉布河与多瑙河的交汇处——一片广袤的原野上。拉布最先是在1594年被苏丹穆拉德

---

[1] 拉布（Raab）亦即杰尔（Gyor），匈牙利城市。
[2] 拉斯洛（Ladislaus，卒于1730年），纳达斯第伯爵（Count Nadasdy）、巴纳特（Banat）地区主教。蒂米什瓦拉（Timisoara）现为罗马尼亚城市，乃巴纳特地区历史上的首都。

三世①治下的希南帕夏②给举兵攻占。而当时的拉布总督则因涉嫌叛国投降,随后便被这边的皇帝下令斩首了。直到1598年,施瓦岑贝格伯爵③与帕尔菲伯爵④通过奇袭又将拉布夺了回来,自此以后拉布就一直掌控在德意志人的手中——尽管土耳其人在1642年也曾试图使计攻夺之。至于这里的大教堂,它外观宏伟,建造精良,可以说是我在此镇之中所见过的唯一一处引人注目的地方了。

我们是从拉布河对岸的科莫拉⑤再度启程的,并于十八日抵达了诺斯慕尔村⑥——它虽是一个小村庄,可我们还是想方设法地在里面找到了能够凑合着住的歇息之地。然后,我们便从这里出发,接连赶了两天的路,去往了布达。尽管我们途经的是世间最好的一片平原,平坦得如同铺了路一般,且丰沃无比,但它大部分都是荒野,不见耕种之迹——土耳其人与这边皇帝之间长年的征战⑦,以及自利奥波德皇帝血腥镇压新教以来所引发的更加残酷的

---

① 穆拉德三世(Murad III,1546—1595),奥斯曼帝国皇帝。
② 希南帕夏(Sinan Pasha,1515—1596),曾五次担任奥斯曼帝国大维齐尔,领兵征战沙场无数。帕夏(Pasha)是旧时奥斯曼帝国和北非高级文武官的称号,作头衔用时,置于姓名后。大维齐尔(grand vizier)指旧时奥斯曼帝国及其他伊斯兰国家的高官或国务大臣。
③ 施瓦岑贝格伯爵阿道夫(Adolf von Schwarzenberg,1547—1600)。
④ 帕尔菲伯爵尼古劳斯二世(Nikolaus II,Count Palffy,1552—1600)。
⑤ 原文为"Comora"。
⑥ 原文为"Nosmuhl"。
⑦ 16至18世纪,奥地利与土耳其之间展开了一场旷日持久的战争,史称奥土战争。这里的皇帝指的是奥地利的皇帝,紧接在后面的利奥波德皇帝乃神圣罗马帝国皇帝。

内战,早已令这片平原荒废掉了。话说这位利奥波德皇帝在身后给世人留下了一个极其虔诚的印象,而他天生也是有着温柔仁慈的性情的,只可惜他却将良知交到了一个耶稣会会士的手中,开始对他那些可怜的匈牙利臣民变得残暴和奸恶起来,即便土耳其人对基督徒也不若这般啊。利奥波德肆意妄为,早已背弃了加冕时的誓言,以及在许多公共条约里所郑重立下的信仰。真可说天底下再没有比行经匈牙利更令人抑郁哀伤的事了——一面怀想先前那王国的繁荣景象,一面却又看到这块如此尊贵的宝地竟变得几乎荒无人烟。

这同样也是布达眼下的境况——我们于二十二日很早就抵达了布达。从前,布达是匈牙利历朝国王王都的所在地,而国王们的王宫还被誉为当时最华美的建筑之一,可是如今都已遭毁尽了。自上次受围攻以来,布达城中就满目疮痍,一直未获修复,仅仅补葺了防御工事和城堡——这座城堡现在是军功显赫的总督拉古尔[①]将军的居所。我们刚一到,拉古尔将军便前来拜访了我们,并用他的马车将我们送到了他的府邸。在那里,有他的夫人相迎——这位夫人极尽地主之礼,盛情地款待了我。布达城是坐落在多瑙河南岸的一座小山之上的,总督的城堡要比市镇高出许多,故而从城堡里望出去的景色很是壮观。在城墙之外,则布满了许许多多的小屋,其实也就是棚屋,总督他们将这些地方都称作塞尔维亚镇,因为里面住的全是来自塞尔维亚的人。总督还跟我担保,从中定能募集到一万两千名的战士。这些镇子看起来是非常

---

① 原文为"Ragule"。

奇特的，镇子里的小屋全都一排一排地立着，成千成千地紧紧挨在一起，稍微离远点看去，那样子真是与奇形怪状的大草棚相差无几了。并且，各个小屋还都设有两层楼，包括地上一层和地下一层，分别用作冬夏两季的住房。

布达最先是在1526年被苏莱曼大帝[①]攻占的，但次年就被波希米亚国王斐迪南一世[②]给夺走。而到了1529年，苏莱曼又利用驻军叛变将布达收复了回来，主动地把它交到了匈牙利国王约翰[③]的手中。后来国王离世，王子尚在襁褓，斐迪南便举兵围城，王后只好向苏莱曼求援，苏莱曼成功破围，却留下一队土耳其士兵驻守城中，还命王后移宫别处，王后不得不从，此乃1541年间事。于此之后，布达接连抵挡住了数次围攻，来犯者计有1542年的勃兰登堡侯爵[④]、1598年的施瓦岑贝格伯爵[⑤]，以及1602年的罗斯沃姆将军[⑥]。不过在1684年，又有神圣罗马帝国军队的统帅洛林公爵[⑦]率兵围攻，经过一番负隅顽抗，布达终在1686年屈服投降。其间，

[①] 苏莱曼一世（Suleiman I, the Magnificent，约1495—1566），奥斯曼帝国苏丹，以其统治时期的军事力量和文化成就闻名。

[②] 斐迪南一世（Ferdinand I，1503—1564），匈牙利和波希米亚国王（1526—1564）、神圣罗马帝国皇帝（1558—1564）。

[③] 约翰一世（John Zapolya，1487—1540），匈牙利国王。

[④] 约阿希姆二世（Joachim II，1505—1571），勃兰登堡选帝侯。

[⑤] 即之前提到过的施瓦岑贝格伯爵阿道夫。

[⑥] 赫尔曼·克里斯托夫（Hermann Christoff，1565—1605），罗斯沃姆伯爵（Count von Russworm）、神圣罗马帝国元帅。

[⑦] 查理五世（Charles V，1543—1690），洛林公爵（Duke of Lorraine）、神圣罗马帝国元帅。

布达总督阿布迪帕夏①在城墙破口处的攻防战中英勇就义。布达城的沦陷，令土耳其举国震惊，人人愤恨不已，终致其君主穆罕默德四世②在第二年即遭废黜。

我们直到二十三日才又继续赶路，途经了亚当镇③与弗多瓦镇④——两镇当年在土耳其人手中的时候，均为繁盛的大镇，然如今却已几成废墟了，仅有一些残存的土耳其塔的遗迹仍旧透着昔日的辉煌。而匈牙利的这片地区，是长满了蓊郁茂密的林木的，并且鲜有人踏足其间，所以我们才看到了数目多得让人难以置信的野禽。这些野禽在此地往往都活到了很大的岁数。

沉沉酣梦，无炮火惊扰。

我们于二十五日来到了莫哈奇⑤，并被带着去看了一处地方。据说，年轻的匈牙利国王路易⑥就是在那附近损兵、殒命的——当时，他想逃脱苏莱曼大帝麾下巴利贝斯将军⑦的追击，淹死在了那里的一条水沟之中。而这场战役则为土耳其人打开了首条直抵匈牙利中心的通道。我虽无意于跟你历数我途经的那些乏善可陈的小村，但我可以跟你保证，我总能在那些村子里找到一个温暖

---

① 阿布迪帕夏（Abdi Pasha，1616—1686），布达最后一任土耳其总督。
② 穆罕默德四世（Mehmed IV，1648—1687），土耳其苏丹。
③ 原文为"Adam"。
④ 原文为"Fodowar"。
⑤ 莫哈奇（Mohacs），匈牙利南部城市，坐落在多瑙河河畔。
⑥ 路易二世（Louis II，1506—1526），匈牙利、克罗地亚和波希米亚国王，死于莫哈奇战役中。
⑦ 原文为"Balybeus"。

的火炉，以及无比丰盛的食物——尤其是野猪肉、鹿肉和各种各样的野禽。这些住在匈牙利的为数不多的人们啊，都可说是过得相当舒适，尽管他们身无分文，但却有树林和平原使其丰衣足食。按规定，他们原本都得遵命向我们免费提供一切所需之物的，即便是马匹也可任由我们挑选，但沃特利先生却实在不愿利用此条命令来欺压这些贫苦的乡民，他便始终按照我们所取之物的价值分毫不差地付钱给他们。而乡民则无不惊喜于这出乎意料、难得一见的慷慨，故在我们离开之时总是塞给我们诸如一打肥鸡之类的东西作为赠礼。乡民们穿得都非常简陋，一身素的羊皮衣，除靠日照将之晒干外，就未经任何别的处理了，至于那帽子和靴子，也是同样的材质。而你则不难想见，这身行头是可以供他们度过许多个冬季的，所以他们也就很少有用到钱的时候了。

二十六日，我们带着整队的车马，从结冰的多瑙河上穿过，在河对岸见到了维特兰尼将军[①]。他盛情地邀我们去他那座位于几英里之外的小城堡中过夜，并确切地告诉我们，若要前往奥西耶克，就得经历一整天的艰苦跋涉。他的这番话，后来果真应验了。那片必经的树林实在是难以通行，而且还危险重重，有着大量的野狼藏匿其间。不过，我们最后还是赶到了奥西耶克，虽天色已晚，但我们都平平安安的。在奥西耶克，我们需待上一整天，因为要先派个信使送信给贝尔格莱德[②]的帕夏。于是，我便借此机

[①] 尤里乌斯·弗朗茨（Julius Franz, 1666—1736），维特兰尼伯爵（Count of Veterani）、奥地利陆军元帅。

[②] 贝尔格莱德（Belgrade），塞尔维亚首都。

会在奥西耶克游览了一番。它尽管算不上很大,但却修建得漂亮,其防御工事亦堪称精良。它是一座贸易发达的城市,在土耳其人的治理下,显出了一派繁华无比、人烟稠密的景象。它坐落在德拉瓦河①河畔,此河的河水最终将汇入多瑙河中去。那横跨在河上的大桥,素被视作世上最恢宏壮观的桥梁之一,其长约有八千步距②,通体由橡木建成。1685年,因莱斯利伯爵③的进犯,大桥惨遭烧毁,全城亦化作一片焦土。后来,土耳其人又予以修复,并加固之。然在1687年,土耳其人却弃桥而走,使得它被神圣罗马帝国皇帝派出的多尼瓦特将军④占领。自从落入其手后,这座桥便一直这样保存至今,并成为匈牙利的一个防御工事。

我们于二十八日来到了沃克瓦⑤。这是一座很大的塞尔维亚城镇,城中的房屋皆是按我先前向你描述的样式修建的。在那里,有位上校前来迎接了我们。他一心想让我们就到他的住处去,不要再往别的地方跑了。在他家中,我见到了他的妻子,真是一位讨人喜爱的匈牙利女士,而他的侄女和女儿也在,是两个又年轻又标致的姑娘。他们一家子人全都挤在一栋由三四个塞尔维亚式小屋拼合而成的房子里,不过,房内布置得倒是十分整洁和便利,以当地条件而言,算是做到极致了。话说匈牙利的女子要比奥地利的女子漂亮许多,就连维也纳的佳丽也全是来自匈牙利的。而

---

① 德拉瓦河(Drava),欧洲中南部河流。
② 指行走时一步的距离,有时用作长度单位。
③ 莱斯利伯爵雅各(Jacob, Count von Leslie)。
④ 原文为"General Dunnewalt"。
⑤ 沃克瓦(Vokovar),克罗地亚村镇。

眼前的这三位，就生得很是漂亮，身材也匀称，并且她们的长裙在我看来非常合身，简直恰到好处。——上校夫人穿的是一袭鲜红色的丝绒礼服，衬里和衬面都缝了貂皮，整件礼服裁剪得刚好贴合她的身形，而裙摆则垂到了脚边。这三位女子的长裙的两只袖子，均紧紧地裹着她们的手臂，在那束腰的正面，还镶了两排用金子、珍珠或钻石做成的小扣。至于她们头上戴的，乃是绣着金流苏的帽子，只见那流苏朝一侧低垂着，且帽子上又有以貂皮或其他精美毛皮为材质的里衬。夫人她们为我们准备了一顿丰盛的晚餐，她们席间的谈吐在我看来是非常优雅、风趣的。她们都很乐意陪我们赶一段路。

我们于二十九日来到了我写信的这个地方，迎接我们的是作为此地驻兵长官之首的司令。我们被安排在了总督府邸最好的房间里，并依照皇帝的旨意，得到了非常优厚的款待。我们需在这里等到土耳其边境的各项接待事宜都办妥后才能动身。今早，沃特利先生从奥西耶克派出去的信使刚好赶了回来，他带回了一封帕夏用鲜红色缎面小锦囊装着的回信，这里的翻译已将之译好。帕夏在信中向沃特利先生保证他定会受到尊贵的接待，并且希望沃特利先生自己能指定一个让土耳其护卫队前来相迎的地点。于是，沃特利先生又派信使带去了"贝斯卡"①这个地名——贝斯卡乃一位于彼得瓦尔丁和贝尔格莱德中间的村子。接下来，我们就得继续待在这儿等回信了。

至此，亲爱的妹妹，我已给了你一个非常详尽的关于这段旅

---

① 贝斯卡（Beska），塞尔维亚村镇。

行的记载。不过这在你看来恐怕会显得乏味吧。其实我也并不是为了矫揉造作地炫耀我博览群书,才告诉了你这些零零碎碎的关于途中各个城市的史实。我写信向来都是在避免此类东西的——每当我谈到你我皆很熟悉的地方的时候。可是匈牙利依我看毕竟是这世上于你很陌生的一块地方,想来你是会带着点兴趣去读关于此地的记载的——皆由我煞费苦心地从最好的材料中寻来。不过,倘若你不喜欢,你也有权利不去读它。余不多叙。亲爱的妹妹,你的姐姐敬上。

又及,我保证这封信会被小心翼翼地送往维也纳的。

第二十五封
致亚历山大·蒲柏先生

贝尔格莱德,旧历1717年2月12日

我的的确确是想从彼得瓦尔丁就给你写一封长信的。我原以为我能在那儿待上个三四日,可怎知此地的帕夏竟是那么急切地想要见到我们,没过多久便让沃特利先生派去确定护卫队迎接时间的信使马不停蹄地赶了回来。而我书信往还之事并未被认为有多么地重要,行程并不会因之而暂缓。我们在第二日就离开了彼得瓦尔丁,沿路护送我们的,是驻兵的几位主要长官,以及一支由德意志人和塞尔维亚人组成的庞大的护卫队——在皇帝的军队中,就有好几个团里面全是这两族人。不过,说实在的,他们哪里是什么士兵啊,简直就是一群强盗。因为他们没有军饷,只得靠自己去凑齐武器和马匹。他们看起来就像四处流浪的吉卜赛人,或壮实的乞丐,难以见出什么正规军的样子。而我也实在忍不住想要谈一谈这个族群——现已遍布匈牙利全境了。话说,他们在开罗是有一位他们自己的主教的,而他们也的确是属于希腊正教会的,但他们却愚昧透顶,使得他们的牧师有机可乘,给他们灌输了一些所谓新的观念。于是,这群家伙便任由其头发和胡须杂乱地生长，最后竟变得和印度的婆罗门教徒一个模样。此外，他们还成了平信徒的遗产中全部金钱的法定继承人。作为回报，他们会给平信徒颁发经签字和密封后的正式的天堂通行证。而平信徒的子女，则只能继承房屋和牲畜。至于其他方面，他们就几乎都是遵循希腊正教之规仪的了。

以上的这点题外话，打断了我的叙述，我原本是要跟你讲讲我们所走过的卡尔洛夫奇[①]战场的——欧根亲王正是在这里取得了他最后的大胜利，击败了土耳其人。而那个光荣而血腥的日子的残痕，眼下也仍是看得到的，只见战场上到处布满了士兵、马匹和骆驼的头骨与尸骸。我见到数量这样大的残缺的尸体，是不能不感到恐惧的，进而也难免会想到战争的邪恶，它不光把谋杀残害变得非做不可，而且还以此为荣。人们就为了这么一小块土地而奋力厮杀，却任由大片的沃土荒无人烟，天底下真是再没有比这更能显而易见地证明人类之不理性的证据了，不论我们怎样冠冕堂皇地声称自己拥有理智。的确，我们的传统做法即是如此的，战争不可避免，然而还有比让这种明显与人类普遍利益相冲突的传统做法根深蒂固下来更大的关于人类缺乏理智的明证吗？我很是偏向于相信霍布斯先生[②]的说法，即人类自然的状态就是战争的状态。不过，由此我也就能断定人性是不理性的了，倘若理智一

[①] 卡尔洛夫奇（Karlowitz），塞尔维亚村镇，即如今的斯雷姆斯基·卡尔洛夫奇小镇（Sremski Karlovci）。

[②] 托马斯·霍布斯（Thomas Hobbes，1588—1679），英国政治哲学家，其最伟大的作品《利维坦》包含了维护君主专制的主张，他认为君主专制政体是最为理性因而也最为可取的。

词与我所想的一样,指的是常识。其实,我还有许多坚实有力的论据可用来支撑我的这一想法,但我实在不愿拿这些来搅扰你了,还是回到平平实实的写法,继续讲我旅行的经历吧。

我们在贝斯卡——一个位于贝尔格莱德和彼得瓦尔丁中间的村子——与土耳其步兵的阿加[①]见了面。虽然帕夏先前已保证过会派来人数完全相同的一队士兵,但土耳其的队伍还是比德意志的队伍多出了一百人,由此你也可以想见他们的惧怕了。尽管经人劝说后我也真的相信,他们断不会以为靠了这一百人的差别就能与德意志的队伍打个平手,但在两支队伍分别之前,我还是非常担忧的,就怕即便有言在先也会起了争端。我们是很晚才到的贝尔格莱德,因为那深深的积雪使得上行至此地的路很是难走。贝尔格莱德看起来是一座固若金汤的城市,毕竟它的东面和南面各有多瑙河与萨瓦河[②]相护,而且它以前还是匈牙利御敌的一道屏障。历史上,此城先是被苏莱曼大帝攻占,而后又被巴伐利亚选帝侯[③]率领神圣罗马帝国皇帝的军队给夺取,然在仅仅占领了两年后,就又被大维齐尔给夺了回去。如今,土耳其人是小心翼翼、尽施其技地为它加强了防御工事,同时还派了很大一支无比勇猛的土耳其士兵驻守城中,并由瑟拉斯克尔[④]帕夏统领之——这最后的一句话似乎表述得还不够准确,其实应该说是瑟拉斯克尔被这

[①] 阿加(aga),奥斯曼帝国时期伊斯兰教国家对文武大官或长者的尊称。

[②] 萨瓦河(Sava),欧洲东南部河流。

[③] 马克西米兰二世(Maximilian II,1662—1726),巴伐利亚选帝侯(Elector of Bavaria)。

[④] 瑟拉斯克尔(seraskier),奥斯曼帝国的总司令、陆军大臣。

支土耳其军队统领了才对。因为这些士兵在这里有着绝对的权威，近乎处于一种叛乱的状态，这一点你可以从下面的这个故事看出来。而与此同时呢，这个故事也能让你大致了解到彼得瓦尔丁总督那令人钦佩的"聪明才智"，虽然那里距离贝尔格莱德只有短短数小时的路程。

还在彼得瓦尔丁的时候，那里的总督就告诉我们，贝尔格莱德的驻军和居民都很厌倦战争了，他们在两个月之前的一场兵变中杀死了帕夏，因为帕夏屈服于五袋钱（约五百英镑）的贿赂，竟允许鞑靼人前来进犯德意志的边境。听闻此言，我们对那里的人们能有着这样正直勇武的性情感到很是高兴。可当我们来到了贝尔格莱德后，却发现总督听来的消息不确，故事的真相是这样的——已故帕夏之所以惹了士兵的众怒，没有别的原因，只是因为他限制了这些士兵对德意志人的侵犯。这些士兵把那帕夏的柔善在脑中推演一番后，竟认为帕夏与敌军有所勾结，并将这消息传给了在哈德良堡①的大君②。但出自哈德良堡的补救之策却来得不够快，所以他们就自己结集了起来，发动了骚乱，用武力将帕夏拖到了卡迪③和穆夫提④的面前，以一种叛乱造反的态度要求惩处之。一个高喊，他为何要保护异教徒？另一个又喊，他为何要榨出我们的钱财？而帕夏一下子就猜到了他们的意图，便冷静地

---

① 哈德良堡（Adrianople），土耳其西北部城市艾迪内尔（Edirne）的旧称。

② 穆罕默德三世（Ahmed III，1673—1736），奥斯曼帝国苏丹。大君（grand signior）指奥斯曼帝国皇帝。

③ 卡迪（cadi），伊斯兰国家的法官。

④ 穆夫提（mufti），伊斯兰教教法权威，奥斯曼帝国时期伊斯兰教的宗教领袖。

回答他们，说他们问了他太多的问题，可他只有一条命，哪能全都回答得过来？谁知，他们听了后，立即就举着短弯刀扑向了他，还未等那律法方面的首脑断罪，不一会儿就把他大卸八块了。现任的帕夏，是没有胆量去惩处此一罪行的。他反倒是假意地把那些施刑者捧作了勇士，并称赞他们懂得如何为自己伸张正义。而且，他还借着一切机会向兵营投钱，同时也默许士兵对匈牙利发起小规模的进犯——他们已在匈牙利烧掉了一些贫寒的塞尔维亚式的屋舍。你可想见，我待在一个由野蛮的士兵统治着的城镇中，是不会感到很安心的。我们都在盼着留宿一晚后立即就离开这里，只是那帕夏却非要等接到了来自哈德良堡的命令后才肯放行，而这命令可能会等上一个月。

在此期间，我们住的是那里最好的房子之———属于当地的一个非常显赫的人，并有一整屋的土耳其士兵保卫我们。整日里我唯一的消遣，就是与我们的房主人阿奇美贝格[①]聊天，而他的这个头衔是跟德意志的伯爵差不多的。话说，他的父亲是一位大帕夏，而他则接受过最高雅的东方学问的教育。他对阿拉伯语和波斯语都极为精通，是一位出色的文士，即当地人所称的阿凡提[②]。他的这项长处，按理说是能够让他青云直上的，可他却很有智慧，选择了过一种恬淡、清静、安稳的生活，而不要高门[③]之中那些危险的尊位。他每晚都会与我们共饮，大杯大杯地喝酒。你很难

---

① 阿奇美贝格（Achmet-Beg），如信中所说，是一头衔名。
② 阿凡提（effendi），奥斯曼帝国对有学识或有地位的男子的尊称。
③ 高门（Porte），奥斯曼帝国的宫廷或政府。

想象他对于能和我无拘无束地聊天感到有多么高兴。他向我讲解了很多首阿拉伯语的诗歌，据我观察，这些诗歌的韵律与我们的颇为相似，通常也有交替变化的诗行，读来十分悦耳动听。并且，他们表达爱情的诗句，可说是非常激情澎湃和生动的。我很是喜欢这些诗歌，倘若我能在这里待上几个月，我想我真的会去学阿拉伯语了。我们的房主人还有一间极好的书房，里面收藏了他们国家的各种各样的图书，他告诉我说，他一生之中大多数的时光都花在了这里。而我则是跟他讲了一些波斯的故事（我发现这些故事都是真实可信的），以此在他面前装出了一副大学者的样子。起初，他竟还以为我懂波斯语呢。此外，我也会经常就我们之间习俗方面的差异跟他发生争论，特别是关于女子不得外出这一条。不过，他却向我保证道，这根本不可信，他们就只有一个好处罢了，即他们的妻子倘若对他们不忠，外人是不会知道的。我们的房主人不光有智慧，而且比许多体面的基督教男子都更加文雅。总之，我和他相处甚欢。而他也有那好奇心，让我们的一个仆人给了他一份我们文字的字母表，如今他都能写得一手漂亮的罗马体字了。

然而，这种种的快乐却并不能阻挡我一心想着尽快动身离开此地，尽管眼下这里的天气要比除了格陵兰岛[①]以外的任何地方都冷。其实，我们是有一只很大的炉子在不断地供暖的，但屋里的窗户还是结了冰。天晓得什么时候我才能有机会把这封信送出去啊，不过，我写它也是为了排解我的歉疚之情，所以现在你就不能再指责我，说什么你一封信可抵我十封信。

---

① 格陵兰岛（Greenland），世界第一大岛，介于北冰洋同大西洋之间。

第二十六封
致威尔士王妃殿下①

哈德良堡，旧历1717年4月1日

王妃殿下，我现已走完了自希腊皇帝②执政以来任何基督徒都不曾走过的一段旅程，而倘若我能借机写写途中那些我们闻所未闻的地方，以此来博您一乐，我就断不会因了途中所受的种种疲惫而心生悔意了。神圣罗马帝国皇帝的大使以及到过此地的为数不多的英国人，往往都是由多瑙河先前往的尼科波利斯③。不过，眼下此河已结了冰。然沃特利先生又是那么急切地想要为陛下效劳，他才不肯因等河水解冻以图这条水路的方便，而使他的行程受到耽搁。所以，我们便选择了去穿越塞尔维亚的荒野——那里已密密麻麻地长满了林木。其实，这个国度是有着天然的沃土的，而居住在这片土地上的人们也都是勤勤恳恳的，可这些农人所受的压迫实在太大，他们便不得不抛弃家园，荒废田地，因为他们

---

① 即安斯巴赫的卡罗琳。
② 即东罗马帝国皇帝。
③ 尼科波利斯（Nikopolis），希腊城市普雷韦扎（Preveza）的旧称。

都已成了土耳其士兵任意蹂躏的猎物。我们的护卫队就是由五百个土耳其士兵组成的,看到他们在我们途经的那些贫穷的村子里所施的暴行,我几乎每天都会流泪。

我们在那茂密的树林里穿行了整整七日后,终于来到了塞尔维亚过去的首都尼什①。尼什就坐落在尼什瓦河②沿岸一个富饶的平原上,其地空气怡人,土壤肥沃,物产之丰美真是令人难以置信。我敢断定,必然是因上一个年份的葡萄酒数量太多,城中已无足够的酒桶来装,他们才会迫不得已在地里挖洞来储酒。然而,那些被压迫的人民却很少能够感受到这种富足的幸福。我在这里就看到了新的一幕引起我同情的场景——那些为我们的行李提供了二十辆马车将之从贝尔格莱德运至此处的可怜虫们,只是想拿到点租金而已,但到头来却都被两手空空地给打发了回去。他们的马儿有的跑瘸了腿,有的还被杀死了,可他们一点赔偿也没有得到。于是,这些不幸的人就来到了我们房子的周围,一个个都可怜兮兮的,又是痛哭,又是扯头发和胡须,但除了从野蛮的士兵那里换来一顿痛打外便一无所获。我见到此情此景有多受触动,真是难以向殿下言说。我本想真心诚意地从自己的口袋里拿些钱付酬金给他们,可这样做就相当于给了阿加一大笔钱,因为阿加将毫不怜悯地从他们那里把钱夺走,故我只得作罢。

然后,我们又从此地出发,一路上翻山越岭,四天以后总算

---

① 尼什(Nis),塞尔维亚南部最大的城市。
② 原文为"Nissava"。

抵达了索菲亚①。这座城市位于伊斯克尔河②沿岸的一个辽阔而美丽的平原上,并有远山环抱,像它这样怡人的风景名胜还真是世间难得一见。而这座城市本身就很宏大,人口也稠密,且城中还设有多个温泉浴池,均以其疗效而闻名。接下来,我们又赶了四天的路,从这里前往菲利普波利斯③。途中,我们穿越了常年为冰雪所覆盖的赫穆斯山④与罗多佛山⑤之间的山脊。而菲利普波利斯则坐落在赫布鲁斯河⑥近旁的一处高地上,城中的居民几乎全是希腊人。如今,这座城还保存着一些古老的基督教教堂,并设有一位主教,世间最富有的几个希腊人便是住在这座城里的。不过,他们出于无奈,都得小心翼翼地隐藏财富。而装出一副贫穷的样子——也包括忍受贫穷所带来的部分不便之处,就是他们用以确保避免真切地感受到富有之滋味的唯一方法了。而后我们又从这里出发前往了哈德良堡,那沿途的乡野景色真可说是世上最好的了。只见藤蔓铺满了所有的山丘,而藤蔓享有的永恒之春又令一切都变得绚烂和繁茂。不过,这气候虽然显得如此怡人,却永远也比不过英国的,哪怕英国有雪与霜。毕竟我们英国有幸享有了一个国王治下的体恤民情的政府——国王是以臣民的自由作为自

---

① 索菲亚(Sofia),保加利亚首都。
② 伊斯克尔河(Iskar),保加利亚河流。
③ 菲利普波利斯(Philippopolis),保加利亚城市普罗夫迪夫(Plovdiv)在古希腊时期的旧称。
④ 赫穆斯山(Haemus),巴尔干山脉的拉丁语名。
⑤ 原文为"Rhodophe"。
⑥ 赫布鲁斯河(Hebrus),保加利亚河流。

己幸福的所在的，他一心只愿被视为臣民的父亲，而非主人。还是就此打住吧，这个话题恐怕会让我连篇累牍地写下去，而我也清楚我早就令王妃殿下感到不耐烦了。还好，我的信是在您手中的，您想把它当成多短的信来读都随您，反正只要您读厌了，把它扔进火里便可。

我向王妃殿下致以最诚挚的敬礼。

第二十七封
致××夫人

哈德良堡，旧历1717年4月1日

  我眼下进入了一个全新的世界，我在那里所见到的每一样事物于我都可说是一幕新景。而我就此给夫人你写信，心里也多少感到了些许的满足，因为我想你至少能从我的信中发觉新奇之魅力，且不会再责备我未跟你讲奇闻异事了。在这封信里，我并不想去写我们那无聊的旅途，以免让你读来生厌，但对于在索菲亚城中遇见的奇景，我却实在难以割舍。索菲亚堪称土耳其帝国最美丽的城市之一，以其温泉浴池闻名，人们去浴池既是为了消遣，也是为了疗养。而我特意在此城停留了一日，也就是想去看看那些浴池。我当时计划着悄悄地独自前往，于是便雇了一辆土耳其马车。他们的马车尽管与我们的截然不同，但却比我们的更加适合在该国行驶，因为这里的温度实在太高，我们马车上装的玻璃也就成了一大缺陷。他们的马车基本上都是按荷兰马车的样式制造的，有涂了漆和金的木花格，车内则绘有花篮和花束，而在绘画之间往往还夹杂着一些简短的诗体格言。马车通体是用鲜红色的布罩着的，红布以丝绸作为衬里，并且几无例外地带有华丽的刺绣和流苏。这种车罩可以把车里的人遮得严严实实，但也可以任意地往后掀开，如此一来女士们便能透过花格向外窥探了。通常而言，他们的马车搭载四个人简直就绰绰有余——乘车之人坐的是铺在地板上的软垫，而非那种垫高的座位。

我正是乘着这样一辆带车罩的马车在十点钟左右来到的浴池。当时，浴池里已挤满了女子。这浴池的房间是用石头建造的，其外形呈穹状，墙上不设窗户，仅在屋顶开了天窗，采光充裕。这里共有五个这样的穹状建筑，相互间连成了一体。最外面的那个，要比其他的都小，仅被当作门厅来使用，且里边还有一女门房站在入口处。通常说来，体面的女子都会给这女门房一克朗或十先令的钱，我自然是没有忘记这个礼数的。往里走的下一间房，就显得很宽敞了，它的地面上铺着大理石砖，且四围还立起了两圈大理石"坐台"，分作上下两层。在这间房里，共设有四个冷水喷泉，泉中之水先是落入了大理石水池，然后又流淌于地面上用来导流的小水渠中。这些小水渠便把水流导入了下一个房间。而新的房间则要比上一个小一些，但也有着同样的大理石"坐台"，不过因为房间连着温泉浴池的缘故，那池中升起的硫黄蒸汽就使房内变得十分闷热了，根本就不能穿着衣服待在里面。至于余下的两个穹状建筑，便是温泉浴池的所在了，其中一间还有几个冷水阀门，可用来把热水调节到沐浴者喜欢的热度。

我当时仍然穿着旅行的服装，即一套骑马服，而这对她们来说的确是会显得很奇特的。可她们中却没有一个人表现出丝毫的惊讶或无礼的诧异，反而是无比热情礼貌地接待了我。我还从未在哪个欧洲的宫廷里见到过贵族女子会如此有礼有仪地对待一个素不相识的人。虽然依我看此处总共该有两百个女子，但却全然没有出现那种轻蔑的笑容或讥讽的低语——这些在我国的一群群女子中间可是从未缺失过的啊，倘若有人穿了稍微有点不入时的衣服出现在她们面前的话。而这里的女子反倒是一遍又一遍地对我说着，"乌兹勒，佩克乌兹勒"[1]，也就是"迷人呐，真迷人"的意思。这间房里的第一层"坐台"，铺着软垫和富丽的地毯，女士们均坐于其上，而在她们身后的第二层"坐台"上，坐的则是她们的仆人。其实，我也难以通过衣着来分辨她们身份的高低，因为她们全都处于自然的状态中，用直白的英语来说就是赤身裸体，她们身体的瑜瑕皆暴露无遗了。不过，虽则如此，但也未曾在她们中间见到哪怕一丁点儿的放荡之笑或有伤风化之姿。她们举手投足间都带着弥尔顿所描写的我们人类之母的那种超凡的优雅。她们当中的许多人，从身形比例上来看，真可说无异于奎多[2]或提香画笔下的任何一个女神了。此外，她们的皮肤大多还白得发亮，而她们眼下唯一的装饰就是那一头漂亮的秀发了。她们的头发都被分成了许多缕，垂在肩上，并以珍珠或丝带编入其中，真是完美地展现了美惠女神的风姿。

在这里，我证实了我先前经常怀有的一个想法，即倘若赤身裸体成了时尚，那么脸就很难会引人注意了。我便意识到，那些

---

[1] 当地语言，原文为"Uzelle, pek uzelle"。
[2] 奎多·雷尼（Guido Reni，1575—1642），意大利油画家、版画家，古典巴洛克绘画风格代表人物之一，作品多以神话、宗教为题材，主要有壁画《曙光女神》、油画《玫瑰经圣母》等。

皮肤最娇嫩、体形最优美的女子得到了我最多的赞赏,尽管她们的脸有时并没有同伴的那么漂亮。说实话,我还生出了邪念,竟暗地里希望杰瓦斯①先生能隐身其中。因为我觉得他的艺术水平当会得到大幅的提升,假如他看到了这么多漂亮的女子正赤裸着身体摆出了不同的姿势的话——她们有的在聊天,有的在做事,有的在喝咖啡或果子露,也有许多正慵懒地躺在坐垫上,而她们的仆人(往往是十七八岁的漂亮少女)则正忙着帮她们把头发编成几类漂亮的发式。简言之,此地就是女人们的咖啡馆,她们在这里聊着城中的各种新闻,也造出了流言蜚语……

通常而言,这些女子每周都会前来消遣一次,并会在这里至少待上四五个钟头。我见她们刚从那温泉浴池中出来,旋即就进入凉飕飕的房间,竟还不会因此而着凉,真是感到惊奇不已。当时,她们之中有位看起来无比尊贵的女子,诚恳地要请我到她身旁去坐,并表示很乐意帮我脱掉衣服以便沐浴。对此,我只好尽力推脱,但颇费周折,因为她们全都在非常热心地劝我。我最后只得把裙子解开,露出紧身褡给她们看——而这个理由也总算让她们满意了,因为我看到她们皆认为我被锁在了这个装置里面,无法靠自己的力量将其打开,而且她们还称这是我丈夫给我装上的。我被她们的礼貌客气和动人的美丽给吸引住了,说起来我本该很乐于和她们多待一阵的,可沃特利先生已决意明天一大早就要继续赶路,我便只好离开,并急匆匆地赶去看了查士丁尼教堂②

---

① 查尔斯·耶尔瓦(Charles Jervas,约1675—1739),爱尔兰画家。
② 由拜占庭帝国皇帝查士丁尼一世(Justinian I,483—565)修建。

的遗址。可这处遗址直到我游览完了准备返回的时候，也并未能让我领略到什么宜人的景观，不过就是一堆石头罢了。

再会吧，夫人。我确信我现在已给了你一篇新奇的见闻可供你消遣了，里面所记的种种既是你一生之中从未见过的，也是任何的游记类书籍都告诉不了你的——那些书籍里面讲的，无外乎是些关于在这里的某地发现有某女子被她的男人给虐待死了的传闻。

第二十八封
致康提神父①

哈德良堡，旧历1717年4月1日

您看，我正在一丝不苟地履行您让我做出的承诺。只是，我不知道我接下来写给您的这些见闻是否能够满足您的好奇心，尽管我可以向您保证，因为想着要竭尽所能地为您效劳，我在探寻和观察方面均付出了极大的努力。的确，我们对土耳其人的风俗和宗教有着极不完善的记载，毕竟他们所处的世界上的这片地区很少有人到访，前来的也仅有那些只关心着自己事务的商人，或匆匆而过的旅客罢了——他们逗留的时间都太短，凭了零星半点的了解，是无法准确转述任何事情的。此外，土耳其人又是那样的傲慢，并不愿与商人或别的什么人进行亲密的交谈，故而这些来访者便只能收集到一些混杂的信息，且往往是有误的。如此一

---

① 安东尼奥·康提（Antonio Conti，1677—1749），意大利威尼斯的神父，也是剧作家、大学者和文学名流。

来，他们对此地风土人情的介绍，相较于一个住在希腊街①阁楼上的法国难民所写下的英国宫廷见闻，也就好不到哪里去了。我们是从贝尔格莱德经由陆路行至此处的，这趟旅途对于但凡声势浩大点的旅行队伍来说都是难以走完的。因为塞尔维亚的荒野密林已成了盗贼惯用的藏身之所，他们通常会以五十人为一帮进行抢劫。而这就使得我们需要动用那全部的卫兵来保卫我们。再说了，这里的村庄又特别贫穷，也只有靠了武力才能勒令那些村民拿出我们所需的粮食。事实上，土耳其士兵对村民的贫穷是毫不怜悯的，他们将能够找到的所有的家禽和绵羊都统统杀掉了，至于是谁家养的，他们连问也没问。而与此同时呢，那可怜的主人却因害怕遭到毒打，并不敢向他们索要赔偿。此外，即便是刚出生的羔羊、肚里有蛋的鹅和火鸡，亦未能幸免，皆被他们杀了个精光！我仿佛听到了梅利伯②在忧心他的羊群之时所发出的一声声怨言。而如果是帕夏们行经此地的话，那么情况就会变得更糟了。这些压迫者将不只满足于吃光农民家中所有可吃的东西，他们在把自己和无数的随从都塞得撑肠挂肚了之后，竟还会厚颜无耻地去强要所谓的"牙钱"——也就是需为他们的动用牙齿而缴纳的费用，因为他们赏脸到农民家中去狼吞虎咽，牙齿定然会有磨损的。这的确是为人所知的事实，无论它显得再怎样荒唐离奇。由此，

---

① 希腊街（Greek Street），位于伦敦索霍区（Soho），当时街上主要居住的是前来英格兰避难的法国胡格诺派教徒（Huguenots）。

② 梅利伯（Meliboeus），维吉尔《牧歌》中的一个牧人，他因其牧场被屋大维军队的一名老兵给征用而哀怨连连。

也可见出一个军政府天生会腐败到何种程度，哪怕他们的宗教与我们的一样也是不允许此种暴行的。

我有幸在贝尔格莱德住了三个星期，招待我的是一位尊贵的阿凡提，也就是说是一位学者。而他们这一类人是能够在法律和宗教领域都获得同等的升迁机会的，因为这两门学科已被融为一体，在这里"律师"和"牧师"用的是同一个词①。他们真可说是这帝国之中唯一一群算得上显贵的人了，毕竟所有报酬丰厚的工作以及教会征收得来的钱财全都落入了他们的手中。虽然那大君号称是其臣民财产的继承人，但却从不敢擅自去触碰这群人的土地或金钱，故而这些财产也就代代不断地传给了他们的子孙。的确，倘若他们接受了宫里的官位或帕夏的头衔，是会失掉这一特权的，可实际上在他们当中却很少见到这样的傻瓜。您很容易就可以估摸出这群人的权力了——他们近乎独占了其帝国所有的学问和所有的财富。他们才是革命的真正发起人，士兵只不过是充当了革命的行动者罢了。那已故的苏丹穆斯塔法②就是被他们推翻的，他们显然是权倾朝野的了，所以现任的皇帝才会为了自身利益计而去奉承他们。

我现已离题太久。接下来我要告诉您的是，每日与那位阿凡提·阿奇美贝格密切交谈，让我有机会比任何基督徒都更加详细地去了解他们的宗教和道德观。我曾向他解释了英格兰与罗马两

---

① 即之前信中提及的"卡迪"。

② 穆斯塔法二世（Mustafa II，1664—1703），奥斯曼帝国苏丹，于1703年被废黜。

地宗教的差异,他很高兴能听到有基督徒不去膜拜神像,也不去崇敬圣母玛利亚。至于圣餐变体①的荒谬,在他看来则是极其严重的。通过相互对比了各自的信条之后,我相信,倘若我们的朋友克拉克博士②拥有了在这里任意布道的自由,那么他就能轻而易举地将当地的大部分人都劝归基督教了,因为他们的观念与他的相差无几。此外,惠斯顿③先生若是到了这里,想来他应能成为一个非常出色的早期传教士的。其实,我也并不怀疑等您把这一情况转告给他以后,他的热情将被大大地点燃。只是还请告诉他,如果他想要在这里发挥任何的作用,就必得先行具备良好的口才才行。

说起这伊斯兰教,它跟基督教一样,也被分成了许多的教派,而原初的那支亦是同样地被教义的阐释给忽略和掩盖掉了。我于此便忍不住反思了一下人类的那种喜欢制造玄奥、新奇之观点的自然倾向。而这里的扎伊迪派、盖德里叶派、贾法里派等等派别④,则令我联想到了天主教、路德教和加尔文教,他们的这些派别之间也是一样地水火不容。不过,倘若您探明了阿凡提阶层所掌握的秘而不宣的知识,您便能发现最盛行的观点依旧是那朴素

---

① 圣餐变体(transubstantiation),指面饼和葡萄酒经祝圣后将变成基督的体血,只留下饼与酒的外形。

② 萨缪尔·克拉克(Samuel Clarke, 1675—1729),英国神学家、哲学家。

③ 威廉·惠斯顿(William Whiston, 1667—1752),英国数学家、历史学家、神学家,是牛顿的学徒,以及克拉克的好友。

④ 这些派别均是伊斯兰教逊尼派和什叶派两大派别里面的小派别,原文为"Zeidi""Kadari""Jabari",可能分别对应"Zaidiyah""Kadariyah"和"Jafariyah"。

的自然神论。只是这一点并不为平民所知罢了——平民仅能去听信布道者出于不同的偏好而宣扬的上千种不同的观点。总之,他们各派之中仅有极少数的人——阿奇美贝格则坚称绝无一人——会荒唐到自作聪明地宣称自己完全不信神。所以,保罗·里考特爵士[1]把穆尔太齐赖派[2](派名意为"秘识与吾等同在")称作无神论派,即是错误的言论——他往往如此。其实,他们都是信神的,他们的不虔诚仅在于对他们先知的嘲笑。尽管阿奇美贝格并未向我承认他也持此派的观点,但他的确是毫无顾忌地背离了先知穆罕默德定下的部分律例,竟与我们一样自由地饮酒。而当我问起他何以能容许自己行使这份自由的时候,他则答道,上帝的一切造物都是好的,都是造出来供人取用的。虽然禁酒称得上是一条非常明智的规训,但它只是为平民而设的,因为酒是造成平民之间各种混乱的根源,先知并未想要去限制那些懂得如何适度饮酒的人。只是流言蜚语实应避免,所以他才从不当众饮酒。这便是他们这一类人的普遍看法了,而其中但凡能喝得起酒的,也鲜能忍住不喝。接着,他又跟我保证道,倘若我懂得了阿拉伯语,我定会非常喜欢阅读《古兰经》的,并称这部经书是以最佳的语言传达了最纯粹的道义。我后来还听到过不少公允的基督徒也是这般谈论此经的。我丝毫也不会怀疑,我们所有的译本的底本全都

---

[1] 保罗·里考特爵士(Sir Paul Rycaut,1629—1700),英国外交家、作家,著有《奥斯曼帝国现状》(1686)一书。

[2] 原文为"Mutazila"。

是出自希腊教士^①之手，因为他们会不遗余力地以最坏的恶意去篡改经文。世上再没有比他们更无知、更腐败的人了。不过，他们的教义却与罗马天主教的相差无几。我得直言，如若说起贵教^②教众的残忍行径，最令我深恶痛绝的，当莫过于每每在这些希腊教士要自立门户之时贵教教众对他们所施加的种种血腥的迫害，而此中缘由也别无其他，只是因为他们不承认你们的教皇罢了。在这一点上的分歧，不仅给他们招来了"异教徒""分裂者"的恶名，更为糟糕的是，还使他们受到了与那恶名相称的待遇。另外，我先前在菲利普波利斯的时候，见到过一个自称是保罗派的基督教教派。该派的信徒带我去看了一座古老的教堂，据他们所言，这是圣保罗的传道之地。圣保罗乃是他们最崇敬的圣徒，就如同圣彼得之于罗马那样，而他们自然也没有忘记要在各使徒中唯独给予圣保罗一份独有的偏爱。

不过，在我所见到的形形色色的宗教派别里面，最特别的还要数阿伦特那一派——此派中人皆生于阿伦特里克^③，即古时候的马其顿，他们尽管早已失去了马其顿人的名号，但却仍然保存着那份英勇和坚毅，因而也就成了土耳其帝国最精锐的雇佣兵，对土耳其本地的士兵形成了掣肘。说起来，他们这群雇佣兵全都属于步兵，我们就有一支由他们组成的护卫队，这让我们在途经每一个重要城镇的时候都感到很是放心。他们的衣服和装备均是由

---

① 应该是指希腊东正教的教士。
② 即罗马天主教。
③ 原文为"Arnountlick"，即阿尔巴尼亚（Albania）。

他们自己花钱购置的——他们大多是些健壮的年轻人，身穿干净的粗白布衣，并携带一支长得惊人的枪。通常，他们会把枪扛在自己的肩头跑步前进，仿佛感觉不到枪的重量似的。同时，他们的领队还会高唱一种颇为动听的粗犷的调子，而余下的人也都会应声唱和。此外，因为他们生活在基督教徒与伊斯兰教徒之间，且又不善宗教论战，他们便对外宣称自己完全无法断定哪一种宗教更好，但为确保不把那真正好的也一同给拒斥了，他们出于无奈，就采取了一种非常谨慎的做法，即两种宗教都去追随。因此，他们会在星期五去清真寺，又在星期日去基督教教堂。他们这样做的借口，是为了保证自己能够在最后的审判之日得到真正的先知的庇佑——至于谁才是真正的先知，他们于此世间也无法断定。我相信世上再没有哪个种族的人可以对自己的能力持如此谦逊的看法了。以上便是我对我所看到的宗教的多样性所做的评论。我并不乞求您原谅我在谈论罗马天主教时的肆无忌惮。我知道您也是会谴责各个教派里的虚假瞒骗的，正如同您会尊重我们都认同的神圣真理那样。

您或许在盼着我来跟您讲讲这个国家的古代遗存吧。然而遗憾的是，这里的古希腊遗迹实在少得可怜。我们在途中曾路过一座拱门，当地的人大都把它称作图拉真①之门，因为据传它是由图拉真下令修建的，其用途是为了封堵索菲亚与菲利普波利斯之间

---

① 图拉真（Trajan，约53—117），古罗马皇帝，在位期间改革财政，加强集权统治，大兴土木，修建城市、港口、桥梁和道路，并发动侵略战争，向东方扩张领土，直抵波斯湾。

的山道。不过，我倒宁肯相信这是某座凯旋门的遗迹，哪怕我并没有看到任何的铭文。因为即便那条通道被封堵住了，也还有许多其他的通道是可以供军队行军的。并且，就算有佛兰德[①]伯爵鲍德温[②]在赢得了君士坦丁堡后即于此处的山峡间被打倒的传闻，我也不认为德意志人会被这些险隘所阻挡。诚然，如今为了便于土耳其军队行军，这条道路经过大力修整后，已被拓得尽可能的宽了。而位于此地与贝尔格莱德之间的水沟或水坑上，也无不架着大而坚实的木板桥。但这条道路上的悬崖绝壁却并没有我所听到的那样可怕。在那群山的脚下，我们来到了一个名叫基斯科伊[③]的小村庄，并在那里暂歇了下来。住在这村里的人，与保加利亚的所有农民一样，也全都是基督徒。而他们的房子，则不过是些用泥土堆起来又经太阳烘烤成形的小土屋罢了。通常说来，他们会在土耳其军队行经此地的几个月前就逃离屋舍，飞奔到山林里去，否则的话，土耳其军队就会把他们的羊群全都赶走，令他们倾家荡产。不过，也正是因了这样的一番未雨绸缪，他们才能维系一种还算富足的生活，毕竟他们有着大片大片的公共田地，想种什么就可以种什么，而且他们又几乎都是非常勤劳的农夫。我在这里喝到了好几种美酒，也看了看当地的女子——她们穿戴着各色各样的彩色玻璃珠，其实她们长得也并不难看，只是那肤色是黄

---

① 佛兰德（Flanders），中世纪欧洲低地国家西北部的强大公国，地跨今比利时、荷兰、法国等国。

② 鲍德温一世（Baldwin I，1172—1205），佛兰德伯爵、君士坦丁堡拉丁帝国皇帝。

③ 原文为"Kiskoi"。

褐色的罢了。至此，我已跟您讲了所有值得跟您讲的与我旅途相关的事情——或许还有更多。待到我抵达了君士坦丁堡，我会试着去收集一些新奇的见闻，然后您就又能收到我的来信了。余容后叙。

第二十九封
致布里斯托尔伯爵夫人

哈德良堡，旧历1717年4月1日

对于夫人您的命令，哪怕是再小不过的，我也从来不会忘记。所以我到了这里所做的第一件事，就是去打探您要我找的东西——然最终却没有找到您想要的。这里的服饰与伦敦的实在有着莫大的区别，尽管是同样材质的东西，也并不适合拿来做长袍和披肩。不过，我是不会放弃我的搜寻的，在进入君士坦丁堡后我会接着去找，哪怕我有理由相信那里的东西没有一样能比这里找到的精致，毕竟此处乃眼下奥斯曼帝国皇宫的所在地。而就在我来到这里的几天前，该帝国大君的大公主出嫁了。在那喜庆之日，土耳其的女士们皆着了盛装出行，真是极尽奢华之能事。并且，新娘在被送往她丈夫家的路上，场面也是非常壮观。话说这位公主是那已故的维齐尔的遗孀（维齐尔亡于彼得瓦尔丁）。不过，她与维齐尔之间的婚姻更该被称作一种协约才对，因为她从来就没有和他同住过。尽管如此，他的绝大部分财产还是留给了她。其实，他也曾获准到皇宫里去探望过她，而作为帝国中最英俊的人之一，经此探望，他自然是深深地赢得了她的芳心。所以，当她现在看到这位至少已年过半百的第二任丈夫时,她会忍不住痛哭流涕——哪怕此人功勋卓著,乃苏丹公开承认的宠臣(即当地人所称的"摩萨耶"①),这也不足以令他在一个十三岁少女的眼中变得迷人起来。

该帝国的政府现已完全地落入军队的手中,那号称拥有绝对权力的大君竟与他的臣民一样也沦为了奴隶,只要土耳其士兵皱一皱眉头,他就会吓得发抖。而这里的人们也的确表现出了一种远甚于我们的卑下服从之状。他们面对某位国务大臣,是不能直接与之对话的,得双膝跪地才行。而如果哪家咖啡馆里冒出了一句关于大臣做法的议论——大臣们在各个地方都有密探,那么这家咖啡馆就会被夷为平地了,且馆中的一帮人或许还都会被施以酷刑。所以这里既没有欢呼喝彩的暴民,也没有胡话连篇的小册子以及酒馆里关于政治的争论:

> 自由带来的弊病,
> 崇高事业难免生出的恶果,

也没有我们的那些不痛不痒的谩骂。不过,倘若这里的大臣将民众惹恼了的话,那么在三个钟头内,他就会被民众从他主子的怀抱里给直接拖出去。他们将砍掉他的手、头和脚,并把这些都恭恭敬敬地扔到宫门前,而苏丹(尽管他们皆向他表现出了无限的崇敬)却唯有坐在他的宫室里瑟瑟发抖的份儿,他是既不敢前去

---

① 原文为"mosayp",相当于英文的"favorite"。

保护他的宠臣，也不敢为之报仇的。而这就是世间最专制的君主所享有的福祉了，他能执掌的只是他自己的意愿罢了，而非国家的律法。故我会情不自禁地希望——出于我的忠心，我们的议会能够派一船持被动服从之政见[1]的人到这里来，让他们见识一下最纯粹、最彻底的专制政府是何模样，至于此中最悲惨的到底是国王、人民还是大臣，则实在难以断定了。我本可就这个问题发表更多的看法的，但我知道，以夫人您的才识，恐怕早就有了比我所能得出的更加精深的见解。

昨日，我与法国大使夫人一同去看了大君往清真寺出巡的盛况。当时行进在大君前面的，是一支浩浩荡荡的土耳其士兵护卫队，这些卫兵的头上均戴着巨大的白色羽毛，当地人称他们为"西帕希"和"博斯坦杰"[2]，也即"步兵"和"骑兵"的意思。同样行进在前面的，还有一支皇家花匠的队伍，它由人数众多的一群男子组成，这些男子都穿着各式各样色彩绚丽的华服，远远望去就如同花坛里的郁金香一般。而跟在他们后面的，则是土耳其军队的阿加。他穿了一袭以银纱为衬的紫色天鹅绒长袍，并有两名衣着华丽的奴仆替他牵马。紧接阿加而来的，是凯兹利埃·阿加[3]——想必夫人您也知道，这指的是后宫妃嫔的大总管。他穿的是一身衬有黑色貂皮的深黄色的衣服，与他那张黑色的脸十分相配。最后向我们行来的，就是大君陛下本人了，只见他身穿衬

---

[1] 即英国的托利党人所持的"被动服从"（passive obedience）的观念。
[2] 原文为"Spahi""Bostangee"。
[3] 原文为"Kuzlir Aga"。

了莫斯科黑狐皮（狐皮恐怕价值一千英镑）的绿衣，骑在一匹戴着绣有华丽珠宝的马具的骏马之上。而在他身后，又有六匹同样装饰华丽的马也被牵着同行。并且，他的那些朝廷重臣中还有两人用权杖一个顶着他的金咖啡壶，一个顶着他的银咖啡壶。此外，另有一重臣则在头上驾了一只银凳，供大君来坐。我如果跟夫人您逐一地讲述他们那些形形色色的衣服和头巾（他们以此来区分其地位的高低），想来该会是极其乏味的吧。总的说来，他们的衣着都是华贵非常、绚丽无比的，再加上他们的人数有数千人之多，恐怕天底下是难以见到比这更为华美的游行队伍了。至于那苏丹，在我们看来，则是一位约莫四十岁的英俊男子，风度翩翩，不过他的脸上却带着几分庄严之色，一双眼睛极圆极黑。行进途中，他恰巧就停在了我们所站之处的窗子下面（我想应是被告知了我们是谁吧），并非常专注地看着我们，而这样一来我们也就可以慢慢地观察他了。法国大使夫人亦赞同了我的看法，我们都认为他有着不凡的气度。

说起来，我与那法国大使夫人见面很是频繁。她很年轻，倘若我能说服她丢掉那些令其生活变得拘谨和倦烦的种种规矩和礼节的话，与她相谈应是能让我感到舒心不已的。只是，她太过喜爱她的那些护卫，她的二十四名仆人，以及她的礼仪官之类了，她宁可去死也不愿不带上他们就前来拜访我，更不要说还有那一整车的陪侍她的少女，亦即所谓的侍女。而此中令我苦恼的是，只要她带了这些麻烦的随从前来看我，我也须得照做。不过，我们终归因趣味相投而彼此十分亲近。就在前几天，我才与她同坐一辆涂金的敞篷马车周游了全城，随行的是一队我们共用的侍者，以及在我们前方领路的卫兵。当时，可能是那些卫兵将民众唤了过来，他们是想要让民众看看这前所未见、空前绝后的一幕——竟同时出现了两位基督教国家的大使夫人。这在该国可是从未有过的，我想以后也不会再有了。所以，夫人您也不难想见，我们吸引来了多么大的一群围观者，只是他们都安静得跟死了一样。因为倘若他们中有任何人像我国民众在见到新奇景象时那般放肆逾矩，我们的土耳其卫兵就会毫不顾忌地举起弯刀砍下去。而卫兵们这样做也并无风险，毕竟他们可是凌驾于法律之上的啊。不过，这些卫兵又有着一些良好的品性。但凡在要用到他们的时候，他们都会表现得非常热情和忠诚。并且，他们还会把随时随地为你而战斗视作他们的职责。比如，在菲利普波利斯这边的一个村庄里（我们与国内的卫兵碰头于此），我就遇到了一个令我非常高兴的事例。当时，我只是随口说了一句我晚餐想吃鸽子，哪知立即就有一个土耳其卫兵跑去找卡迪（即该镇的行政长官），命令他赶紧送几十只过来。然那可怜人却回答说，他之前早就送完了，一只也找不到了。我们那卫兵正一心想着要为我们效劳，听闻此言，当即就把他关在了他自己的房中，并告诉他说，他竟胆敢找理由不按我的要求去办，实在该死。不过，这个卫兵出于对我的尊重，得在拿到我的命令后才会对他行刑的。于是，那卫兵便郑重其事地前来问我该如何处置他，并进而语带恭维地说道，如果我乐意的话，他还可以把他的头提到我面前。此事或许能让您对这些家伙无边的权力有个大致的了解。他们乃结拜的兄弟，如果其中有人受到了伤害，他们是定会为之报仇的，哪怕要跑去开罗、阿勒颇①，抑或世界上任何别的地方。这种不容侵犯的同盟关系，使他们变得无比强大，乃至宫中最显赫之人与他们说话时也从来都是毕恭毕敬的。而在亚洲，只要是富人，就得被迫去雇一个土耳其卫兵以保护自己的财产。不过，我已经说得够多的了。我敢断言，亲爱的夫人，这个时候您如果想到了下面这一点，应会感到很舒心的，即您以后每六个月里才能收到一封这样冗长乏味的书信。而我也正是思及于此，才想着务必要让此信能够供您消遣那么久，故我希望能得到亲爱的夫人您的谅解。余不多叙。

---

① 阿勒颇（Aleppo），叙利亚西北部古城。

第三十封
致马尔伯爵夫人

阿德里安堡，旧历1717年4月1日

亲爱的妹妹，我得向上苍祈祷，希望你能如常地让我有幸知晓地球上你那一边所发生的事情，就像我始终在一丝不苟地试图用我认为你想要了解的种种见闻来取悦你那样。你总是一遍又一遍地告诉我，你所在的那座城市很是枯燥，以为这样说说便已足够了。它对于你来说，或许是枯燥的，既然每天都见不到什么新鲜的东西。但对我来说，你那里的新闻，至少已拖欠我两个月了，即便是那些于你看来很是陈旧的事情，在我这里也都会显得新鲜而有趣。所以，还请让我获悉更多的细节吧。我亦会试着去唤醒你的感激之情的——通过给你写一篇关于此地新奇见闻的全面的实录。而在这之中，我想最会令你感到惊奇的，当莫过于眼下我身穿土耳其服饰的样子了——尽管我相信你也会持我的观点，认为这真是极其合身的。我打算把我的画像寄送给你，同时就请先行在此收下了吧。

我这身衣服的第一个部分是一套衬裤，非常地宽大蓬松，裤腿触及了我的鞋子，与你们的衬裙相比，衬裤将双腿遮裹得还要更加保守一些。衬裤的材质是一种纤薄的玫瑰色的锦缎,上面织有银花。而我的鞋子则是白色小羊皮的,并绣上了金丝。在衬裤外面,我披挂着一件宽松的罩衫——用精细的白色丝质薄纱制成,又以刺绣镶边。这件罩衫有双宽大的袖子垂于我手臂中间,并在领口处以一颗钻石纽扣扣合,不过,胸部的形状和颜色透过内衣仍是能够很清晰地看出来的。然后就是"安塔瑞"①,它是一种由白色和金色锦缎制成的贴身背心,带了一双极长的袖子拖在后面,并用深金色的流苏来做装饰,其实还该配上钻石或珍珠纽扣的。我的"卡弗坦"②用的是和我那衬裤同样的材质,乃一件与我的身形完美贴合的长袍——袍底落到了我的脚边,袍身则有两只垂着的极长极窄的袖子。在这件袍子上面,还系着一条腰带,约有四指宽。那些出得起钱的人,往往会为它镶满钻石或别的宝石。而不愿花此重金者,也会在锦缎上装饰些精美的刺绣,不过,他们仍得在前面用钻石搭扣来系紧腰带。至于"库尔迪"③,则是一种根据天气冷暖可脱可穿的宽松长袍,通常由华贵的锦缎制成(我的那件是绿色配金色),并以白鼬皮或黑貂皮为衬里,其袖子仅会稍稍地盖过肩头一点。我的头饰,乃一种名为"塔珀克"④的帽子。这种帽子的冬季款是由精细的丝绒制成的,上面绣着珍珠或钻石,而其夏季款所采用的则是一类轻薄闪亮的银色面料。它通常会被

---

① 原文为"antery"。
② 原文为"caftan"。
③ 原文为"curdee"。
④ 原文为"talpock"。

固定在头的一侧，用金流苏使其微微垂下，然后再绑上一圈钻石（我便见到过几例）或一块带有华丽刺绣的方巾。在头的另一侧，是梳平整了的头发，女士们于此之间便可自由地展示她们的奇巧心思了——有装上鲜花的，也有插一束苍鹭的羽毛的，总之，可以随心所欲。不过，那最流行的时尚，还是以一大束的宝石为饰。她们往往会将宝石组合成天然的花朵的样子，亦即用珍珠作花蕾，用不同色泽的红宝石作玫瑰，用钻石作茉莉花，用黄晶作黄水仙……这些宝石都镶嵌得极好，并有珐琅衬托，真是让人难以想象，这类东西竟会如此漂亮。至于头发，则是完全放下来垂在了背后，被分成了一绺一绺的，而且往往还编入了不可胜数的珍珠或丝带。

我此生还从未见过这么多头漂亮的秀发呢。我曾在一位当地女士的头发里数出了一百一十束上面所说的发绺，且全都是天然的。而我也须得承认，这里的各类美人的确要比我们那儿的更加常见。倘若能于此地看到一个长得并不十分漂亮的年轻女子，这是会让人感到吃惊的。当地的女子生来就拥有了世上最美丽的肤色，且还往往都有着一双又大又黑的眼睛。我可以确凿无疑地向你保证，即便是在英国的宫廷（尽管我相信它是基督教世界里最是美人如云的地方），也见不到像这片受我们所保护的土地上那样多的美人。她们通常会将眉毛修出形状。并且，这些希腊人和土耳其人还有一种在眼睛内围涂一圈黑彩的习惯，所以远远地望去，或是借了烛光看去，黑彩会让她们的黑眼睛显得越发地黑亮。我想我们的许多女士在得知这个秘密后，定会感到万分高兴，只是这黑彩在白天就未免过于显眼了。此外，她们还会把她们的指甲染成玫瑰色。不过，我得坦言我自己并未能很适应这种时尚的做法，故也就看不出其中的美来。

至于她们所遵循的道德准则或操守，我则可以像哈勒金①那样说，是与你们别无二致的。土耳其女子并不会因为不是基督徒，就将少犯下一项罪孽。现在，我已对她们的行为方式有了一点了解，所以我就难免不会"钦佩"那些描写过她们的作者所表现出来的堪称典范的审慎态度或极端的愚蠢。其实，很容易便可看出，她们比我们拥有更多的自由。这里的女子，不论什么阶级，出门上街都得裹上两块平纹细布。一块用来把脸蒙上，只露出眼睛，另一块用来遮住所有的头饰，然后垂在其后背中央。而她们的身形，则被一种名叫"弗瑞吉"②的东西给完全地遮掩了起来——这是当地任何女子外出都必须穿的。"弗瑞吉"有着一双长及指尖的窄袖，整个穿上了以后，会在她们的身上上下翻飞，颇似那连帽的披风。冬天的"弗瑞吉"是用厚布做的，而到了夏天，就要改用轻薄点的料子或丝绸了。你应能猜到，这可以多么有效地将她们掩藏起来啊，让人根本就无法区分开尊贵的太太和她的奴仆，而那最善妒的丈夫在遇到他妻子的时候也是不可能将她认出来的，并且再不会有男子敢去触碰或尾随街上的女子了。

这种永恒的"假面舞会"，赋予了这些女子随心所欲行事的自

---

① 哈勒金（Harlequin），英国小说家、剧作家阿芙拉·贝恩（Aphra Behn, 1640—1689）剧作《月王》（*The Emperor of the Moon*）中人物，他宣称月球上存在着和地球上一样的道德规范。

② 原文为"ferigee"。

由，且不会有被发现之虞。话说，她们最常见的花招便是捎给情人一个幽会的通知，约情人与自己在一家犹太商店里碰面。此地的犹太商店与我们的印度小馆类似，同样是以便于私会而臭名昭著。不过，即便是那些并非借此来幽会的女子，也会毫不顾忌地去那儿买些便宜货，再顺带着偶然拾到点贵重的物品——主要是那类前来幽会的人遗落的。这些身份尊贵的女子，是鲜会让那些向她们献殷勤的男子知道她们是谁的。她们的身份实在是难以探知，哪怕算起来已与之通信都逾半年了，也很少有人能够猜到她们的名字。而你也大可想见，在这个国家里忠贞的妻子会是多么地稀少了，既然她们并不担心其情人的轻佻言行。——我们就见到过不少女士都有勇气在此世与情人打情骂俏，且还不怕在彼世将要面临的种种惩罚。而这些惩罚是从未有人向土耳其的闺中少女宣讲过的。再说了，她们也不怎么惧怕她们丈夫的嫉恨，因为这些富有的女士都把自己的钱统统握在了自己的手中，倘若离婚了，那做丈夫的还得额外给她们一笔钱。总的说来，我看土耳其的女子该算是整个帝国中唯一自由的一群人了。即便是穆斯林法庭对她们也很尊敬，就连大君本人在惩处了帕夏以后，也从来不会去侵犯其哈勒姆①（即内宅）的"特权"——这个地方是不会受到搜查的，将完完整整地保留给遗孀。她们可说是家中奴仆的女王了，而那做丈夫的则连看一眼奴仆的权利也没有，唯一能看到的也就是女主人挑选出的一两个老妇而已。诚然，当地的法律允许男子

---

① 原文为"harem"，正如信中的释义，指的是东方国家供妻妾等居住的内宅、内院。

可以娶四个女子为妻，但只要是有点身份的男子，没有一个是用上了这份自由的，况且也没有哪个有地位的女子会甘受此辱。如果那做丈夫的突然移情别恋了（这种事情总会发生），他也只能把他的情妇养在别处，然后尽可能悄悄地去探望她——这一点与你们那儿是一样的。在当地所有身份显赫的男子中，我仅知道德夫特达[①]（即财政官）养了一群为己所用的女仆——也就是说，只养在了宅中他自己的这边，因为一个奴仆若是被送去服侍了女主人，那么就得完全听女主人的差遣了。然而，这位德夫特达却因此而被说成是一个浪荡子，即我们所谓的好色之徒。他的妻子也不再去见他了，尽管她依旧是住在他的宅中的。由此你也可以看到，亲爱的妹妹，人类的行为方式并不像我们那些航海作家要让我们相信的那样有着天壤之别。或许，增加一些我自己编造的奇风异俗会让我的文字显得更加有趣，但在我看来没有什么能比听到真话更令人愉悦的了，而我也相信最合你心意的当莫过于此。亲爱的妹妹，我还是以重复那句大实话来结束此信吧，我是你亲爱的姐姐。余不多叙。

---

① 原文为"defterdar"，正如信中的释义，指的是奥斯曼帝国的财政官。

第三十一封
致蒲柏先生

哈德良堡，旧历1717年4月1日

我敢说你会以为在这封信里至少能读到点很新鲜的事，毕竟我已走完了一段百年来未曾有任何基督徒走过的路途。于此途中，那发生在我身上的最惊人的意外，是我差点掉到了赫布鲁斯河①里。而倘若我对身后之名所享有的荣耀很是看重的话，我便必定会感到遗憾——竟然错失了沿着此河漂流而下的浪漫结局。须知俄耳甫斯②那颗歌声不绝的头颅，就曾漂浮在这同一条河上啊。他反反复复地吟唱着他的诗句，算起来距今已有好多个世纪了。

色雷斯的赫布鲁斯河，

---

① 此河即是现在的马里查河（Marista）。
② 俄耳甫斯（Orpheus），希腊神话中的诗人，他美妙的歌声和用里拉琴演奏出的乐曲能使野兽着迷。他在妻子欧律狄刻（Eurydice）死后，去往了冥界并寻到了妻子，但因违反与冥王的约定，在回到人间前回头看了妻子，导致未能将妻子带回人间。他最后被一群崇奉酒神的疯女肢解，他的头颅和竖琴也被扔进了赫布鲁斯河。不过，他那颗漂浮在河水上的头颅却仍旧在唱着哀婉的歌。

> 载着他的头沿那中间的水流飘旋而下，
> 这颗浮于水面的头，曾从大理石般的脖颈上撕扯下来，
> 头中死一般冰寒的舌头却发出了哭喊的声音，
> "欧律狄刻！啊！可怜的欧律狄刻！"
> 用这临死前的一口气，他呼唤着她，河流的两岸，
> 隔着宽广的河面，令"欧律狄刻"的回声荡漾其间。①

而又有谁晓得，凭了那耀眼的才华，你会否灵光一现，以此为诗题生出许多的诗句来，并用一首英雄挽歌遍告世人，

> 既然我们的灵魂相当，我们的命运也就一样。②

我真是绝望啊，恐怕无缘听到因此般非同寻常之死而引来的那些歌颂我的多不胜数的美好诗文了。

我此刻正在一栋位于赫布鲁斯河河岸的房子里给你写信，河水恰好就从我房间的窗户下潺潺流过。而在那房子所带的花园中，则栽满了高高的柏树——只见柏树的枝丫上有那么几对情真意切的斑鸠，从早到晚你一言我一语地倾吐着温柔的情话。试问于此之际，"枝"和"誓"③怎能不自然而然地进入我的脑海里面？而你

---

① 这几句诗出自维吉尔《农事诗》第四卷（522—527 行）。

② 模仿德莱顿《安·吉利格鲁颂》(*To the Pious Memory of the Accomplished Young Lady Mrs. Anne Killigrew*) 里面的诗句 "As equal were their souls, so equal was their fate"。信中的诗句里"我们"所指的应是蒙太古夫人和俄耳甫斯。

③ 原文是押韵的 "boughs" 和 "vows"。

又如何能不去认同我下面的这句赞美之辞？——身处这样一个总算有一抹真纯可供与田园诗相关的各种创作之思取用的地方，寻常的审慎之心是不足以抵御住那想要作诗的"歪念头"的。在世界上的这片区域，夏日早就来临了。哈德良堡周围几英里的范围内，处处都布满了花园，在河的两岸，也都种有一排排的果树。那些最为显赫的土耳其人每天傍晚都会到果树下面玩耍游乐。不过，他们并不是去散步的——这还算不上是他们的一种消遣娱乐。他们所做的，是结成固定的一组人，在树荫最浓密之处挑一块绿地，铺上毯子，坐在上面喝他们的咖啡，并且通常还会有一仆人在旁献艺——或亮出曼妙的歌声，或演奏乐器。你每每走上二十步，便会看到这样小小的一组人在倾听河水的奔流之声。而他们的这种爱好又是如此普遍，就连园丁也不例外。我就经常看到园丁带着他们的孩子坐在河岸上，演奏一种乡村乐器——此物完全符合对于古代喙管的描述，它由长短不等的芦笛组成，所发出的乐音虽然单一，却很柔和悦耳。想来艾迪生[①]先生大可在此地开展他在游记里所提到的实验了，因为希腊或罗马雕像上的乐器，没有哪一样是不能在该国人民的手中找见的。此外，这里的年轻小伙往往还会为他们钟爱的羔羊编织花环，且以此为乐。我便经常见到他们在唱歌或嬉戏的时候，脚边正躺着身上色彩斑斓、装饰了花朵的羔羊。其实，他们也并未读过什么浪漫传奇，这些只能

[①] 约瑟夫·艾迪生（Joseph Addison, 1672—1719），英国散文作家、剧作家、诗人，英国期刊文学创始人之一，曾与理查德·斯梯尔（Richard Steele）合办《旁观者》(*The Spectator*) 杂志，著有悲剧《卡托》、诗歌《战役》等。

算作当地从古流传至今的消遣娱乐而已,对他们来说,就跟耍棍棒和踢球之于英国的乡村小伙一样,也是自幼玩到大的。只是这里的气候舒适温和,没有那种种粗野运动的容身之地罢了——那样的运动,他们是连听也没有听说过的。而如此的气候,也就自然而然地让人生出了慵懒的性情和对劳作的厌恶——当地的大多数人都懒散成性。至于这里的园丁,则可说是在土耳其唯一幸福的一批乡下人了。他们为整个城市供应着水果和香草,看起来生活得很是惬意。他们大多是些希腊人,他们所居住的小屋就位于他们园子的正中间,而他们的妻女则能在园中享有那不蒙面的自由——这在城里可是不被允许的。说起来,这些女子都非常地洁净俏丽,她们正在那树荫下的织布机上织着布消磨时光呢。我是再不会把忒奥克里托斯①看成一个浪漫的作家了,他只不过是描绘出了一幅关于他的国家里农人生活情景的寡淡的画卷罢了。我想,那些农人在因受到压迫而陷入穷苦之境以前,每日里所做的应和这里大多数的农人都差不多。而且,我也并不怀疑,倘若忒奥克里托斯生来是个不列颠人的话,那么,在他的田园诗里就必将会充满了关于打谷和搅乳的描述——这两项劳作在此地也都是不为人知的。这里的人打谷靠的是用牛来踩谷,至于黄油(我不得不遗憾地说),则是闻所未闻。

我在这里通读了一遍你所译的《荷马史诗》,从中收获了无穷的乐趣,并且还发现有那么几小段文字,我之前并未能完全领会

---

① 忒奥克里托斯(Theocritus,约公元前310—前250),古希腊诗人,始创田园诗,诗作对罗马诗人维吉尔以及后来的田园文学有很大影响。

其中的美，现在总算是豁然开朗了，毕竟那个时候流行的许多风俗和大部分服饰均在这里被保留了下来。而倘若能在这里找到比其他任何国家都更多的源自那般遥远的一个时代的遗存，我也是不会感到惊讶的。因为土耳其人并不像其他民族通常所做的那样，会费尽心力地去引入他们自己的那套风俗，把自己想得比古人还要文明许多。接下来，如果逐一地向你指出《荷马史诗》中与此地风俗相呼应的那些篇章，势必会显得极其地单调乏味。不过，我至少可以确切地跟你说，这里的王公夫人和贵族太太们都是在织布机旁消磨她们的时光的——她们在面巾和长袍上绣花，身边则环侍着她们的女仆（数量总是非常地多），这一幕便与我们见到的关于安德洛玛刻[①]和海伦[②]的描述一模一样了。而诗里面描写的那条墨涅拉俄斯的腰带，也完全对应得上当地显贵现在所穿的那些——他们同样是用金色的搭扣将腰带在腰前系紧，且整条腰带上还饰满了华丽的刺绣。此外，海伦蒙在脸上的雪白面纱在这里仍很流行。而但凡见到（经常如此）六个蓄着教士式胡须的老帕夏坐着晒太阳的情景，又总能令我联想到尊贵的普里阿摩斯[③]国王和他的大臣们。还有，当地人的那套舞蹈，也的确与曾被歌颂过

[①] 安德洛玛刻（Andromache），希腊神话中特洛伊王子赫克托耳（Hector）的妻子。
[②] 海伦（Helen），希腊神话中宙斯（Zeus）与勒达（Leda）之女，斯巴达国王墨涅拉俄斯（Menelaus）之妻，被帕里斯（Paris）拐走后，引发特洛伊战争。
[③] 普里阿摩斯（Priam），特洛伊最后一位国王，城陷后被杀，是赫克托耳、帕里斯和卡珊德拉（Cassandra）的父亲。

的狄安娜[①]在欧罗塔斯河[②]河畔所跳的舞别无二致。这舞通常是由一贵妇人领舞，一组年轻的女孩则跟在后面模仿着她的舞步，如果她开口唱歌了，那么就会引来合唱。舞蹈的曲调是极为欢快热闹的，但其中也带了些许美妙的柔音。至于舞步，则是随领舞者的喜好而任意变换，不过节拍却总是踩得很准，至少在我看来要比我们的任何舞步都更加地赏心悦目。我有时候也会跟着舞队跳上一圈，只是我的舞技还不够娴熟，无法去领舞。这些都是希腊的舞蹈，与土耳其的很是不同。

其实，我本该一开始就告诉你，这东方的风俗将大大地有助于我们弄明白那些在我们眼中显得离奇古怪的经文段落，毕竟这里人们的用语措辞通常也就是我们应称为经文语言的那一类。然而，他们平民说的那种土耳其语，却十分不同于宫廷里或显贵之间使用的土耳其语。后者在对话中往往混入了大量的阿拉伯语和波斯语，以至于完全可以将之称作另一种语言了。并且，在和一位显赫的先生或尊贵的女士交谈之时，如果使用了寻常人的表达方式，便会与我们在客厅里用约克郡或萨默塞特郡的方言畅然谈天一样也是荒唐可笑的。不过，除了这一点区别以外，他们还有一种所谓的崇高风格，亦即一种适合于诗歌的风格，而这就完全和《圣经》的风格如出一辙了。我相信你定会很乐于看到一个与之相关的例子的，而我也很高兴自己有能力可以满足你的好奇心，

---

① 狄安娜（Diana），罗马神话中的狩猎女神和月亮女神。
② 欧罗塔斯河（Eurotas），位于伯罗奔尼撒半岛的一条主要河流。

将易卜拉欣帕夏①这位如日中天的宠臣献给年轻公主的诗句忠实地翻译给你。话说公主是他的未婚妻,但他却不能在身旁无人看护的情况下去探望她,哪怕她已搬入他家住了下来。易卜拉欣帕夏是一位很有才华和学问的人,而且不论他是否有能力自己写出好诗,你都可以确定的是,在力有不逮之时,他绝不会缺乏来自帝国当中最好的诗人的帮助。因此,这些诗句或许便可被视作该国最佳诗歌的一个样本,而我也毫不怀疑你会和我持一样的看法,认为这些诗句真是奇妙无比,竟像极了《所罗门之歌》。说来也巧,后者同样是写给一位皇室的新娘的。

谨将这些土耳其语诗句献给
苏丹穆罕默德三世长女苏丹娜②殿下。

一

夜莺此刻正在藤蔓丛中漫步;
她深情烈烈是要寻找玫瑰。
我前去欣赏藤蔓的美;
你魅力的甜美已迷住了我的魂。
你的眼睛又黑又可爱,

---

① 易卜拉欣帕夏(Ibrahim Pasha, 1666—1730),奥斯曼帝国诗人的大恩主(great patron),后来成为奥斯曼帝国大维齐尔。
② 苏丹娜(Sultana),一种称号,指苏丹的王后、王妃或其他女眷。

但却似牡鹿之眼般的透着狂野和轻蔑。

二

那想要占有你的愿望落空了一日又一日；
残忍的苏丹穆罕默德不许我去看
你的双颊——比玫瑰还要红艳。
我也不敢夺走你的一个吻；
你魅力的甜美已迷住了我的魂。
你的眼睛又黑又可爱,
但却似牡鹿之眼般的透着狂野和轻蔑。

三

可怜的易卜拉欣帕夏在这些诗句中哀叹；
从你眼中放出的飞矢已刺穿了我的心。
啊！占有你的那一刻何时会到来？
我还得再等上许久吗？
你魅力的甜美已迷住了我的魂。
啊！苏丹娜！有着牡鹿之眼,你是天使中的天使！
我渴望啊,而且我的渴望仍未得到满足。
你能以猎取我的心为乐吗？

四

我的哭喊直刺天堂,

我的双眼无休无眠,

转向我啊,苏丹娜,让我凝视你的美。

再会,我要步入坟墓了。

如果呼唤我,我会折返。

我的心似硫黄般火热;叹息,它就会燃烧。

我生命的王冠!我双眼的亮光,我的苏丹娜,

    我的公主。

我的脸摩擦着大地,我淹死在了滚烫的泪里,

    我咆哮!

你没有丝毫的同情吗?你就不愿转过身来看着

    我吗?

我费了许多的心力才将这些诗句译成了忠实的英文,而如果你对我的那些翻译官有所了解的话,不用我向你证明你自然就会相信,他们的译笔是毫无诗意可言的。其实,在我看来,即便考虑到以散体诗的形式将之译成一种截然不同的语言后难免会出现的种种缺陷,在我的译文中仍可见到大量具有美感的地方。比如,"似牡鹿之眼般的"这一修饰语,虽然用英文读来并不太动听,但却令我拍案叫绝,并且我认为此乃他对情人眼中的火热与冷漠的

生动的写照。布瓦洛①先生所言极是——我们对于古代作家笔下的某一用语，决不能以我们当代的读音去评判其高下，因为在他们听来很是悦耳的语词，于我们却会显得鄙陋粗俗。既然你饱谙荷马之诗，你也就必定能注意到这一点了，所以你须用同等的宽容去对待所有东方的诗歌。这首诗的头两个诗节里末尾的几句是重复的，其目的是为了便于合唱之类，并且这也与古代的写作方式相一致。而到了第三诗节，诗句的音律则显然发生了变化，因为这一诗节中的叠句已有所改变。我认为作者正是借此非常巧妙地令他在结尾处显得更加地富有激情了，毕竟人通过自己的话语使自己变得心潮澎湃起来是很自然的，特别是在谈到心之所系的某一主题时，而这就远比我们那种现代的惯例，亦即用一个与饱含激情的诗歌不相称的转折来结尾，要感人得多。该诗的第一句是对某年之中某一季节的描述。在那个时节，他的国家里充满了夜莺，而夜莺与玫瑰的恋情则被编成了一个阿拉伯寓言在当地广为流传，这就跟奥维德②笔下的故事之于我们一样，且两者极其相似，仿佛该诗的英文版就该以"现在菲洛梅拉③开唱了"这句话起首才对——要不我把整首诗都转换为英语诗歌的风格，

---

① 尼古拉斯·布瓦洛-德普雷奥（Nicolas Boileau-Despreaux，1636—1711），法国诗人、文学评论家，他用诗体写成的《诗艺》被认为是古典主义文学理论经典。

② 奥维德（Ovid，约公元前43—公元17），古罗马诗人，代表作为长诗《变形记》，其他重要作品还包括《爱的艺术》《哀歌》等。

③ 菲洛梅拉（Philomela），希腊神话中的雅典公主，被其姐夫忒柔斯（Tereus）强奸并割去舌头，后被变成一只夜莺。

看看会是何模样?

一

此刻菲洛梅拉又唱起了她那柔美的歌曲,
她整夜都沉溺在她的令人愉悦的痛苦里。
我在树丛中寻觅着去听那放荡的歌声,
却遇见了一张脸美丽胜过初春。
你的那双大眼睛好似牡鹿之眼有一千道华彩腾跃,
是一样的明亮,一样的灵动,但又是一样的狂野。

二

徒劳,即便我有了获得这样一份上苍奖赏的许诺。
啊!那位残酷的苏丹竟推延了我获赏的快乐!
当魅力的尖刺将我多情的心脏刺穿,
我却不敢夺取一个吻来把剧痛舒缓。
那双眼睛好似……

三

你的可怜的情人在这些诗句里诉苦,
从你可爱的美丽中升起了致他殒命的痛楚。
我日思夜想的幸福时刻何时会来?
我还得再等吗?我能活着继续等待?

啊，耀眼的苏丹娜！美如天神的姑娘！
你见到我所承受的痛苦怎能还是一副硬心肠？

四

仁慈的上苍听到了我刺耳的悲啼，
我厌恶光亮，睡眠将我的双眼遗弃。
求你转过身来吧苏丹娜，在你的爱人濒死之际。
沉入地下，我叹出了最后的一声"再见"——
呼唤我吧，我的女神，我的生命就会重现。
我的女王！我的天使！我心爱的意中人，
我咆哮——我的胸膛被天火灼烧炎炎欲焚。
可怜这片深情吧，它因你的魅力而生。

　　在本诗的第二句里，我大胆地遵循了我所认为的作者的原意，尽管并没有按照字面来表述。原诗称，他前去欣赏那藤蔓的美，她的魅力却迷醉了他的魂。按我的理解，我将之变成了一个诗意的小说，即他在花园里欣赏春色之美的时候，第一次见到了她。不过，我仍是忍不住留下了将她的眼睛比作牡鹿之眼的这一比喻，哪怕它的新奇怪异可能会令它在我们的语言里带上一种滑稽可笑的读音。我还无法断定我的翻译在整体上取得了多大的成功，而我亦不认为我们的英语适合去表达如此狂野的激情，因为我们很少会生出这样的感情，况且我们也缺少那些在土耳其语中极其常见、感情色彩十分浓烈的复合词。你看，我在这东方的学问上已有了很大的长进，说实话我学习是极为用功的。而我也希望我的学习能够让我有机会去满足你的好奇心，这将是我期望从中得到的最大的益处了。余容后叙。你的好友上。

第三十二封
致萨拉·茨斯维尔夫人

哈德良堡，旧历1717年4月1日

依我看来，亲爱的萨拉，既然你迟至十二月份才回了我八月份在奈梅亨给你写的信，那么我该做的便是就此与你争吵一番，而不是去为我的拖延到现在才又给你写信找什么理由。其实，我确信在我这一方，对于未通音讯是有一个很好的借口的，毕竟我那几段陆路的旅程实在是太过劳累，哪怕每段旅程的终点并不如你似乎所想的那么糟糕。比如，我在这里过得就十分地惬意，不是你以为的陷入了孤独之中。因为那许许多多的受我们庇护的希腊人、法国人、英国人和意大利人皆在前来向我献殷勤，从早到晚，络绎不绝。并且，我还可以确切地告诉你，他们中的许多人都是非常优雅尊贵的女士。说起来，这些在该国政府治下的基督徒，如若没有一位大使的庇护是根本不可能过得舒适安稳的，而越是富有者，其危险也就越大。

此外，你听闻的关于疫病的种种可怖的故事，几乎都没有什么事实依据。不过我也得承认，听到"疫病"一词后，我好不容易才使自己勉强接受，因为这个词总是会给我带来那般可怕的想法，尽管我相信这所谓的疫病比发烧厉害不了多少——我们都已顺利地穿过两三个感染最为严重的城镇了，此即为明证。而在其中的一处地方，就在我们过夜的房子的隔壁，有两个人身染疫病死了。然幸运的是，我被完全蒙在了鼓里，对此事一无所知，并且还因受了蒙骗而相信我们那病倒的副厨只是患了重伤风而已。好在我们先前已让我们的医师留下来照料他了，也就在昨天，他俩都健康无恙地来到了这里。直至此时，我才得以知晓实情，即他患上了瘟疫。其实，这里有许多人都成功地避开了瘟疫，且此地的空气也从未受过污染。我深信，将瘟疫从这里根除，会跟从意大利和法国根除一样地容易。只是，这里的瘟疫造成的危害极小，当地人都不很挂心于此，他们皆坦然地经受着这一疫病——不同于我们的那类疫病，而对于后者的厉害，他们是丝毫也不了解的。

　　说起这疫病，我要告诉你一件事，你听闻后定会希望自己也能身在此地。本来在我们国家天花是极其致命又泛滥成灾的，可在这里天花却变得全然无害了，因为当地人发明了种痘之术（这是他们给取的名字）。而这里有一群老妇人，就是以施行种痘之术为业的。话说每年秋天的九月，酷热已然消退，值此之时人们便会相互遣人打听哪家想要接种天花。他们将为接种而举行聚会，待到他们聚在一起后（通常共有十五六人），那老妇人就会携一装满了最优质的天花脓液的坚果壳而来，并问道——你想要划开哪根血管。紧接着，她立即就会用一根大针拨扯开来你示意给她的那根血管（这并不很疼，就跟寻常的擦伤一样），并将堆在针头上的脓液一点不剩地全都导进血管里，然后再用一小片中空的贝壳把这小小的伤口给包扎起来——她便是以这样的方式划开四五根血管的。一般说来，这里的希腊人都怀有一种迷信，故他们特意要在额头中间、两只手臂上和胸口各划开一根血管，以标记成十字架的符号。不过，此种做法却会招致一个极其不好的后果，即所有的这些伤口都会留下小小的疤痕。而只要是不迷信的人都不会这样做，他们选择的是把伤口开在腿上，或手臂下方的隐蔽之处。那些完成种痘的小孩或曰年轻的病人，在种痘当天剩下的时间里都会聚在一起玩耍，之后的数日里也全是健健康康的，要到了第八天，他们才会开始发烧，因此就得卧床两天了，不过极少有三天的。至于他们脸上的痘疮，则绝少会超过二三十个，且从不会留下疤痕，在八日后即可康复如初。而他们的疮口，于那发烧之际还会持续不断地流出脓水——我看，这对痘疮毫无疑问是个极大的缓解。每年此地都会有数千人接受这一手术，那法国大使曾戏谑道，他们在这里接种天花，就跟他们在其他国家里泡温泉疗养一样，也是以消遣视之的。而直到目前，都还未曾出现过有人死于接种手术的例子。你也大可相信我对这一实验的安全性是很感满意的，因为我打算在我亲爱的小儿子身上也试一试。并且，出于满腔的爱国之情，我还想不遗余力地使这项有用的发明在英国也流行起来。倘若我认识哪个英国医师有那高尚的美德，可以为了人类之利益而毁弃其行业收入中如此丰厚的一块，那么我定不会怯于特意就此写信给我们的一些医师。只是，这种病对他们来说太有利可图了，他们必然会对那致力于终结此病的勇士表露出其所怀有的全部怨恨。或许，如果我活着回来了，我也就可能有勇气与他们相战了。到了那时，就请赞赏你朋友心中的英勇无畏吧！余不赘。

第三十三封
致瑟斯尔斯维特夫人

哈德良堡，旧历1717年4月1日

现在，我可以告诉亲爱的瑟斯尔斯维特夫人您，我已安全地抵达我那漫漫长途的终点了。但我并不想跟您讲我在途中经受的许多劳累，以免使您感到厌烦。您应该更愿意听到一些我在这里的所见才对吧，而一封来自土耳其的书信里竟没有任何的奇闻趣事，想来会予您以一种莫大的失望的，就跟我在伦敦的访客将会得到的一样——倘若我从土耳其回了伦敦却没有带任何稀奇的东西来展示给他们看的话。我该跟您讲些什么呢？您一生中从未见过骆驼，也许关于它们的描述在您看来会有新奇之感。我可以跟您保证，我第一次看到骆驼时，也觉得很是新奇。虽然我已看过数百张这些动物的图画，但我却从来没有见过有哪张足够逼真，可以让人得到一个关于它们的真实印象。接下来，我要给出一句大胆的评论，尽管有可能是错误的——毕竟此种说法前所未闻，但我的确想要把它们算作牡鹿的同类，因为它们的腿、身和脖子的形状与牡鹿的真是一模一样，并且两者的颜色也非常接近。此外，骆驼确实比马要大得多，整个高出了马很大一截，而它们跑起来也是极快的——在彼得瓦尔丁一役失败后，骆驼竟远远地超过了最快的马，第一个把战败的消息带到了贝尔格莱德。骆驼从未被彻底地驯服过。赶骆驼的人总会小心翼翼地用结实的绳子把骆驼相互拴在一起，以五十头为一组，并由一头驴子在前方牵引着，而赶驼人则坐在那驴背之上。我便曾见过在一支旅队中有三百头骆驼。骆驼通常能比马多驮三分之一的货物，只是给它们装货实在是一门特殊的手艺，因为骆驼背上长了驼峰。在我看来，骆驼是非常丑陋的生物，它们的脑袋奇形怪状，且比例与身体不相称。既然当地一切货物都由骆驼来驮送，那么注定要耕田犁地的牲畜便只有水牛了，而这一动物也是不为您所熟知的。这水牛要比我们的家牛更大，也更笨拙。它们紧挨着头部长了一对短而黑的角，那角是折转朝后生长的。当地人说水牛角经过精心打磨后会显得十分漂亮。不过，水牛通体呈黑色，皮上毛发甚短，眼睛极小且白，看起来就颇似恶魔了。那些乡下人通常还会将水牛的尾巴和水牛前额的毛发染成红色以作装饰。至于马儿，在这里则不会被用来做任何的苦工，再说它们根本就不适合于此。它们虽然漂亮，精气也充沛，但往往却身形瘦小，不如气候较冷的国家里的品种那么强壮。此外，它们满是活力，却又极为温顺；轻快敏捷，却又步伐稳健。说起来，我就有这样一匹白色的小宠儿，无论如何我都不会抛弃它。它载着我竟是那般狂热如火地奔腾飞驰，恐怕您会以为我得有莫大的勇气才敢骑上去吧。不过，我可以跟您担保，我有生以来都从未骑过这样对我百依百顺的马。而我的横鞍在这一地区则是不曾有人见过的，故当地人都在无比惊奇地盯着它看，就跟哥伦布的船之于美洲一样。这里有一些鸟，人们对之抱有宗教上的崇敬，它们便因此得以大量地繁殖。比如，因其纯真而受崇敬的斑鸠，以及因被认为每年冬天都会飞去麦加朝圣而受崇敬的鹳。说实话，它们真可算是土耳其政府治下最幸福的"臣民"了，而它们对自己的特权也是很清楚的，以至于可以有恃无恐地在街上漫步，且还通常会把巢搭建在屋子的低处。那些得到圣鸟这般关照的人就有福了，因为土耳其的平民皆笃信那些人会因此而在这一年中不受火灾或瘟疫的侵扰。有幸的是，在我房间的窗下也有这么一个他们所谓的神圣的鸟巢。

现在就谈谈我的房间吧，而我也想起来，关于这里房子的描述就跟关于这里任何鸟兽的描述一样，对您来说都应该是新奇的。我想您在我国大多数的土耳其见闻录中，业已读到他们的房子是世上最破败凋敝的建筑这个说法了。然对于此一话题，我则可以十分深入广博地来谈，毕竟我已进入过此地那么多的房子，而且我还可以跟您保证，根本就没有所谓的破败凋敝那回事。目前，我们正住在一个属于大君的宫殿里。我真心地认为这里的建筑样式是极其美观的，且很适宜于这个国家。的确，他们全然不会想着去美化房子的外表。他们的房子通常是用木头搭建的，而我也承认这种材料是引起诸多不便的原因，不过选择木头也并不是因了当地民众的粗俗的品味，而是那政府的欺压使然。这里的每座房子在其房主去世后都会收归到大君名下，所以也就没人愿为修房而花去一大笔的钱——既然他们无法确保他们的家庭今后会因之而过得更好的话。他们一心所构想的便是去修建一栋宽敞的房子，只要牢固得够他们住一辈子就行，至于那房子是否会在他们去世后的第二年就倒塌，他们则不很在意。这里的每栋房子，不论大小，都被划分成了两个独立的部分，仅有一条狭窄的通道将之连接在一起。第一部分的房子，有一大庭院位于前方，并有一圈敞开的走廊围在四周，这走廊对我来说真是非常宜人的一个设计。走廊可以通向所有的房间，而这些房间通常都很大，有着两排窗户，第一排镶的还是彩色玻璃。当地人很少会把房子修到两层以上的，在这仅有的两层中，每层都有一圈这样的走廊。至于楼梯，则很宽，但通常不会超过三十级。上述部分的房屋是属于家主的，而与之相邻的那部分则被称作哈勒姆，亦即内宅——毕竟瑟拉利欧[①]这一名称是专用来指大君的后宫的。内宅的四周也有一条走廊环绕，且走廊还通向了花园，而所有的窗户也都是朝着花园开的。这里有着与家主那边同等数量的房间，只是房间在涂漆和家具上要更显鲜艳和华丽。此外，房屋的第二排窗户都布置得很低，并装有格栅，与女修道院里的那些很相似。

这里的房间里全都铺着波斯地毯，房间的一头是高出地面约两英尺的地台——我的房间则两头都有地台。这地台，即是一张"沙发"，上面铺着一种更为华美的毯子。环绕"沙发"满满地围了一圈的，是高出地面半英尺的类似长榻的坐台，榻上根据主人的喜好或其华贵的气度盖着富丽的丝绸——而我房里用的则是镶了金穗子的鲜红的布料。此外，围着长榻还摆了两排垫子，皆靠立在墙上，第一排的很大，第二排的则偏小，土耳其人便是在这垫子上极尽了奢华之能事。垫子通常套的是锦缎或面上有金丝刺绣的缎子——其艳丽绚烂真是举世无双。而这些座位坐起来又极

---

① 瑟拉利欧（Seraglio），指伊斯兰宫殿里的后宫。

其地舒适方便,我此生恐怕再也无法忍受坐椅子了。这里的房间均修得矮矮的,我认为这也算不上是什么缺陷。房间的天花板,大多是木质的,通常都做了镶嵌或涂了彩和金。当地人并不使用挂帘,他们所有的房间里都装了雪松木做的护墙板,板上或衬得有银钉,或绘上了花朵,并在许多地方留有开口,配以折叠门当作壁橱用——这在我看来,要比我们的便利许多。而在那窗户之间,还可见小小的拱架,这是用来放香水罐或花篮的。不过,最令我倾心不已的,则是他们那喜欢在房间的低处布置大理石喷泉的风尚。这种喷泉通常可以喷出数条水流,在给人带来舒爽清凉的同时,那水流从一个池子落入另一个池子,还会生出悦耳的水花溅落的声音。而其中有些喷泉,真可说是非常地壮观了。最后,在他们的每一座房子里,都有一个澡堂——通常由两到三个小房间组成,屋顶用的是铅皮,地面上则铺着大理石砖,水池、水龙头以及冷热水浴所需的种种便利设施也一应俱全。

您也许会惊讶于我的这篇记载与您读到的寻常的航海作家写来供您消遣的那些竟是如此地不同——他们总是非常喜欢谈论一些自己并不了解的事情。您要知道,一个基督徒必须凭借非常特殊的身份,或是遇到了某类特别的场合,才能获允进入当地显贵的家中,至于里面的内宅,则永远都是禁地。所以寻常的航海作家就只能谈谈房子的外表了,而那外表也的确不怎么起眼。女眷们的内宅,全都是建在后面的,不为外人所见,那被极高的墙围起来的花园就是内宅中唯一能看到的景色了。花园里没有我们所熟知的花坛,但却种有高大的树木,可以形成宜人的树荫,这在我看来,真是赏心悦目的一大美景。在花园的中央又有凉亭,那是一间大屋,在屋心通常设有一座精美的喷泉用来美化它。凉亭离地有九或十级台阶,四面围有涂金的花格,格架上满满地缠绕着葡萄藤、茉莉花和忍冬,整个构成了一道绿墙。并且,还有一圈大树环绕之。故此地也就成了最令女士们心旷神怡的一处胜景,她们会把大部分的时间都花在这里来奏乐或做刺绣。而在公共花园里,则有公共凉亭,那些家中不似这般豪奢阔绰的人,就会前去公共凉亭喝他们的咖啡、冰冻果子露之类的饮料。此外,当地人自然也不会忽视一种更加经久耐用的建筑方式。他们的清真寺全都是用砂岩修造的,至于他们的公共"罕"①或曰旅店,也极其地壮观,有许多都占据着很大的一块地方,并且在四周的石拱下还修有商店,那些贫穷的手艺人便可免费落脚于此。这些旅店往往都是连着一座清真寺的,旅店的主体是一个十分宏伟的大厅,能容纳三四百人,而那天井也是极其地宽阔,并有一圈回廊环绕,这就为之增添了几分我国大学的风貌。我得坦言,在我看来,与创办女修道院相比,这些旅店的建立可说是一桩更有意义的慈善事业。我想我刚才已经一下子跟您讲了好多了。如果您不喜欢我所选的话题,还请告诉我您想让我给您写些什么。世上再没有人比我更想要取悦亲爱的瑟斯尔斯维特夫人您的了。余容后叙。

---

① 原文为"han",应该就是"khan",专指土耳其等亚洲国家里的小客栈、商队客店。

第三十四封
致马尔伯爵夫人

哈德良堡，旧历4月18日

亲爱的妹妹，我趁着这最后一班船，给你以及我所有在英国的通信人都写了信，接下来只有天晓得我什么时候才有另一次给你寄信的机会了。不过，我仍是不能忍住不写的，尽管我写好的信或许这两个月里都要留在我的手上了。坦白地讲，现在我的脑子里塞满了我昨日受人款待的场面，为了让自己平静下来，我就必须多多少少地宣泄一下。还是闲言少叙，下面我将开始讲述我的故事了。

我昨日受邀前去与大维齐尔的夫人共进晚餐，我带着极大的欣喜之情为赴宴做了准备，须知在此之前还不曾有任何的基督徒得到过这样的招待。我想倘若我穿着她寻常看惯了的那类衣服前去，将是很难满足她的好奇之心的——在我看来，意欲窥新观奇无疑是她邀我前去的一大动机。所以，我便穿了一身维也纳宫廷样式的服装，而这可要比我们的那些华丽得多。不过，为避免因排场隆重而引起任何的争议，我选择了不事声张地悄然前往。我坐的是一辆土耳其式马车，陪同着我的仅有一名替我牵裙摆的女仆，以及那位充当我的翻译的希腊女士。在府门外，是夫人的黑人太监前来相迎的。黑人太监恭恭敬敬地把我搀扶下了马车，随后引我穿过了数个房间——房里的女仆皆穿着考究，一个个侍立在房间的两侧。而就在那最里面的一间，我见到了身穿黑貂皮坎肩的大维齐尔夫人正坐在她的沙发上。她走上前来迎接了我，十分客气地向我介绍了她的五六个朋友。她看上去是位很和善的女士，现已年近五十了。我很惊讶地发现，在她屋中称得上富丽堂皇的地方竟是那样地稀少。她的家具都很朴素，而除了她的仆人衣着光鲜和数量众多外，她就再没有什么是看起来下了重金的了。她猜出了我的心思，故跟我说，她已经过了可以肆意挥霍光阴和金钱的年纪了。如今，她的所有花费都在行善上面，而她整日里忙的则是向真主祷告。她的这番话里并没有矫揉造作的意味，因为她和她的丈夫都是完完全全献身于信仰的人。她的丈夫从不会看任何别的女人一眼，而更加令人惊叹的是，他竟从不染指任何的贿赂，哪怕已有历届前任的先例在前。他在这一点上是如此地谨慎，以至于都不肯收沃特利先生给他的见面礼了——只有通过一遍又一遍地劝他，使他放心这是每位大使进入该国时都应按例献给像他这样地位的人的礼金后，他才收下的。

这位大维齐尔夫人一直都在极尽热情有礼地款待着我，而后餐食也到了。他们虽然一次只上一道菜，但菜品的总数却很多。这些菜全都是按照他们的方式精心烹制的，我并不觉得有像你或许曾听到过的那样糟糕。我实在可以做一名当地饮食的资深鉴赏家了，毕竟我在贝尔格莱德的一位阿凡提的家里住了三个星期，他每天招待我吃的都是他家自己厨师做的丰盛无比的佳肴。在最初的一个星期，那些菜的确让我感到极其地美味可口，然我也得承认，自此之后我便开始渐渐地有些吃腻了，并想着要让我自己的厨师按我国的菜式添加一两道菜——不过，我认为这是饮食习惯造成的。我很倾向于相信，一个从未尝过英国菜与土耳其菜的印度人，是会偏爱土耳其菜的。因为他们这里的酱汁十分浓郁，所有的烤肉都烤得熟透了。并且，他们还使用了大量的味道非常浓郁的香料。汤作为最后一道菜端了上来，而他们这里炖肉的种类至少也和我们那里是一样的多。我感到很是遗憾，不能悉数吃完这位好心的太太想让我吃下的那许多的美味——席间她极其热情周到地将每一道菜都为我分了一些。这顿宴席最后以喝咖啡和熏香收尾，可说是给了我很高的礼遇。我只见两个女奴跪了下来为我的头发、衣服和手帕熏香。而在这个仪式之后，她又命令她的女奴奏乐跳舞，于是她们便弹起了手里的六弦琴。并且，她还为她们的技艺不精向我致歉，说什么是她疏忽了，才没有使她们锤炼好这项技艺。而我则连声道谢，随即也就辞别了。

我仍是被人引着带出去的，就跟进来时的方式一样。出门后，我本可以径直就回我自己家中的，然与我随行的那位希腊女士却恳切地邀我去拜访卡哈亚①的夫人，还说卡哈亚虽是土耳其帝国的第二大官员，但实则应被视作第一才对，因为大维齐尔有名无实，是卡哈亚在真正地行使权力。说起来，我在大维齐尔府中的内宅里找到的乐趣竟是如此之少，我便没有那心思再去另一个内宅了。可她的执意强求最终劝服了我，而我也无比地欣喜于我可以做到

---

① 原文为"Kahya"似为官衔名。

这般的顺从。卡哈亚这里的一切与大维齐尔那儿的相比完全是另一种风格，就从那房子上也能见出一个年老的虔诚信徒和一个年轻的美人之间的区别来——这里的房子真是漂亮洁净，华美富丽。在门口处，有两个黑人太监前来相迎，他们带我穿过了一条长长的走廊，走廊两边各站了一排年轻貌美的姑娘。她们的头发都被精致地编了起来，几乎垂到了她们的脚边，而她们每个人身上穿的则是细腻轻薄的锦缎，缎面上还有用银线织出的图纹。很遗憾，我所恪守的仪节是不容许我停下来凑近了去打量她们的——不过，待到我接下来走进了一间硕大的屋子（更该称之为凉亭）后，这个念头也就被我抛诸脑后了。只见这间屋子里装了一圈窗框上漆了金的窗户，这些窗户大多都是推开了的，种在窗户旁的一棵棵树木带来了宜人的绿荫，这就使得阳光不至于太过晒人。那些缠绕在树干上的茉莉花和金银花，皆散发着柔和的香味，而这香味还得到了一座位于屋中较低处的白色大理石喷泉的烘托——它喷出了甘甜的水，然后那水又溅落到三四个池盆之中，发出了悦耳的声音。至于屋子的顶部，上面则绘有各种各样的花——画中，这些花都是从涂金的花篮里落出来的，看上去仿佛就要翻飞而下一般。

这间屋里的地台，离地面有三级台阶高，面上铺了一张张精美的波斯毯，卡哈亚的夫人正好就坐在上面。只见她斜着身子倚在带刺绣的白色缎子靠垫上，脚边则坐了两个年轻的姑娘，最大的也不过才十二岁，都似天使般可爱，而她们的穿戴也华丽至极，周身都快要被珠宝给覆盖满了。不过，她们在美丽的珐提玛（这是卡哈亚夫人的名字）身旁就显得不怎么起眼了，因为珐提玛的美是会让万事万物都黯然无色的。我虽也曾见过在英国或德意志享有美人之名的全部佳丽，然我仍须得直说我还从未见过这般光辉耀眼的美，我亦不能想到有哪副容颜在靠近她以后是还可以引人注目的。她站起身来迎接了我，并按他们的习俗向我致敬——她将一只手放在了胸前，整个动作带有一种充满庄严的甜美，而这是任何的宫廷教养都不能给予的。她命人给我拿来了垫子，然后特意安排我坐在了拐角处，因为那是贵客坐的位置。我得承认，尽管陪同我的希腊女士早就在我面前盛赞过她的美了，可我还是被震撼到了，心中满是赞赏之情，有那么片刻竟然无法张口与她说话，只是痴痴地凝视着她——多么令人惊叹不已的容貌之和谐啊！各个部分加起来竟是如此地明艳动人！她的身材是那样地匀称婀娜！未涂脂抹粉，就已是面若娇艳的鲜花！她笑中散发的魅力实不可用言语形容！再瞧瞧她的眼睛吧！又大又黑，但却盛满了蓝眼睛才有的全部的哀思柔情！她的脸每每转动一下，就会让人发现某一新的迷人之处。在我最初的惊讶散去之后，我便竭力地去细细打量她的脸，想要找出一些不完美的地方，只是我的这番探寻终归是徒劳无果。不过，这却让我清楚地认识到了那一世俗观念的错误，即一张完美无缺的脸是不会招人喜欢的。据说，阿佩莱斯[①]曾试图用一组最精致的五官来绘出一张完美的脸，但相比之下大自然为珐提玛创造的脸却要更胜一筹。此外，她举手投足间还充满了优雅和甜美，每个动作都随和自然，且又带着不见僵直和造作的莫大的庄严之气，竟至让我深信倘若她突然前去坐上了欧洲最尊

---

① 阿佩莱斯（Apelles），公元前4世纪希腊画家。

贵的王位，想必没有人不会认为她从小就是被当成女王来培养的，哪怕那养育她的地方是一个我们所谓的蛮荒之国。一言以蔽之，我们那些遐迩闻名的英国的美人到了她的身边都将黯然无光。

她身穿的是一件由金色锦缎制成的卡弗坦长袍，上面用银线绣了花朵的图案，整件长袍非常地贴合她的身形，凸显出了她胸部的美——胸部仅有她内衣的那层薄纱将之遮掩。她打底的裤子是淡粉色、绿色和银色相间的，她的便鞋则是白色的，并带有精美的刺绣。她那双秀美动人的胳膊，是以钻石手镯作为装饰的，而她宽宽的腰带上也镶得有一圈钻石。她头上戴了一条粉色与银色相间的富丽的土耳其头巾，头巾下面垂着的是她那乌黑的头发——非常地长，并被分成了许多绺。此外，在她头的一侧还别了镶有宝石的长发卡。对于这番描述，恐怕你要指责我下笔浮夸了吧。我记得在什么地方读到过，女人在谈论美的时候总会说得心花怒放，不过我却怎么也想不明白为何就不许她们这样做。我更愿意认为，能够不掺杂丝毫渴求之欲或嫉妒之心地去欣赏称赞，实可算作一种美德。无比严肃的作家们，谈起一些著名的画作和雕像来，也曾满怀炽热的情感。而上天的手艺，又势必要胜过我们种种拙劣的模仿，故我认为这自然天成的美就更该得到我们的赞赏了。就我而言，我也并不羞于承认，我在欣赏美丽的珐提玛时所获的快乐，要远胜于那最精美的雕像或许能给予我的。珐提玛还告诉我说，在她脚旁的两个女孩其实是她的女儿——尽管她看起来是那样地年轻，并不像是她们的母亲。

她的漂亮的侍女都排列在沙发的下方，计有二十个，这一幕令我想起了以古代仙女为题的那些绘画。只是我不认为自然界的任何造物都能构成这样的一幅美景。在她示意她们奏乐起舞后，其中的四个侍女就立即开始在介于鲁特琴和六弦琴之间的乐器上弹奏出了一些轻快的曲调，同时她们还伴之以歌声，而其他的人则轮流地跳起舞来。她们的舞蹈与我以前所见的很不一样。没有什么舞能比这支舞更曼妙，也更易引人遐思了，那舞曲是多么地柔美，舞姿又是多么地情意绵长，其间还配得有停顿和凄然永别的回眸——只见舞者先是往后仰下，仰了一半后复又竖起身来，整个动作精湛无比，我敢断定哪怕是世间最冷酷、最刻板的假正经在看了她们之后也不可能不会想到点儿羞于启齿的事来。我想你可能读到过这样的一种说法，即土耳其人是没有音乐的，他们有的只是震耳欲聋的嘈杂之音。然此种说法仅是源自那些单单听过市井之音的人而已，一个外国人在英国听了用猪尿脬做的单弦琴的琴音，以及髓骨与切肉刀的碰撞声后，想必也会对英国的音乐持同样的看法。我可以向你保证，土耳其的音乐是极为哀婉动人的。诚然，我向来倾向于推崇意大利的音乐，不过这或许是我个人的偏好使然。我在这里结识了一位希腊女士，她唱歌比罗宾逊[①]夫人唱得还好，而且对于意大利和土耳其两地的音乐都很精通，她本人就更加倾心于土耳其的音乐。而这些侍女也的确唱出了极其美妙自然的歌声，听起来皆非常地悦耳。在舞蹈表演完后，有四个漂亮的女仆手里捧着银香炉走进了屋里，她们用琥珀香、沉香木香以及其他馥郁的香气为房间熏了香。接着，她们又跪下

---

① 阿纳斯塔西娅·罗宾逊（Anastasia Robinson，约1692—1775），伦敦知名歌唱家。

来将咖啡端给了我。咖啡是装在最精细的日本瓷器里的,并配了一个鎏金的银碟子。那可爱的珐提玛一直都在以最礼貌客气的方式招待我,总是把我称作"乌兹勒苏丹娜"[①],即"美丽的苏丹王后"的意思,并且她还乐意之至地渴望与我结为朋友,只是,她不免会哀叹她不能用我自己的语言来招呼我。在我辞别之际,有两个侍女带了一只装有绣花头巾的精美的银篮过来。珐提玛恳请我看在她的分儿上一定要挑些最华贵的给自己戴,然后她又把余下的赠给了我的女仆和女翻译。我仍是按照先前进来时的礼节退了出去。我不禁以为自己刚才是在穆罕默德的天国里面待了片刻,毕竟我被我所见到的一切给深深地吸引了。我不清楚我对此的叙述在你看来会是何样。我只希望它能把我得到的快乐也带一部分给你,因为我想要和我亲爱的妹妹分享我所亲历的一切乐事。余不多叙。

---

① 原文为"Uzelle Sultanam"。

第三十五封
致康提神父

哈德良堡，旧历1717年5月17日

我将要离开哈德良堡了，不过我是不会就这样便离开的，我得先跟您讲讲城中的一切新奇之事才行，这些可都是我费了好大的劲才有幸得见的。对于该城是否就是古时候那座名叫俄瑞斯忒瑟特①（亦即俄瑞斯忒②）的城市的所在，我并不想拿种种所谓博学的论断来叨扰您，毕竟这方面您比我了解得更深。如今，该城是以罗马皇帝哈德良③之名命名的，它乃土耳其帝国在欧洲的第一块领地，并已成为多任苏丹最喜爱的住处。现任苏丹之父及兄长穆罕默德四世和穆斯塔法，就皆对此地倾心不已，竟把君士坦丁堡给彻底地抛弃了，然他们的这种偏爱却大大地惹恼了禁卫军，终

---

① 原文为"Orestesit"。

② 原文为"Oreste"，据希腊神话，这座城市是由阿加门农之子俄瑞斯忒斯修建的，并以他的名字命名。

③ 哈德良（Hadrian，76—138），罗马皇帝，对外采取慎守边境政策，对内加强集权统治，数次巡行帝国各地，在不列颠境内筑"哈德良长城"，曾镇压犹太人暴动，并编纂罗马法典。

于成为引发叛乱致其惨遭废黜的一大动因。——尽管如此，现任苏丹似乎仍很乐于将他的皇宫继续设在此地。我也不能就这种偏好给出什么理由来。哈德良堡的确位置极佳，四周的乡野景色也很优美，但城中的空气却至为糟糕，就连苏丹的宫殿也不能免于那空气的恶劣影响。此城据说方圆达八英里，我想这是把花园也算进来了吧。城里是有些好宅子的，不过我指的也就是大点的宅第而已，因为他们宫殿的建筑风格向来都称不上恢宏壮观。眼下城里正挤满了人，但他们大多都是随皇宫或营房而来的，据说，只要这些一经迁走，此城就不再是人烟稠密之城了。哈德良堡坐落在马里查河之上（即古代的赫布鲁斯河），这条河每年夏天都会干枯，城里之所以污糟不洁大多正拜此所赐。马里查河在现在这个时节是一条非常宜人的小溪，有两座壮丽的大桥架于其上。

我曾怀着好奇之心去看了看当地的交易场，我穿的是我的土耳其服装，这已足够隐藏我的身份了。然我亦得承认，当我看到交易场布满了禁卫军时，我也有些惴惴不安。不过，禁卫军并不敢对女士无礼，他们都恭恭敬敬地为我让了路，仿佛我在以大使夫人的身份出行似的。交易场总共有半英里长，屋顶呈拱形，保持得极其洁净。场内设置了三百六十五家店铺，供应着各式各样精美的商品，这些商品也是敞开来售卖的，与伦敦新交易场的方式相同。只是这里的路面要整洁得多，一家家店铺也都干净得像是刚粉刷过似的。形形色色悠闲的人们来到这里，有把闲逛当作消遣的，也有喝咖啡或冰冻果子露以自娱的，而这些饮料就跟我们剧院里的橙子和蜜饯一样，亦是由那小贩在四处叫卖。

我发现这里的富商大多都是犹太人。在这个国家，犹太人享有着难以置信的权势。他们拥有许多凌驾于土耳其本地人之上的特权,并在当地形成了一个庞大的联邦,只受他们自己的律法管辖。他们已然把土耳其帝国全部的贸易活动都揽到了自己手中,这多少得益于他们之间结成的牢固的联盟——使得土耳其人的懒散脾性和不勤不劳都败在了脚下。这里的每位帕夏都雇有一个犹太人作为他的经商代理,犹太人由此也就获晓了帕夏的全部秘密,并且经营着帕夏的所有生意。没有哪一次交易的达成、贿赂的收受、商品的处理,不是经了他们之手的。犹太人成为了所有达官显贵的医师、管家和翻译。您大可做出判断,这对于哪怕是再小的优势也从不弃之不用的犹太民族来说,将会是多么地有利啊。他们业已发现了让自己变得不可或缺的秘密,不论是哪位大臣掌权,他们都可以确保获得宫廷的庇佑。即便是那些了解犹太人伎俩的来自英国、法国和意大利的商人,也不得不把自己的事务托付给他们去洽谈,可以说没有哪一桩买卖不是受犹太人操控的。哪怕他们之中最卑微的人,也是举足轻重,不可违抗,因为整个犹太人团体会竭力去维护他的利益,就像对待其成员中最尊贵之人的利益那样。这些犹太人很多都是非常富有的,不过他们却小心翼翼地不对外张扬显摆,尽管他们在家中的生活豪奢至极。

这一内容丰富的话题把我从对交易场的描写中吸引了开去,现在言归正传。交易场是由阿里帕夏[①]创建的,故而就以他的名

[①] 阿里帕夏(Ali Pasha,约1667—1716),奥斯曼帝国大维齐尔(1713—1716),公主珐提玛的丈夫,即第二十九封信中提到的那位死去的大维齐尔。

字命名了。交易场的近旁有条谢尔斯基街①，那是一条一英里长的街道，布满了售卖各色精美商品的店铺，只是这些商品都极其地昂贵，皆非本地所产。交易场的顶部盖得有用以防雨的木板，如此便可使商人在任何天气下都能方便地碰面了。贝西坦纳②是它附近的另一个交易场，它搭建在一根根的基柱之上，里面售卖着各种各样的马具，且因了黄金、绚丽的刺绣和珠宝而处处熠熠生辉，真可算是一场赏心悦目的展览。从此地出发，我乘坐我的土耳其式马车去到了军营，几天后军营就要迁往边境了。此刻，苏丹已回到了他的帐篷里，而他全部的朝臣亦是如此。这些帐篷的外观看起来的确非常宏伟。位高权贵之人所住的，与其说是帐篷，还不如说是宫殿来得贴切——占据了大片的土地，分出了大量的房间。这些帐篷的颜色皆为绿色，而在帕夏的帐篷前还有绑了三束马尾的旗子③——他们都把象征自己权势的旗子非常显眼地立在帐篷前面，帐篷的顶部又或多或少地根据主人的不同位阶而装饰得有涂金的球。当地的女士们皆在乘马车前去看这个军营，那份急迫的劲儿，与我们以前去看驻扎在海德公园的军营时是一样的。然而，在这里很容易就能看出来，士兵们并没有怀着任何盎然欢畅之气去开始这场征战。此次战争可说给人民带来了广泛的灾苦，对商人而言尤其深重。

眼下，大君已决意将亲自领兵了，故而各队人马都须据其实

---

① 原文为"Shershi"。

② 原文为"Bisisten"。

③ 帕夏共有三个等级，以所持马尾数量区分。

力于此之际向大君献礼。我费劲地在早晨六点起床,为的就是去看那仪式,不过仪式却迟至八点才开始。当时,大君是站在皇宫的窗口检阅游行队伍的,这支队伍行经了所有主要的街道。在前面领队的是一位阿凡提,他骑了一匹带有华丽装饰的骆驼,正大声地诵读着《古兰经》——这部《古兰经》装帧精美,被摊放于一块软垫之上。在阿凡提的身边,还围了一圈穿白衣的男孩,皆在唱那《古兰经》的经文。而跟在后面走来的,则是一个以绿色树枝为衣服的男子,象征着正在播种的纯洁的农夫。在他身后,又有几个刈麦人,他们头戴用谷穗做的花环,就像绘画中的刻瑞斯①一样,手拿长柄镰刀,似乎正要收割谷麦。然后,来的是一辆用公牛拉的小花车,里面有架风车,并有几个男孩在一旁磨谷。紧随其后的,是另一台花车,由水牛拉着,上面载了一只烤箱,且另有两个男孩,一个在忙着揉面,另一个则负责把烤好的糕饼从烤箱里取出。只见男孩们将那小小的糕饼撒向了两边的人群,而跟在男孩身后的便是一整队的面点师了——他们正徒步行进着,两人为一组,都穿了他们最精致的服装,并且头上还顶着各式各样的蛋糕、面包、糕饼和馅饼。接着跟随而来的,是两名小丑,亦即滑稽的丑角,他们的脸上和衣服上都脏兮兮地沾着食物,他们靠其滑稽的动作给人群带来了欢笑。至于跟在后面的土耳其帝国里所有其他行业的队伍,他们也都是在以同样的方式游行。那些较为高贵的行业的队伍,如珠宝商、绸缎商之类,他们的坐骑就皆堪称华美了,而代表他们行业的种种游行花车,许多也都是

---

① 刻瑞斯(Ceres),罗马神话中的谷物女神。

无比壮观的。其中，皮草商所做的当属最佳。那是一辆很大的花车，周围布置了一圈貂皮、狐狸皮之类的毛皮，毛皮是做过精巧填充的，看上去仿佛那些动物都还活着。此外，花车后面还跟得有乐队和舞队。整个游行队伍的人数，我相信至少达两万人，只要大君一声令下，他们都将愿意追随大君陛下而去。

这支游行队伍是以志愿者殿后的，这些志愿者到此为的是乞求能有幸为大君效忠舍命。他们这一部分的表演在我看来就过于野蛮了，我刚看了一眼便赶紧从窗边退了回去。只见他们都赤裸着上身，他们的手臂都被箭给刺穿了，并且那箭仍还插在手臂上。而另有些人则是让箭刺进了脑袋，鲜血顺着他们的脸流了下来。还有一些人竟用锋利的刀猛砍自己的手臂，以使鲜血喷溅到站在近旁观看的人的身上，这被视作表达他们狂热的求荣之心的一种方式。此外，我又听闻，有些人善用此法来为自己的恋情推波助澜——当他们靠近后面站了他们心上人的那扇窗户时（城中所有女子都需蒙着面纱前来观看游行），他们就会为了心上人又给自己插上一支箭，而心上人见此则会对这番英勇之举示以某种赞许和鼓励的手势。整场游行表演持续了将近八个钟头，漫长得让我痛苦不堪，因为我已经身心俱疲了，虽然我是在帕夏将军（即海军上将）的遗孀的家里——其间，她无比热情周到地用咖啡、蜜饯、冰冻果子露等来招待我，为我提神。

两天后，我去参观了苏丹塞利姆一世的清真寺[①]，那是一座非常值得旅行者怀着好奇之心前去观览的建筑。当时，我穿了我的

---

① 这座清真寺应是奥斯曼帝国苏丹塞利姆二世（Selim II，1524—1574）所建。

土耳其服饰，未费任何的周折就被放了进去，尽管我相信他们已猜中了我是谁，因为那门卫表现得极其地殷勤，引我看遍了寺里的每一处地方。这座清真寺位于城市的中心，且又在最高处，真是大占了地利，故而显出一片恢宏壮丽的景象。寺里的第一个庭院共有四座门洞，而最里面的庭院则有三座。这两个庭院都有回廊环绕，大理石的廊柱是爱奥尼亚式的，打磨得很精细，且带有非常艳丽的颜色。整个走道铺的是白色大理石，廊顶被分成了数个穹顶或圆顶，并有铝皮包裹，一颗颗涂金的球作为装饰被置于顶部。而在各个庭院的中间，又有用白色大理石做成的精致的喷泉；在清真寺的大门前，还设了一个带有绿色大理石柱的门廊。这个门廊共有五座门洞，清真寺的主体则是一只硕大的穹顶。我对于建筑实在是知之甚少，故也就没有胆量去不懂装懂地谈什么比例之类。总之，在我看来，它的外形非常规整，而我也确信它是极其高大的，真可算是我所见过的最宏伟的建筑了。它的两排大理石走廊，是以柱子为支撑的，带有大理石的护栏，而在那大理石廊道上面还铺上了波斯地毯。此外，依我之见，一个使之增色不少的地方，是它的里面并未像我们的教堂那样分出一排排的座位，放上长椅长凳徒增累赘，而它的那些柱子（大部分是红色和白色的大理石石柱）也没有被俗丽的小肖像和小图画装点以致美感尽毁——这些玩意儿往往带给了罗马天主教教堂一种玩具小店的氛围。至于它的墙壁，似乎还镶嵌着如小花那般色彩绚丽的色片，我无法想象是用了什么石头制成的，待到走近一些后，我才看清原来墙壁上包覆得有日本瓷片，生成了非常美丽的效果。在清真寺内的正中，悬挂着一盏巨大的镀金银灯，而除了这一盏之外，我确信至少还有两千盏小一点的吊灯。当这些灯全都点亮后，想必看起来会非常地辉煌灿烂，只可惜夜里女子是不许入内的。在这盏巨灯的下面，是一个高大的描金雕花木质布道坛，而紧邻着布道坛，还有一个用于洗礼的喷泉，您也知道这是他们宗教仪式的重要组成部分。在寺里的一角，有条小廊道，被漆金的格栅给围了起来，是供大君使用的。在那较高的一端，又有一个大大的壁龛，非常像是圣坛，离地有两级台阶，上面覆盖着金色的锦缎，而立在它前面的，则是两座与人同高的镀金银烛台，烛台里面的白色蜡烛竟有人的腰那么粗。清真寺的外面，有四座极高的塔作为装饰，塔顶涂了金，伊玛目①们便是从塔上引领人们做祷告的。我出于好奇，曾登上过其中的一座塔，塔里的设计非常精巧，令看过的人无不惊叹连连。这塔仅有一扇门，却连接了三条不同的楼梯，而这些楼梯则是通向塔里的三个不同的楼层的。这样一来，三名牧师就可以互不相遇地沿楼梯绕塔而上了，这精巧的设计受到了极大的赞赏。在清真寺的后面，是一个布满了店铺的交易场，贫穷的手艺人可免费落脚于此。我在这里看到了几个正在祷告的苦行僧，他们穿的是朴素的羊毛衣服，赤裸着胳膊，且头上皆戴了羊毛帽——与无檐的高顶帽相似。之后，我还去参观了一些其他的清真寺，也都是同样的建筑风格，不过若就外观的宏伟而言，是无法与我之前所描述的那座相比的。德意志或英国的任何一个教堂，也是远远赶不上它的——我就不拿其他我没有到访过的国家举例了。然而，这里的皇宫看上去却并不是一座非常

---

① 伊玛目（imam），清真寺礼拜的主持者，即伊斯兰教的阿訇。

宏伟的宫殿，但好在里面的一个个花园都是极大的，园中供水充足，树木茂密，而我也就只了解这些了，因为我从未进去过。

我还没有跟您讲沃特利先生进宫觐见苏丹的过程。其实，这些事情都是一样的，我讲过太多次了，所以就不想又复述一遍来叨扰您了。那位年轻的王子，约有十一岁，在沃特利先生觐见之时，他正坐在他父亲的身旁。他是个英俊的男孩，但可能并不会立即就继承苏丹之位，毕竟苏丹穆斯塔法（现任苏丹的兄长）还有两个皇子，其中的长子约有二十岁，人们都将希望系于他的身上。因为这届苏丹的统治可谓既血腥又贪婪，我倾向于相信人们皆已迫不及待地想要看到它的终结了。余容后叙。先生您的朋友敬上。

又及，我会从君士坦丁堡再写信给您的。

第三十六封
致康提神父

君士坦丁堡，旧历1717年5月29日

在这整段的旅途中，我占到了一个优势，即所遇的天气都非常地好，而当时又正值夏天最美的时候，故我一路上都享受着那美景的旖旎动人。只见草地里长满了各色各样花园中常见的鲜花以及香甜的芳草，经我乘坐的四轮马车碾压过后，四周的空气里也带上了它们的芬芳。大君为我们的行李货物提供了三十辆有篷马车，并为女眷提供了五辆土耳其式的马车。沿途中，我们发现到处都是勇武的土耳其骑兵，他们带着马车装备自亚洲赶来参战。他们行军期间，往往住的是帐篷，而我整个途中选择的则是睡在屋舍里面。我并不想依次列出我所经过的那些乏善可陈的村庄的名字，以免使您感到厌烦，但那个名叫乔尔卢[①]的地方却颇值一提。我们在那里住的是"康纳克"[②]，亦即土耳其小皇宫。这座宫殿是在大君途经此地时专门为他建造的。我当时心生好奇，去把宫

[①] 乔尔卢（Corlu），土耳其西北部城市。
[②] 原文为"conac"。

殿里特为大君妃嫔而设的房间给看了个遍。这些房间位于一片茂密的树丛中，一座座喷泉使那树木苍翠欲滴。不过，让我感到惊奇的，却是房间的外墙上几乎都覆盖着用铅笔书写的土耳其诗歌中的精短对句。我让我的翻译将这些诗句译了给我听，我从中发现有那么几句写得很是优美动人——尽管我自然也相信他所说的，诗句经翻译后失去了许多原有的美感。其中一句直译过来意思是这样的：

> 我们来到这个世界，我们住下，我们离开，
> 可那住在我心里的他却从不曾离去。

我们余下的旅程，便是去穿越马尔马拉海[①]（即古代的普罗波恩蒂斯海[②]）海边那美丽如画的草地了。第二天的晚上，我们歇息在了塞里维瑞[③]。话说，古时候的塞里维瑞乃一贵族之城，如今则已变成了极其优良的海港——它建造得足够规整，并修有一座三十二孔桥。而某一著名的古希腊教堂也坐落于此。当时，我借了一辆马车给一位希腊女士，因为她很想我行个方便，望能和我一道前往教堂。她是打算去做祷告的，而我也很乐于有此机会与她同行。不过，当我们到了之后，我却发现这是一处修得颇为糟糕的地方，它与罗马天主教教堂的装饰风格如出一辙，只是少了

[①] 马尔马拉海（Marmora），土耳其西北部内海。
[②] 原文为"Propontis"。
[③] 原文为"Selivrea"。

几分奢华罢了。教堂里的人带我去看了一具圣徒的遗骸，我往那里丢了一点钱。接下来，我还看到了一幅所谓圣路加亲手绘制的圣母玛利亚画像，可这实在很难说是出自圣路加的手笔。况且，意大利的那幅精美绝伦的圣母像，也并不会因为有了神迹就愈加地有名[1]。这些希腊人在绘画方面的确有一种极其恶俗的品味，他们为了追求更为精美华贵的效果，其画作往往是以金色为底的。您大可想象这会有多么气派了，然而他们作画却既不懂得阴影，也不懂得比例。他们在这里设有一位主教，当时那主教正穿着紫袍在主持教中的仪式。待我回到了住处以后，主教给我送来了一支和我个头差不多大小的蜡烛作为礼物。那天晚上，我们住在一个名叫布加克·切克美格[2]（即"大桥"之意）的镇上，而到了下一个晚上，我们则改换到了库加克·切克美格[3]（即"小桥"之意）镇去住。我们在那儿的住处非常地舒适宜人，它以前是苦行僧的修道院，前面带有一个很大的庭院——庭院围了一圈大理石回廊，中间还修有一座精美的喷泉。这处地方连同它周围的花园，带给了我生平所见最为赏心悦目的景色，而且也表明，所有宗教的僧侣都很懂得如何挑选隐修之所。修道院现在归一位"霍迦"[4]亦即教师所有，他在这里为当地的男孩们授课。我请他带我去看他自

---

[1] 这句话的意思可能是，这个教堂里的圣母像画得很拙劣，即便是圣路加亲手所绘的一件能带来奇迹的圣物，也不会成为名画。毕竟，意大利的那幅精美绝伦的圣母像之所以闻名于世，也是因了画作本身的精美，而非圣母像所生的奇迹。

[2] 原文为"Bujuk-Cekmege"。

[3] 原文为"Kujuk-Cekmege"。

[4] 原文为"Hojia"。

己的居所，然令我惊异的是，他竟指向了花园里的一棵高大的柏树，只见树顶上安了一张他自己的床，稍稍靠下一点，还有一张他妻子和两个孩子的床，他们每天晚上就是睡在那里的。我被这样的奇思给吸引住了，于是决定靠近一点去仔细瞧瞧他那鸟巢似的家，只是往上爬了五十步后，我却发现我还得再爬五十步，接着又必须从一根树枝爬向另一根树枝，这难免会有摔断脖子之虞，故我认为最好还是先下来为妙。

次日傍晚，我们来到了君士坦丁堡，但关于此地我还没有多少东西能跟您讲，因为我所有的时间都被耗在了接见来客上面。不过，这至少对眼睛来说是一种极好的消遣——到访的年轻女子都是美人，她们的衣着品味颇佳，这又大大地增长了她们的姿色。我们所住的宫殿坐落在佩拉[①]，此地不过是君士坦丁堡的一个郊区，就好比威斯敏斯特之于伦敦。其实，这里各个大使的住处相互间都挨得很近。我们的那栋房子有一部分是可以看到港口、城区、皇宫和亚洲的远山的，这些加起来或许也就是世上最美的景色了吧。

某法国作家曾言，君士坦丁堡有巴黎的两倍大。然沃特利先生却不愿承认它比伦敦还大——尽管说句实话，它在我看来就是如此，只不过我不相信这里的人会有伦敦那么密集。确切地说来，君士坦丁堡周围的墓地是要比整个城市都大得多的——真是令人惊讶啊，这么大片的土地在土耳其竟是以这样的方式被耗损掉了。有时候，我会见到延绵数英里的墓地居然是属于那极不显眼的村庄的。这类村庄原先都是一些大城镇，可惜并未留有任何往日繁

[①] 佩拉（Pera），土耳其伊斯坦布尔市贝伊奥卢（Beyoglu）的旧称。

华盛景的残迹。而当地的人，是断不会在任何情况下去移除一块用作墓碑的石头的。况且有些墓碑还价值不菲，用的是非常精美的大理石。他们是将一根石柱立起来作为墓碑的，并在石柱顶端雕上了头巾，用以纪念逝去的男子——因为不同形状的头巾，代表着不同的地位或职业，这就跟我们为亡者雕刻纹章如出一辙。此外，石柱上通常还有金色的铭文。至于女子的墓碑，则是一根不带任何装饰的简朴的石柱，只有那些还未出嫁就去世的，才会有一朵玫瑰雕刻在其墓碑的顶部。地位特殊的家族的坟墓，都是用栅栏围起来的，并在周围种上了树木。而苏丹和一些大人物的墓中，还有永燃不熄的长明灯。

我在谈及他们的宗教的时候，有两点特别之处忘了提起，其中一点虽曾读到过，但仍让我觉得很是怪异，以至于不敢相信。然而，这是千真万确的——按他们的规定，如果一个男子以最郑重的方式与他的妻子离婚后，又想将前妻娶回来的话，那么他就得容许另一个男子与前妻共度一夜才行，除此之外也就别无他法了。而有些男子是宁可遵从这条律令，也不愿放弃夺回其心爱之人的。他们的教义还有一点也非常特别，即但凡未出嫁就死去的女子，都会被视作死在了永罚之中。为了证实这一信念，他们论证道，创造女人的最终目的就是为了繁衍生息，女人只有生了孩子并抚育之，才能算是正当地践行了按其使命所应尽的种种义务，而这些也就是真主期望从她们身上看到的全部美德了。并且，她们的生活方式实际上已让她们无缘于抛头露面，除了生儿育女外便容不得做其他的事情。我们有种普遍的看法，即认为这里的人不承认女子拥有任何的灵魂。其实，这种看法是错误的。诚然按照他们的说法，女子不具有如男子那般崇高的灵魂，因此也就无望获许进入专为男子而设的天堂——男子在那里有天国的美丽仙女侍奉。但实际上，他们却相信还存在着另一处福地，是那低等灵魂的归宿，所有的好女子都将于此永享福乐。而当地有许多女子都是非常迷信的，她们连十天的斋也不愿守，生怕会像无用的生灵那样在永罚中死去。不过，那些崇尚自由且并未成为其宗教的奴隶的女子，在面对死亡的恐惧时，却都心安于自己已是结过婚的了。这一神学观念就与我们的截然不同了。我们宣扬的是，最为上帝所接受的当莫过于那永守童贞的誓言。至于上述哪一种神学观念是深具理性的，我还是留给您去评判吧。

我在收集古希腊奖章方面取得了一些进展。这里有几位专门的古董商，他们随时可以为任何有收藏之需的人提供服务，只是您无法想象当我向他们询问古代奖章的时候，他们是如何盯着我的脸看的——就好像在说一个人如若自己还未长成老古董的模样，便没有资格去搜寻古代奖章。在这里，我得到了一些非常珍贵的带有马其顿国王人像的奖章，特别是其中的珀尔修斯国王[①]那一枚，真是栩栩如生，让我觉得仿佛都能够看清他脸上的所有缺陷了。此外，我还得到了一尊斑岩材质的头像——雕工精美，源自真正的希腊雕刻艺术，只是它所表现的是何人，只有留待我回国后让有识之士去猜测了，因为您莫要指望这些古董商们（都是希腊人）能知道个什么。他们的生意只在于卖货。他们在阿勒颇、

---

① 珀尔修斯（Perseus，公元前212—166），亚历山大大帝一脉最后一任马其顿国王。

大开罗、阿拉伯以及巴勒斯坦都有联络人,这些联络人会把所能找到的古代奖章全都寄送给他们,而且通常是好几大堆仅适于拿来熔掉后做成锅和水壶的废奖章。但古董商们只知尽力地将手中的奖章统统卖个好价钱,哪里懂得去分辨什么是有价值的,什么又是无价值的。而那些假装精于鉴定的古董商们,竟往往还会在出自希腊城市的奖章上为您找出某某圣徒的人像来。比如,他们中的一个就曾指着奖章背面手托胜利女神像的雅典娜像,言之凿凿地跟我说那是拿着十字架的圣母。接着,这个人又为我拿来了一尊以缟玛瑙作基底的苏格拉底头像,并把圣奥古斯丁的名号安给了它,以期能抬高售价。在这里,我还定下了一具木乃伊,但愿能被安全地送到我手中吧,尽管那具专为瑞典国王设计制作的木乃伊并没有落得个好下场。话说,瑞典国王曾为之花下了重金,但土耳其人却觉得他必定是要靠着这木乃伊来完成一桩天大的阴谋。据土耳其人的猜测,这是某人(天晓得是哪个)的尸体,而他们帝国的运势冥冥之中就系于它的存灭之上。思及于此,一些古老的预言亦被人们回想了起来。于是这具木乃伊就像犯人一样给关进了"七塔"①之中,自此以后它就一直囚禁在那里了。对于将它释放出来这样重大的问题,我并不敢把自己牵扯进去,我只希望我的那具木乃伊能不受盘查就顺利通关。至此,我便没有更多的关于这座名城的见闻可以告诉您了。待我在四下里稍稍游览一番后,您将会再次收到我的来信的。余不多叙。先生您的朋友敬上。

---

① 耶迪库勒堡垒(the Yedikule Hisari),亦被称作七塔堡垒(Fortress of the Seven Towers)。

第三十七封
致蒲柏先生

贝尔格莱德村,旧历1717年6月17日

我希望在这一封之前,你已收到过两三封我的来信了。至于你的信,我是昨天才收到的,尽管信上标的日期是二月三日。在信中,你认为我死了,并已入葬了。其实,我早就让你知道了我还活着。但说句实话,看看我眼下所处之境,倒跟离世的魂灵居住的地方别无二致。我是被君士坦丁堡的酷热给逼到这里来的,此地完全对应得上关于极乐世界的描述——我正置身于一片树林的中心,树林里的树主要是果树,有数不尽的喷泉在浇灌着它们,这些喷泉都是以其水质的优良而闻名的。在林中那矮矮的绿草地上,又分出了许多条的林荫小道,它们在我眼中看起来虽像是人造的,但我敢肯定它们是纯粹出自大自然的手笔。此外,我们从这里还能望见黑海——其实也正是因了靠近黑海,我们才可永享习习凉风的清爽,而不觉夏日的炎热。至于我身处的那个村庄,里面住的全都是当地基督徒中最富有的人。他们每天晚上都会在离我房子四十步远的一座喷泉边聚会——他们在那里又是唱歌,又是跳舞,而当地女子的美貌和衣衫,真是与诗人和画家呈现给我们的古时候仙女的形象有着完全相同的风味。不过,更加令我对自己的离世归天深信不疑的,是我此刻脑中的状态——对于人世间所发生的一切大多浑然不知,仅是偶有所闻,而即便是在知晓后也是无比地淡漠。不过,我依然渴望听到留在世间的旧友新知们的消息,这也正应了那位可敬的作家的权威论断:

> 对待留在身后的亲朋好友,
> 离世的魂灵是出奇地友善,
> 无人能否认。

我便是关于这神圣真理的一个离世者的例子。我想维吉尔也是持同样观点的,即在人的魂灵中始终会有一些人的强烈情感的残迹:

> 他们的忧虑即便在死亡中也不曾离开他们。

故而若欲创造完美的极乐世界,在里面设一条忘川是极有必要的,但我却并不大乐意去探寻之。说实话,我有时也对这样的唱歌、跳舞以及阳光感到非常厌倦,反倒憧憬着你整日耕耘其间的那份烟火与粗俗之气——尽管我也努力地说服自己相信我过得比你要更加地惬意。我在这里周一猎山鹑,周二读英文,周三习土耳其语——顺带说一句,我已颇为精通了,周四看古典名家作品,周五写作,周六专心于针黹,周日接受拜访并听音乐。我以这样的方式度过一周,当然要比以往的那种方式好——即周一待在客厅,周二去莫温夫人①家，周三去歌剧院，周四看戏，周五去切特温德夫人②家……总归是循环不止地听那相同的丑闻，看那相同的蠢行一遍又一遍地上演，但这些对于身处此地的我来说，就跟对于其他的死人一样，也是无甚影响的。我现在听闻一些不快的事，可以心怀同情，但却不起怒意。想到你我之间天涯远隔，我就会把传到这里来的一切消息都看冷看淡了。消息中的喜与悲，都不能将我轻易触动，因为我会觉得在信还没有送到我手中之前，引起喜与悲的那些事情可能早就成为过往云烟了。然而，正如我先前所述，这样的漠不关心并未波及我那寥寥可数的几份友谊。我仍旧强烈地感受到了你和康格里夫先生传递给我的朋友之情，我也渴望能够活在你们的怀想之中，哪怕对全世界而言我已是死了的。

---

① 伊丽莎白·劳伦斯（Elizabeth Lawrence，逝于1725年），查尔斯·莫温（Charles Mohun）勋爵遗孀，里奇夫人的母亲。
② 玛丽·伯克利（Mary Berkeley，约1671—1741），切特温德子爵一世沃尔特·切特温德（Walter Chetwynd）之妻。

第三十八封
致里奇夫人

贝尔格莱德村,旧历1717年6月17日

我真心地恳求夫人你的原谅,尽管我是真心地忍不住要嘲笑你的来信,以及你意欲托付给我的任务——你竟然想让我给你买个希腊奴隶去做你的女仆,还希望她能有上千种优良的品质。你得知道,这里的希腊人都是臣民,而非奴隶。那些可以被如此买卖的奴隶,要么是得自战争中的战俘,要么就是鞑靼人从俄罗斯、切尔克西亚或格鲁吉亚偷抢过来的。她们是一群极其悲惨、拙笨、凄苦的可怜虫,你断不会认为她们中有任何一个配得上做你的女仆的。诚然,这里也有从摩里亚半岛带来的成千上万的希腊人,但她们中的大多数不是被基督徒筹集的善款所解救,就是被她们自己在威尼斯的亲人给赎回。而侍奉贵妇人或供大人物取乐的上佳的侍女,又都是在八九岁时就买回来的,并经过了精心的调教,使之能在唱歌、跳舞、刺绣等方面学有所成。这些侍女通常是切尔克斯人,她们的主人是从来不会出售她们的,除非是犯下了大过才会被拉出去卖了以作惩罚。即便主人对她们日渐生厌了,也是或者将她们赠送给朋友,或者还她们以自由。那些在市场里公开售卖的奴隶,往往都是犯了什么罪的,或根本就一文不值,全无用处。恐怕你会怀疑我这番描述的真实性吧,而我也承认它迥异于我们英国本土对此的普遍认识,不过,它并不会因之就少了几分真实之色的。

你的整封信,我得说从头到尾满满地都是错误。我看你关于土耳其的种种印象都是从杜蒙①那位可敬的作家那里得来的——他写东西向来是无知与自信等量兼备。读此类作家写下的一部部黎凡特航行记,真是让我得到了一种特别的乐趣。这些航行记通常都与真实背离得很远,而且充满了荒谬之处,读来令我乐不可支。他们总是要给你写一段关于当地女子的见闻,哪怕他们肯定未曾亲眼见过;他们也会故作高深地谈论当地男子的天资,哪怕他们从未获允与之结交;并且,他们还会极为频繁地去描写清真寺,哪怕他们从不敢擅自朝里窥探一眼。土耳其人是非常骄傲的,他们是不会随便就与一个陌生人交谈的——倘若他们无法确认那人在他自己的国家里有着显赫的身份的话。我这里指的当然是有名望的土耳其人,因为如若指的是那些普普通通的,你也大可想见通过与他们交谈可以得到怎样的关于土耳其人天资的普遍印象了。

至于麦加的乳膏②,我肯定会寄给你一些的。不过,这东西却并不如你所想象的那样唾手可得,而且凭良心讲我也不建议你去

---

① 让·杜蒙(Jean Dumont,1667—1727),《黎凡特新航行记》(*Nouveau Voyage du Levant*)的作者。

② 麦加的乳膏(the Balm of Mecca),又称基列的乳膏(the Balm of Gilead),是一种用生长在红海周围的某类树的树脂制成的美容品。

使用它。我实在不知它为何能得到如此广泛一致的赞美。伦敦和维也纳的那些与我相识的女士，全都在求我寄上几罐给她们。其实，我最近刚好收到了一件礼物，正是少许的极品乳膏（我可以向你保证它价值不菲）。我于是就满怀欣喜地将它涂抹到了我的脸上，希望这能带来某种对我有益的神奇效果。而待到第二日清晨，我脸上所起的变化也的确堪称神奇——我的脸竟然肿胀得奇大无比，满脸通红就跟 H 夫人的脸一样。我的脸处在这种可怜的状态下足有三日之久，你也大可断定于此期间我过得很是不好。当时，我认为这是绝不可能好转的了，而令我更形难堪的是，沃特利先生对我的轻率竟责备个没完没了。不过，好在我的脸此后又恢复如初了。不仅如此，这里的女士还告诉我，经过此番调理后我的脸有了很大的改善——然而说句实话，我在我的镜子里并没有看出脸上有何改善。如果单以这里女子的脸为依据来评判这种乳膏，我们当然立即就会对之赞赏有加。她们全都在使用它，并因之而拥有了世上最迷人的那一抹红晕。但对我来说，我是再也不愿去经受它所带来的痛苦了。还是让我的面色顺其自然地在该衰败的时候就衰败吧。我是不太看重这种性质的药物的。但夫人你愿意用也无妨，只是在你用它之前，还请记住，你的脸并不会变成几天后你想要在客厅里刻意向人展露的那个样子。

而如果我们相信该国的女子所言不虚的话，那么，就还有一种比美化容貌更加可靠的方法来让他人倾心于己——尽管你也知道这正是我们的那个法子①。不过，她们却佯称自己是掌握了种种

---

① 蒙太古夫人并没有明确指出是什么法子。

秘识的，说什么有了这些秘识，借由法术就可以令她们迷倒整个帝国了。然此种说法，对于我这样向来就不轻信奇迹的人而言，是没有让我信服的根据的。我昨晚便与一位女士就此争论了起来。其实，她在谈论其他任何话题的时候都是很有见地的，但唯独在这一点上跟我当场翻了脸——因为她看到她始终无法劝服我相信她所讲的四十个这方面的故事都是真的。最后，她只好提到了几桩荒唐的婚姻，说除了是法术使然，断不会有别的原因了。而我则跟她保证道，虽然在英国人们对各种魔法一无所知，并且那里的气候不及这里的一半和暖，那里的女子也不及这里的一半漂亮，但我们英国人中间亦不乏荒唐的婚姻，我们同样也会见到一个男子为追求一个女子而犯傻犯蠢的例子，只是我们并不觉得这样的事会和魔法有关。然而，我的这番辩驳终归不能说服她去反对（如她所言）她那确凿无疑的秘识，尽管她补充道，她自己对于使用魔咒是有所顾虑的——不过只要她愿意，随时也是可以用的。然后，她还盯着我的脸说（她摆出了一副很有学问的样子），任何魔法都不会对我产生影响的，并称世上也的确有些人可以不受她们魔法的摆布，但数量极少。你大可想见我是怎样嘲笑她的这番话的，然而这里所有的女子所秉持的却都是这同一种的看法。她们也不假称与魔鬼有任何的交易，只是说有某些合成的秘药可以激发爱欲。倘若有人能够运送一船这样的药回英国，我想这将会成为他发家致富的一条捷径。试问，我们所认识的一些女士，为了得到此等商品，是有什么不能给的呢？

再会了，我亲爱的里奇夫人，可惜我不能以一个可以让你联想到种种更加欢愉的场景的主题来结束我这封信。至于如果我的旅行让我获得了一份上述那样的知识，在我回国的时候我将受到怎样极致的奉承，还是留给你去猜想吧。余不多及。亲爱的夫人，你的朋友敬上。

第三十九封
致瑟斯尔斯维特夫人

君士坦丁堡 佩拉镇,旧历1718年1月4日

亲爱的瑟斯尔斯维特夫人,我要对您的有趣的来信表示无尽的感谢。您是与我通信的人里面唯一一个看准我心意的,所以您才会觉得我应会很高兴于听闻你们那儿的新鲜事。而其他的通信人,则都在跟我说(他们的话几乎一模一样)他们以为我早已事事皆知了。至于他们为何喜欢做如此的假设,我是猜不出什么别的理由的,只能认为他们还在相信穆罕默德的鸽子①的后代仍然存活于这个国家,我便是借此才神奇地获得了各种消息的。我希望我可以用这里的一些有趣的见闻来回报您的善意,但我却实在不知此地的各事各物中有哪一部分是能够满足您的好奇心的,也不知您是否就会对离您这样远的事感到好奇。其实,在我此刻写信之际,我并没有多么专注于回忆那些趣事,我满脑子里想的全都是为家里添丁所需做的种种准备,而我也正日日期盼着孩子的降

---

① 传说穆罕默德曾教鸽子帮他把掉在耳朵里的谷粒啄出来,但俗众却认为那是圣灵在向他耳语。

生。您大可想见我的不安之状了,不过,看到我因怀孕而收获的荣耀,又思及倘若怀不上将会承受的蔑视,我也就多少得到了一些安慰。您应该还不解此话何意,总之,在这个国家婚而不孕比我们那里未婚先孕要更令人鄙夷。他们秉持着一种观点,即一个女人,不论年岁大小,只要不能生育孩子了,便都是因为她太老所致,哪怕她的脸一点也不老。而该种观点,就使得这里的女士们都急切地想要去证明自己的年轻——若欲成为公认的美人,就需得有此证明,这与需拿出贵族身份的证明才能入选马耳他骑士是一样的道理。由此之故,她们竟不再满足于使用自然的手段了,而是奔向了各种各样的庸医秘术,以避免年老不孕的丑闻,并且她们往往还因这些秘术而把自己的性命也给断送了。可以毫不夸张地说,我认识的所有已婚十年的当地女子,都有十二三个小孩。而那些老妇人,更是炫耀地称她们每人皆是生过二十五或三十个小孩的,毕竟她们生得越多也就越受尊敬。当地女子在怀孕之时都会说的一句话是,愿主慈悲,赐我双子。有时候,我也问她们,如何能养得起她们所祈求的这么一大堆子女。她们则答道,瘟疫一来,子女必定就要死掉一半了。在这里瘟疫也的确来得普遍,但那做父母的却并未因此而忧心忡忡,因为他们正满足于所生子女多不胜数的虚荣之中。那位法国大使夫人和我一样,也只得遵从这一风尚。她在这里才待了一年多一点,就已经生过一次了,而现在她的肚子又大了。此外,这里的怀孕的女子似乎还可以免于女性必受的生产之苦,这真是妙极了。她们在生产之日,竟会出面接待全部的好友,而等到了第二周末尾,她们就会戴上珠宝穿上新衣去回访各位好友了。

我倒希望我可以发现这都是此地气候的影响使然。但我恐怕在生产之事上,仍旧要遵循英国女人的惯例了,正如我对火灾和瘟疫还怀有恐惧一样,哪怕当地人对这两件事几乎都不怎么感到害怕。说起来,他们中大多数家庭的房子已被烧毁过一两次了,而这都是他们那奇特的取暖方式造成的。该取暖法既不用烟囱也不用火炉,而是用了一种名为"滕朵尔"①的装置——有两英尺高,是桌子的外形,上面还覆盖了精美的毯子或带刺绣的桌布。这暖桌通体是由木头制成的,往里面倒入些许的热灰后,就可以坐下来把腿伸到毯下取暖。当地人会在暖桌上工作、看书,且往往还会睡觉,而如果他们偶然进入梦乡,踢倒了暖桌,洒出的热灰通常就会令房子着火了。大约在两周前,便有五百栋房子因此而被烧毁,自那以后,我也见过其中的几个房主,但他们似乎对这一如此普遍的灾祸一点也不痛心。他们只是把自己的财物放进一艘小船里,然后泰然自若地看着自己的房子被烧。而他们的性命则鲜有落入险境的,因为没有楼梯,也就不必慌乱下楼。

在用这些我并不喜欢的见闻款待你一番后,我也该跟你讲些让我高兴的事了。这里的天气真是宜人至极啊。现在是一月四日,我此刻正坐在窗前,敞开了窗户,享受着温暖的阳光,而您却在那用海运煤生起的昏惨惨的炉火旁挨冷受冻。我的房间里装点着康乃馨、玫瑰花和长寿花,这些都是刚从我的花园里采摘的。我对土耳其法律中的许多条文也极为欣赏,若将之念出来,应会让我们感到羞惭的,因为这些条文要比我们的设计得更好,也执行

---

① 原文为"tendour"。

得更好，特别是对定了罪的骗子的惩处——在我们国家，骗子竟是得意扬扬的罪犯，天晓得为何会如此。在他们这里，任何一条臭名昭著的谎言的始作俑者，一经证实，其前额都会被烙铁烙上烙印的。而倘若这条律法在我们中间施行起来的话，那我们该会看到有多少个白色的额头被烫毁啊！又将有多少雅致的绅士会被迫地将其假发戴得和眉毛一样低啊！我本应继续跟您讲许多他们法律中的其他方面的东西的，但我现在必须派人去请产婆了。

第四十封
致马尔伯爵夫人

君士坦丁堡 佩拉镇，旧历1718年3月10日

亲爱的妹妹，这许多个月来，我都没有给你写信，我是忍耐了多么大的写信的欲望啊！不过，我并不知道该把信寄往何处，也不知道你在世界上的哪个地方。自从去年四月收到了你的短简后，我便再也没有从你那里收到过来信了。在那封短简中，你告诉我你就要离开英国了，并向我许诺将告知我你所住的地方，但我苦等至今也仍徒劳无果，只是到了此时我才从公报上得知你回国了，这便引得我冒昧地把此信寄往了你在伦敦的家中。我宁愿我的信弄丢了十封，也不愿你误以为我没有写信。我觉得，人的运气断不会那么差，总不至于十封之中就连一封也到不了你的手中。然而，我还是决心要保存好书信的这些副本，用以证明我是愿意尽我所能地跟你分享我旅途中所有的趣闻趣事的，而你则不必去经受那旅途的种种劳累和麻烦。

首先，我希望你能享受到喜添外甥女之乐，因为五周前我卧床生下了一个女儿。不过，我提及此事，并没有把它当作我的有趣的冒险之一，尽管我也必须承认，生小孩的事在这里并不及英

国那里一半窘迫——两地之间的差异,就跟此地偶尔才有的伤风感冒与伦敦随处可见的肺痨咳嗽之间的差异那般巨大。在这里,没有人会因了坐月子而在家里待上一个月的。而我对我们的某些习俗本就不很喜爱,总不至于在其变得了无必要后,还想予以保留。于是,我在产后第三周的末尾便开始回访亲友了。也就是在约莫四天以前吧,为了一次新的回访,我穿过了那片将此地与君士坦丁堡分隔开来的海域。而在这次回访中,我还有幸捕获了许多的奇闻趣事。

当时,我前去拜见了苏丹王妃哈绯瑟[①],她是上一任国王穆斯塔法的宠妃。想必你也知道(或许并不知道),穆斯塔法是被他的兄弟即现任苏丹给废黜的,并在几周后就死掉了,人们普遍相信他是被毒死的。而这位夫人在他死后,立即就迎来了一道不容违抗的命令——离开后宫,从那宫廷里的大人物中为自己挑选一个丈夫。我想你也许会觉得她面对这个提议应是喜出望外的。但恰恰相反,这些被称作或把自己看作王后的女子,都把此种自由视为可能落到她们身上的最大的耻辱和冒犯。所以她扑倒在了苏丹的脚下,乞求他就算用匕首刺死她,也不要那样轻慢地对待他兄弟的遗孀。她哀痛欲绝地向他申辩道,她为奥斯曼皇族带来了五个皇子,理应获得特殊照顾,免于这一不幸。然而,她所生的皇子全都死了,只有一个公主存活了下来,所以这个借口未被接纳,她便只得做出选择。她选了时任国务大臣的贝基尔·阿凡提[②],此

[①] 原文为"Hafise"。

[②] 原文为"Bekir Effendi"。

人已年逾八十,这就可使全世界都信服,她是意欲坚守她所许下的誓言的,即绝不让第二任丈夫靠近她的床边。并且,既然她终归要以某一臣民为尊,被唤作是他的妻子,那她也宁可选择贝基尔,以此表示她的感激之情,因为正是贝基尔在她十岁大的时候把她引见给了她那现已逝去的君主。不过,她却从不允许贝基尔来看她一次,哪怕眼下她已在他的家里住了十五年了——她日日服丧,从未中断,如此的坚贞不渝在我们基督教的世界里是鲜有所闻的,尤其是对于一个二十一岁的寡妇来说(她现在也才不过三十六岁)。她那里是没有黑人太监来做她的护卫的,而她的丈夫也很顺从地把她当王后来敬着,从不去打探她在她的屋里做了些什么。我在她住处这边,被领进了一个大房间,房内有一张沿整面墙而设的长坐台,并有白色大理石柱作为装饰,就如同一个私人会客厅一般。只见坐台上铺了银底浅蓝花纹丝绒,又放了同样材质花色的垫子,我便被安排靠在上面歇息,等那苏丹王妃的驾临。而这样的接待方式也正是苏丹王妃巧心设计的,如此便可避免在我进门时她还要起身相迎。不过,当我起身去迎她的时候,她仍是难逃向我微倾其首。我很高兴能够见到这样一位因受皇帝宠爱而闻名的女士,毕竟每日里都有来自世界各地的美女被呈献到皇帝面前。不过,她在我看来并不及我在哈德良堡见到的美丽的珐提玛一半漂亮,尽管她有着过去那张精致的脸残存下来的姿色——是悲伤而非时间使之衰败的。

然而,她的衣着却出人意料的富丽华美,令我忍不住要向你描述一番。她穿的是一件名为"杜尔玛"①的长袍,这种长袍与

---

① 原文为"dualma"。

"卡弗坦"的区别在于它的袖子要更长一些,并且在底部回折了起来。长袍是用紫色的布料做的,顺着她的身形直直垂下,长袍沿身体的两侧到脚边,以及绕袖子一圈,都满满地镶嵌了在最好的水里养出来的珍珠,那珍珠的大小与她们平常用的纽扣一样大。但你不要以为我的意思是珍珠有沃特利先生的扣子那么大,其实也就是豌豆的大小罢了。在她们的扣子上,还有大圈大圈的钻石,类似于我们"生日外套"①上常见的那些金线圈。这身长袍在腰间系有两大束用小一点的珍珠制成的流苏,并在手臂部分绣上了大大的钻石。而她的直筒长裙,则是在她的胸部用一颗硕大的菱形钻石给扣紧的。至于她那与英国最宽的丝带一样宽的腰带,上面也覆盖满了钻石。她的脖子上,戴的则是三条垂及膝部的长链。一条是大珍珠链子,底部挂着一颗绚丽璀璨的绿宝石,足有火鸡蛋那么大。另一条是由两百颗绿宝石紧密串接而成,那颜色真是无比青翠,绿宝石也选配得完美,每一颗都有半块克朗大,三块克朗厚。还有一条是用浑圆的小颗绿宝石制成。不过,她的耳环却使其他的珠宝都黯然无光了——那是两颗钻石,形状与梨一模一样,大小堪比榛子。而在她的"塔珀克"②上,还缠绕得有四串珍珠,这些珍珠可说是世上最洁白、最完美的了,每一串至少都足以用来做成和马尔伯勒公爵夫人③的那些一样大的珍珠项链——

---

① 原文为"birthday coats",是一种华丽的宫廷服饰。
② 原文为"talpoche",是一种软帽。
③ 萨拉·詹宁斯(Sarah Jennings,1660—1744),马尔伯勒公爵夫人,国王乔治一世的好友,是英格兰最显赫、最富有的女子之一。

她的这四串珍珠有着相同的尺寸,是用两朵"玫瑰"固定起来的,那"玫瑰"皆是以一颗大红宝石为中心,又各以二十颗剔透的钻石环绕之。除此之外,她的头饰上还缀满了镶着绿宝石和钻石的发卡。而她在手上又戴着大大的钻石手镯,并在手指上套了五枚戒指。这些戒指上镶嵌的单颗钻石,除了皮特先生①的以外,要算是我生平所见最大的了。虽然这些物品的价值是要由珠宝商来计算的,但根据我们那里对珠宝的常规估算,也可推知她这整套服饰必定价值十万英镑以上了。我敢断定,没有哪个欧洲王后的服饰能有她这套的一半值钱,即便这里的皇后的珠宝已极为精美了,但在她的珠宝旁边还是会显得粗劣不堪的。

她在府中为我设了晚宴,共有五十道菜,这些菜都是按照他们的习俗一次一道地端上桌来的,所以整个晚宴就显得非常地漫长乏味。不过,她的餐桌陈设却很是华丽,与她的服饰相得益彰。桌上的餐刀是纯金的,且在刀把上镶了钻石。然而,令我眼睛发酸流泪的还是那桌布和餐巾——都是用丝纱罗制成,并以蚕丝和金线绣上了细腻至极的天然的花朵的图案,可我却要拿这样的奢侈之物当餐巾来用,心中也就生起了极为深重的遗憾之情,毕竟那餐巾的做工之精美,都堪比该国出产的最好的方巾了。你可以确信的是,在晚宴结束之前这些餐巾都已遍布了脏污。他们用餐时常饮用的果子露,是用瓷碗盛着端上来的,并配上了实心的金

---

① 托马斯·皮特(Thomas Pitt,1653—1726),英国商人,绰号"钻石皮特"(Diamond Pitt),他曾在印度马德拉斯购买了一颗大钻石,经打磨切割成若干颗后,将最大的一颗售给了法国摄政王,而这一颗正是那举世闻名的"摄政王"钻石。

碗盖和金托盘。晚宴过后,他们又送来了装着清水的金盆,以及和餐巾同样材质的毛巾,我很不情愿地用这毛巾来擦了手。然后就上了咖啡,是用瓷杯装的,带有金杯碟。

苏丹王妃看起来心情甚好,与我交谈时表现得非常客气。而我也并未坐失良机,尽我所能地去向她了解了苏丹的后宫,因为我们对此一无所知。她明确地告诉我,关于苏丹丢手帕的传闻是毫无根据的。在那样的场合,他不过是派了凯兹利埃·阿加去向他意欲宠幸的妃嫔示意罢了。而这位妃嫔立即就会因此获得其他妃嫔的恭维,并被带到浴室里去熏香,换上那最华贵、最得体的服饰。皇帝在驾临前,往往会事先送上一份皇家的礼品,而待到了之后,便会径直走进她的寝殿中去了。这里根本就没有妃嫔要由床脚爬上床的说法。她还告诉我,最先被皇帝选中的妃嫔今后的排位也就始终是第一了——并非像其他那些作家要我们相信的那样,位列第一的是皇长子的生母。另据她所言,有时候苏丹也会招来所有的妃嫔,在妃嫔群中消遣作乐——妃嫔们通常会站成一个圆圈,把苏丹围在里面。她坦言,只要苏丹有任何倾心于哪位妃嫔的表现,让她独享了恩宠,那么其他的妃嫔就都会因了对幸运的她的羡慕和嫉妒而随时寻死觅活。不过,这在我看来,却并不比我们欧洲大多数宫廷里的妃嫔的圈子更好或更糟。在我们那里,君王的每一瞥目光都是被关注着的,每一次微笑都是被急不可耐地盼着的,并为那些得不到的人所眼红。

其实,她在提到苏丹的时候眼里总是噙着泪水的,然而她又似乎很喜欢这场谈话。她说道:我过去的幸福对我而言仿佛是一场梦,但我仍旧无法忘记我曾经被人类中最伟大、最可爱的那个人喜爱过。我是从他全部的妃嫔里被挑选出来，与他一道共赴每一场征战的。倘若我不是对公主，我的女儿疼爱至极，我恐怕无法在他死后还活得下去。不过，我对女儿的所有温情，也很难足以让我在失去他之后维系我的生命。我度过了整整十二个月不见光明的日子。时间已舒缓了我的绝望，如今只是每周会有那么几天要伤心流泪，为的是纪念我的那位苏丹。她的这番话里，并没有任何的矫揉造作之气，很容易就能看出她是陷在深深的忧郁之中的，尽管她的好性情也让她愿意来怡悦我。

她邀请我到她的花园里去散步，而她的一个奴仆立刻就为她送来了一件用黑貂皮作内衬的华丽的织锦披风。我陪同她一起走进了花园，花园里除了喷泉外，并没有什么引人注目的东西。她从这里又带我去参观了她的全部宫室。在她的卧房里，陈列着她的梳妆台——由两副镜子组成，镜框上缀满了珍珠。而她的睡帽，则镶着珠宝发卡，在睡帽旁边还有三件用精美的黑貂皮做成的长袍，每件至少价值一千银币，即两百英镑。我并不怀疑这些华丽的服饰是被故意放在显眼之处的，只是它们看起来都像是被随意丢在了沙发上罢了。在我向她辞别之时，我得到了熏香的礼遇，就跟我先前在大维齐尔家中那样。并且，我还获赠了一条非常精美的刺绣方巾。在这里，苏丹王妃的奴仆计有三十个，除了那十个幼小的以外，剩下的里面最大的也不超过七岁。她们是我所见过的最漂亮的女孩，她们全都穿着华丽的服饰，而我也留意到苏丹王妃从这些可爱的小孩身上获得了极大的快乐。只是这些童仆让她花下了重金，因为一个这样年纪的模样好看的女童低于一百英镑是买不到的。这些女童的头上都戴着小小的花环，各自的头发也被编了起来，这就是她们全部的头饰了。不过，她们的衣服却全都是用金色的衣料制成的。当时，她们正跪着为苏丹王妃端上咖啡，而在王妃要洗漱之际，她们又为她送来了清水……对于那些年龄大点的奴仆，她们的一大任务便是去照料这些女孩，教她们刺绣，并把她们当作主人家的子女那样来悉心服侍。

此刻，我想你会以为我刚才所写的供你消遣的见闻，至少都是经我之手增添了许多虚构的枝叶的。你恐怕要说，这真是与天方夜谭太过相似了——那些绣花的餐巾以及和火鸡蛋一样大的宝石！不过，亲爱的妹妹，你却忘了所谓的天方夜谭正是由这个国家里的一位作者写的，除了魔法以外，可说是当地风土人情的真实写照了。而我们这些旅行者，则是陷入了一个非常困难的处境之中。如果我们仅仅说一些前人已说过的东西，我们就会显得乏味，仿佛未曾留心观察过一般；如果我们说了任何新鲜之事，我们又会被讥为是在凌空蹈虚，悬想夸大。这样的讥嘲根本就未考虑到，我们身份地位的差异会使我们在当地结交的人的层次有所不同，也未考虑到或许我们有着更大的好奇心，以及每个国家每隔二十年在风俗上会发生的变化。然而，人们评判旅行者正如他们随时随地评判其邻里一样，用的都是那份相同的真诚、善意和公正。就我而言，倘若我能活着回到你们中间，我是决不会跟亲爱的朋友和熟人讲这里的任何见闻的，因为我对他们的品行都非常了解，以免到头来落得个"言过其实"的污名——他们的仁爱之心必定会令他们倾向于这样来评判我的。不过，仰仗你知我甚深，我希望但凡被我郑重地坚称为真的见闻，你都会相信，虽然我也准许你对在你看来新奇无比的见闻表示出惊讶。

而如果我给你讲了以下的见闻，你又会说些什么呢？——我曾去过当地的一个内宅，那里过冬用的居室是以橄榄木做的壁板，壁板上镶嵌了贝壳，以及不同色泽的象牙，看上去就跟你以前从这个国家带出来的那种小盒子一模一样。至于那些专为消夏而设计的房间，则每面墙上都贴着日本瓷片，屋顶也涂了金，且在地板上还铺了最为精美的波斯地毯。然而，这些都是再真实不过的了，此处正是我那可爱的朋友美丽的珐提玛的宫殿。我是在哈德良堡认识的珐提玛。我昨天又去拜访了她，她在我看来比先前更加漂亮了——倘若确有可能如此的话。她在她的卧房门口迎接了我，并以世上最优雅的姿态将她的手伸给了我。然后她带着微笑说道（她的笑容使她像天使一样美丽）——你们这些基督教的女士素有见异思迁的名声，无论你在哈德良堡向我表示了怎样的好意，我都不会料想到竟能再一次见到你。但我现在深信的是，我真的很高兴能够取悦你。而如果你知道了我在我们这边的夫人小姐中间是怎样谈论你的，你就定会觉得只有把我视作你的朋友，才能算是真正地对得起我。接着，她就安排我坐在沙发的转角处，我整个下午都是在与她的谈话中度过的，我从中得到了世上最大的快乐。

苏丹王妃哈绯瑟，是人们心目中能够遇到的那类典型的土耳其女士。她乐于帮忙，却不知如何去做，从她的言行举止上很容易就可看出她的生活是隔绝于俗世之外的。但珐提玛则有着宫廷里那一整套的优雅礼节和良好教养，她的神态能立即激起人们的尊重和关爱之情。而现在我也懂得了她所使用的语言，因此便发现她的机智竟与她的美貌一样迷人。她对于别的国家的风俗很是好奇,并没有那种常见于心胸狭小者身上的对本国风俗的偏袒。我当时是带了一位希腊女士同去的,她因为之前从未见过珐提玛——当然,如果不是与我随行,她如今仍是连门也进不了——故而对珐提玛的美貌和仪态都表示出了惊叹。其实,任谁第一次见了珐提玛都会难免如此的。还记得那位希腊女士用意大利语对我说道:这哪里是土耳其女士,她分明就是基督教国家的。珐提玛猜到了希腊女士是在说她,便问希腊女士说了些什么。我自己是不想告诉她的,因为我认为她对于此种恭维并不会感到高兴,就跟我们宫中的某位美人在被告知她带有一种土耳其人的风味后是一样的。不过,这位希腊女士还是告诉了她。然后,她笑道:这也不是我第一次听到这样的说法了。我的母亲是从被围攻的卡米涅克①带回来的波兰人。我的父亲以前就经常打趣我,说什么他相信他那基督教的妻子肯定找到了个基督教的情人,因为我全然没有一点土耳其女孩的样子。我听闻后确切地向珐提玛说道,如果土耳其的所有女子都长得像她一样,那么为了人类的安宁,是确有必要把她们限制在公众视线以外的。我又接着告诉她,像她这样的脸将会在伦敦或巴黎引起多么大的轰动。而她则愉快地回道:我真是无法相信你,因为如果像你说的那样,美貌在你的国家得到了如此的看重,那么你的国人就绝不会舍得让你离去的。亲爱的妹妹,也许你会嘲笑我复述这句恭维话时的虚荣之心,不过,我这样做也只是因为我觉得她的话措辞巧妙,以此为例便可让你一窥她说话的风貌了。另外,她的房子的装潢非常华丽,是用尽

---

① 卡米涅克(Kamieniec),波兰的一个要塞,于1672年被穆罕默德四世围攻。

了心思的。她的冬天的居室里，有一层带花纹的天鹅绒铺在金色的地板上。而那些夏天的居室，用的则是以金线刺绣的精美的印度被单。这些身份尊贵的土耳其夫人们的房子都保持得很是洁净，就跟荷兰的那些房子一样纤尘不染。珐提玛的房子坐落在城中的一处高地上，透过她的夏屋的窗户，我们可以看到大海、岛屿以及亚洲的山峦的景色。——我的信不知不觉间竟然写了这么长了，对此我是感到羞愧的。这真是一个非常不好的征兆。如果我还未堕落成一个彻头彻尾的说书人那就好了。我们好像有句谚语，说的是知识多了不压人，这对于我们自己来说可能的确如此，但是懂得太多却是很容易让我们变得令其他人生厌的。

第四十一封
致里奇夫人

君士坦丁堡 佩拉镇，旧历1718年3月16日

亲爱的夫人，我非常高兴你终于为我找到了一件我可以不负所托地去完成的任务，虽然我也必须告诉你，这或许并不如你所想象的那么容易，而倘若我求知猎奇的劲头没有比古往今来的其他异客更强烈的话，我肯定早就拿个借口来搪塞你了，就像当初你想让我给你买个希腊奴仆时我不得不做的那样。如你所愿，我现已为你找来了一封土耳其情书，我把它放在了一个小盒子里，并吩咐士麦尼特商船[①]的船长把盒子连同里面的信一起交给你。这封信的字面意思翻译如下：你从这个钱袋中取出的第一件东西应该是一颗小小的珍珠，珍珠在土耳其语里叫作ingi，且需照这样来理解：

Ingi，	Sensin Uzellerin gingi
珍珠	最美的年轻人。

[①] 原文为"Smyrniote"。

Caremfil, 丁香	Caremfilsen cararen yok Conge gulsum timarin yok Benseny chok than severim Senin benden, haberin yok. 你像丁香一样纤细！ 你是一朵含苞待放的玫瑰！ 我一直爱着你，你却不知我的心！
Pul, 长寿花	Derdime derman bul 可怜我的痴情！
Kihat, 纸	Birlerum sahat sahat 我每小时都要晕倒！
Ermus, 梨	Ver bixe bir umut 给我一些希望。
Jabun, 肥皂	Derdinden oldum zabun 我厌倦了爱。
Chemur, 煤	Ben oliyim size umur 愿我死去，愿我所有的岁月都属于你！
Gul 玫瑰	Ben aglarum sen gul 愿你快乐，愿你所有的悲伤都属于我！
Hasir, 稻草	Oliim sana yazir 让我做你的奴隶吧。
Jo ho, 布	Ustune bulunmaz pahu 你的价格寻不到。

Tartsin	Sen ghel ben chekeim senin hargin
肉桂	但我的财产是你的。
Giro	Esking-ilen oldum ghira
火柴	我燃烧,我燃烧,我的火焰吞噬了我。
Sirma	Uzunu benden a yirma
黄连	别把你的脸转过去。
Satch	Bazmazum tatch
头发	我头上的王冠
Uzum	Benim iki Guzum
葡萄	我的双眼!
Til	Ulugorum tez ghel
金线	我死了——快点来。

然后还有一句附言:

Beber	Bize bir dogm haber
胡椒	给我一个答案。

你也看到了这封信都是用诗句写成的,而我也可以向你保证,这封信于词句的选择中所显出的奇巧精妙,与从我们那边的书信里最字斟句酌的用语上所见到的是不相上下的。我相信,这里有着一百万个为此种用途而设计出来的诗句。这里没有哪种颜色、哪种鲜花、哪种芳草、哪种水果、哪种药草、哪种卵石或羽毛,是还未拥有一个属于它自己的诗句的。你可将之用于吵架、责骂,或用作爱情、友情的书信,礼节性的函件,甚至用来传递消息,

而不必让手指沾染到笔墨。

我想你此刻恐怕正惊叹于我的知识的渊博，但是呐，亲爱的夫人，我几乎陷入了常见于雄心勃勃者身上的那种不幸之中——在他们受命去异域执行重大的远征任务时，国内却生出了叛乱。而我则面临丢失我英语能力的巨大危险。我觉得我现在用英语写作还不及十二个月前的一半轻松。由此我便只得去钻研如何遣词造句了，并且还须把所有其他的语言都抛开，努力去学我的母语。人掌握知识的能力，与人的体力或人的力量一样也是十分有限的。人的记忆只能留住一定数量的印象，一个人是不可能精通十种不同的语言的，就像一个人不可能让十个不同的王国彻底臣服，也不可能一次与十个人搏斗那样。我担心我最后很可能会把英语忘得一干二净，毕竟我住在一个极其像巴别塔的地方——在佩拉，人们讲着土耳其语、希腊语、希伯来语、亚美尼亚语、阿拉伯语、波斯语、俄语、斯罗维尼亚语、瓦拉几亚语、德语、荷兰语、法语、英语、意大利语、匈牙利语。然更糟糕的是，上述语言中有十种都是能在我自己家里听到的。我的马夫是阿拉伯人，我的男仆有法国人、英国人和德意志人，我找的乳母是亚美尼亚人，我的侍女是俄罗斯人，我另外的六个仆人是希腊人，我的管家是意大利人，而我的卫兵又是土耳其人。所以在我的生活中，永远都能听到这样一种混杂的声音，而这对生于此地的人则造成了十分奇特的影响——他们能同时学习所有的这些语言，只是每一种都学得并不够深，还不足以用来书写或阅读。这里的男人、女人，甚至是小孩，差不多都掌握了其中五六种语言的范围大致相当的词汇。我本人就认识几个三四岁大的幼儿，他们能够说意大利语、法语、希腊语、土耳其语以及俄语,而这最后一种语言,是从他们的乳母身上学来的——此地的乳母通常都是出自那个国家。这在你看来几乎不可思议,但我打心底里认为,这是该国最新奇有趣的见闻之一,而且也可以大大削弱我们那些在法语和意大利语上只懂得一点皮毛就要借此来自夸天资过人的女士的光彩。不过,由于我喜欢英语胜过其他所有的语言,我因此也就对我脑中英语的日日衰朽感到极其难堪了,我可以确切地告诉你(带着悲痛之心),英语在我脑中已缩减到了为数不多的一些单词,我都想不出任何还算过得去的词句来结束我的这封信了,故我不得不非常生硬地跟夫人你说一句你忠实谦卑的仆人敬上。

第四十二封[①]
致布里斯托尔伯爵夫人

  我终于第一次收到了我亲爱的布里斯托尔夫人的来信。我深信您以前也曾怀着好意给我写过的,只是我不幸未能收到罢了。自从我上次给您去信后,我就一直静静地待在了君士坦丁堡这里。对于此城,我应该凭着良心为夫人您提供一个准确的概念,因为我知道您除了从那些旅行者的文字中得到了一点偏颇和错误的印象外,对它就一无所知了。而的确也有不少人虽然在佩拉待了许多年,却从未到君士坦丁堡去看看,且一个个还要假模假样地对它予以描绘。在佩拉、托法那[②]和加拉太[③],住的全都是法兰克的基督徒,而这三处地方加起来,就很像是一座非常漂亮的城镇了。它们与君士坦丁堡隔海相望,那海的宽度还不及泰晤士河最宽的部分的一半。然而,这些基督徒里的男子却不愿去冒险渡海,以免不巧遇上莱文特人[④]或水手,这可是一群比我们那儿的船夫还要

[①] 此封信无日期和地点。
[②] 原文为"Tohpana"。
[③] 原文为"Galata"。
[④] 原文为"Levent"。

可怕的怪物啊。至于女子，既然必须得把脸遮起来后才能去到那里，她们当然就十分不乐意前往了。诚然，她们在佩拉也戴面纱，但她们戴的是一种能更好地展现自己美貌的面纱，这在君士坦丁堡是不被允许的。而上述种种的原因也就几乎使得任何人都打消了去那里看一看的念头。我相信，那位法国大使夫人也是还没有去过那里就直接要回法国的了。但我想补充一句，我是经常去那里的。——夫人您听闻此言应会感到惊讶吧。说起来，"阿斯玛克"[1]，也就是土耳其面纱，对我来说已变得不仅非常易于佩戴，而且还和我很是相称。不过，就算不是这样，我也愿意忍受一些不便，去满足我怀有的那种无比强烈的欲望，也就是我的好奇之心。其实，乘着驳船前往切尔西[2]途中的乐趣，是无法与在这片运河一般的海域上摇桨行船所得来的乐趣相比拟的——这是一条总共有二十英里长的水道，沿着博斯普鲁斯海峡[3]一路伸展下去，两岸呈现出变幻多姿、秀丽至极的景色。在亚洲这边，布满了果树、村庄以及大自然中最悦目的景观。而在欧洲那边，则耸立着君士坦丁堡。它坐落在七座小山之上，那山的高低起伏使得它看起来比实际大小还要大一倍，尽管它已是世界上最大的城市之一了。至于它所展露出来的景物，虽然杂，却很和谐宜人，有那花园、松柏、宫殿、清真寺以及公共建筑，层层叠叠，就和夫人您曾经看

---

[1] 原文为"asmak"。
[2] 切尔西（Chelsea），英国伦敦一住宅区，位于泰晤士河北岸。
[3] 博斯普鲁斯海峡（the Bosporus），是一条连接黑海和马尔马拉海的水道，它将土耳其的亚洲部分和欧洲部分分隔开来。

到过的由最巧的双手装点出来的壁橱那样,也带着相似的对称的美和外观——壁橱里大罐与大罐上下排列,小罐、小碗和烛台杂置其间。这虽是一个非常奇怪的对比,但它却给了我一个精准的关于该城景物的画面。

于此期间,我花了心思尽可能多地去看了看苏丹的皇宫。它位于一处伸入海中的岬角之上,是一座高大巍峨但却极不规整的宫殿。宫里的那些花园占据了很大的一块地,里面种满了高高的柏树——对于花园我就知道这么多了。宫里的各种建筑,全都是由白色的石头建成的,房顶覆了铅皮,并修有涂金的塔楼和尖顶,这就使整个宫殿显得极其宏伟壮丽了,而我也的确相信还没有哪座基督教国家国王的宫殿能有它的一半那么大。宫里共有六座大的庭院,全都修成了圆形,栽种上了树木,还带有石廊。一座是给卫兵用的,一座是给奴仆用的,一座是给负责御膳的官员用的,还有一座是用来安放马厩的,第五座是会议厅的所在,而第六座则划给了供觐见者歇息的寓所。至于女眷那边,庭院的数量至少是多过六座的,其中有专属于她们的太监和侍从的,也有专属于厨房的,不一而足。

下一个引人注目的建筑就要数圣索菲亚大教堂了,不过入内参观却十分困难。为此,我不得不派人去找了三次"凯马坎"[①],亦即当地的长官。而他则召集了几位大阿凡提,也就是律法方面的首脑,然后他便询问穆夫提,这样允许我入内是否合乎律法。他们的这场重要的辩论持续了数日之久,不过我始终在坚持我的

---

① 原文为"Kaymakam"。

请求，最后也总算获得了准许。我仍是不知为何土耳其人对待这座清真寺要比对待其他任何一座清真寺都更为谨小慎微——在别的清真寺，只要基督徒乐意，就可以毫无顾忌地进去了。我想他们应是认为，基督教徒一旦被祝圣后，如果假托心怀好奇进入了寺内，可能会用祷告亵渎了它，尤其是在面对着那些马赛克装饰里依旧清晰可见的圣徒像的时候——这些圣徒像，除了有随时间衰朽的痕迹外，并未遭到过其他方式的损害。因为那盛传的言之凿凿的说法，即土耳其人把在城中能找到的圣徒像统统都损毁掉了，其实是完全背离事实的。圣索菲亚大教堂的穹顶据说直径达一百一十三英尺，是建在一座座的拱门之上的，而在下面予以支撑的则依次是巨大的大理石柱，以及大理石地面和楼梯。此外，还有两排用杂色大理石柱架起来的廊道，整个廊顶都是用马赛克装饰的，但其中的一部分很快就朽坏了，并掉落了下来。当时，教堂里的人捡起一把拿到了我面前，而在我看来，这马赛克的成分应是一种玻璃，或许就是他们用来制作假宝石的铅质玻璃。接着，他们带我去参观了位于这里的君士坦丁皇帝的陵墓，他们对这位皇帝是非常敬爱的。以上便是我关于这座著名建筑的一段枯燥的、残缺不全的描述了，只怪我对建筑实在是知之甚少，倘若试着去细说一二，恐怕要让人不知所云的。

也许我的看法会失之偏颇，但有些土耳其的清真寺的确更让我喜欢。比如，苏莱曼苏丹的那座清真寺，乃一规规整整的方形建筑，有四座尖塔分别位于四个角上，而它的中间则是一个宏伟壮丽的穹顶，由漂亮的大理石柱支撑着，并且在两头还有两个小一点的穹顶，也采用了相同的支撑方式。至于清真寺的路面以及四周的廊道，也全都是大理石材质的。在那硕大的穹顶之下，是一座喷泉，它以无比精美绚丽的彩色大理石柱作为装饰，简直让我难以相信这些都是天然的大理石。在喷泉的一侧，是一座白色大理石的布道坛，另一侧则是专供大君使用的小廊台，由一副精致的楼梯与地面相连，并装上了漆金的木花格。此外，在北端还设有某种圣坛，真主的名字就写在上面。圣坛前立着的是两只烛台，均有人那么高，而烛台里的蜡烛则有三个火把那么厚。寺里的地面铺的是精美的地毯，整个清真寺内都灯火通明，因为灯的数量是极多的。通往此处的前院，也非常地宽敞，院里有绿柱大理石走廊，且两边共加盖上了二十八个铅皮穹顶。而在院子的正中，还有一座漂亮的带三个水池的喷泉。其实，我的这番描述也可用于君士坦丁堡所有其他的清真寺。因为它们的样式都是完全相同的，区别仅在于规模的大小以及用料的丰富豪奢上。比如，苏丹皇太后的那座清真寺，是这里的清真寺中最大的一座。它通体由大理石打造而成，在我看来，应算是我所见过的最宏伟、最漂亮的建筑了，况且它还彰显了我们女性的荣光，因为它是由穆罕默德四世的母亲建造的。跟你说句朋友间的悄悄话，圣保罗大教堂在它面前也会是一副渺小得可怜的样子，就像我们任何的广场在他们的"阿特莫丹"①亦即赛马场面前都会显得的那样——"阿特"②在土耳其语里是"马"的意思。

而他们的这座广场，原是古希腊皇帝治下的竞技场。在它的

---

① 原文为"Atmeydan"。
② 原文为"At"。

中间立有一根铜柱，铜柱上是三条交缠在一起的铜蛇，蛇的口皆大张着。至于为何会在此立起一根这样奇怪的柱子，则是无法了解清楚的。因为在向希腊人询问个中寓意的时候，他们除了会讲些玄而又玄的传说外，别的就一概不知了，并且在柱子上也看不出曾有过任何铭文的迹象。在广场北端，还有一座可能是从埃及运来的斑岩方尖碑，上面的象形文字全都非常完整，然在我看来不过是些古时候的双关语罢了。这座方尖碑是立在四根小铜柱上的，铜柱下面有一方形的砂岩基座，基座两侧布满了浅浮雕人像，一侧表现的是一场战争，而另一侧表现的则是一场集会，在余下的两侧还有希腊语和拉丁语的铭文。铭文的最后一段我抄进了我的小本里，原文如下：

> Difficilis quondam, Dominis parere serenis
> Iussus, et extinctis palmam portare Tyrannis
> Omnia Theodosio cedunt, sobolique perreni.

您的夫君应能解读这几行诗，但勿要以为这是写给他的情书。另外，基座上所有浅浮雕人像的头部都还在上面，这就让我不由得再次想到那些异口同声地说人像头部俱已缺失的作者们的粗率冒失了。我敢保证，他们中的绝大部分人是从未见过这些浮雕的，他们只是采用了希腊人的说法。不过，希腊人一旦编造出了能使其敌人蒙羞的谎言，他们就会用难以置信的毅力抗拒他们亲眼所见的事实。如果您去向他们询问的话，那么君士坦丁堡除了圣索菲亚大教堂外就没有什么是值得一看的了，尽管事实上这里还有数座更大的清真寺。比如，苏丹艾哈迈德清真寺就特别地大，它的门全是用黄铜做的。而在所有的这些清真寺中，还都设置了小堂，里面有创建者及其家人的墓，并有硕大的蜡烛在墓前燃烧。

这里的交易所，都是些宏伟壮丽的建筑，建筑之间布满了华美的小巷——绝大多数建筑物有廊柱支撑，保持得出奇地整洁。交易场中各种行当均占有一条属于自己的小巷，商品是按与伦敦新交易所相同的次序摆放的。其中的"博得斯坦"①，亦即珠宝商的那块区域，显得非常地奢华，有数不尽的钻石，以及其他各种各样的宝石，直让人目眩神迷。而刺绣品商的区域，也是极其耀眼的，人们漫步其间不只是为了买货，也是为了消遣。这些市场大部分都是漂亮的广场，商品应有尽有，让人称羡，或许要比世界上其他任何地方的市场都好。我知道，您会以为我要专门讲一讲关于此地奴隶的见闻，而倘若我在讲述之时，与先于我谈及此题的其他的基督徒相比，没有表现出相同的惊恐之情的话，想来您就会把我当成半个土耳其人看了。不过，我却实在忍不住要称赏土耳其人对奴隶的仁慈。这里的奴隶从未受到过虐待，在我看来，他们所谓的奴隶就跟世界上其他地方的仆人那样。尽管这些奴隶的确是没有工钱的，但主人每年赏给他们的衣服的价值算起来却要比我们给任何普通仆人的工钱还高。然而您又会反对这里的男人买女人的现象，因为您从中见出了邪恶堕落。不过依我之见，在我们所有的基督教国家的大城市里，买卖女子也是公然进行的交易，并且更加地臭名昭著。在关于君士坦丁堡的描述中，我还

---

① 原文为"Bedesten"。

得补充一点，即"历史之柱"已经消失不见了，它在我来此地的两年前就倒塌了。除了渡槽外，我并没有看到任何别的古代的遗迹，而这些渡槽是十分巨大的，我便倾向于相信它们比古希腊帝国还要古老——尽管土耳其人在渡槽的一些石头上刻了土耳其语的铭文，想把修建如此宏伟的工程的荣誉挪到自己国家的头上，但这种欺骗的把戏很容易就被看穿了。

这里其他的公共建筑还有旅店①和修道院，前者通常修得非常大，数量也很多，而后者则数量稀少，且一点也不宏伟。我曾出于好奇去参观了其中的一个修道院，并观察了苦行僧的宗教仪式，其实就跟罗马的那些一样离奇古怪。这些人是可以获许结婚的，但他们得始终穿一种奇怪的服装，即一块包裹他们身体的粗糙的白布——他们的腿和胳膊则是赤裸在外的。他们这一教派并没有什么别的规定，只是每周二和周五都要举行他们那奇特的仪式，具体如下：他们会在一个大礼堂里集合，然后全都站在那里，眼睛盯着地面，双臂交叉。而与此同时，伊玛目（也就是那传道者）则会在位于礼堂正中的一个布道坛上诵读《古兰经》的部分经文。待伊玛目诵读完毕，他们中就会有八到十人用管乐器合奏一轮忧伤的乐曲——这些乐器奏出的声音都是十分悦耳的。接着，伊玛目又会诵读一遍，并对所读内容做简短的说明，随后，他们便会边唱歌边奏乐了，直到他们中领首的那位（唯一一个穿着绿色衣服的）起身跳起一段庄严的舞蹈。而这时，他们也会直起身来站在他的周围，有的就继续奏着音乐，有的则把长袍（十分宽

---

① 即第三十三封信中所提到的那种旅店（"han"）。

大）紧紧地系在腰间，开始以惊人的速度旋转身体——不过，他们也会很仔细地听那音乐，其动作会随了曲调的急缓，时而慢下去，时而快起来的。这样的旋转舞蹈将持续一个多小时，但他们中却没有任何一个人表现出一丁点儿头晕的样子。其实，这也并不值得惊异，毕竟他们全都从小就习惯于此了，而且他们大多数人是苦行僧之子，自生下来就恪守着这种生活方式。当时便有几个六七岁的小苦行僧也在转着，而他们似乎也和其他人一样没有被这种仪式弄得晕头转向。最后，到了仪式结束之时，这里所有的苦行僧都会高喊："世无他神，唯有我主，穆罕默德是其先知。"接着，他们就会亲吻那领首者的手，并随即退下去。这整个的仪式都是在一种无比庄重肃穆的氛围下完成的，而世上也没有什么能比他们的仪式更严肃的了。他们始终都不曾抬起他们的双眼，似乎是在潜心于沉思，虽然这样的仪式从我的描述看来很是荒唐可笑，但他们表现出来的那种谦卑和克己禁欲之气却有动人之处。这封信已然长得可怕了，不过您要是觉得读够了，也大可把它烧掉。

沃特利先生此刻还不在这里，但我可以用他的名义向夫人您保证，他对您是怀有敬意的。同时还请代我向布里斯托尔伯爵哈维先生致以诚挚的敬意。

第四十三封①
致××伯爵夫人

　　夫人您大可放心，我是带着极大的喜悦收到了您的来信的。我很高兴能听到我的朋友们都还身体安康，特别是康格里夫先生，因为我听说他近来患了痛风症。我现在正准备离开君士坦丁堡，而您或许会指责我虚伪，倘若我告诉您我有些依依不舍的话。不过，我的确已呼吸惯了这里的空气，也已学会了这里的语言。我在此地过得舒适自在，而且，就算我是那样地喜爱旅行，只要一想到如此漫长的一段旅程所涉的种种麻烦，我也难免会发抖的，毕竟我有这么大一家子的人要上路，况且还带了个嗷嗷待哺的婴孩。不过，面对此种困境，我仍要尽力而为，就像我在遇到迄今为止生命中所有突来的变故时所做的那样，尽我所能地将之转化为我的消遣。而为了做到这一点，我每天都会裹上我的"菲瑞斯"②和"亚希姆克"③在君士坦丁堡四处闲逛，通过看各种新奇有

---

① 据学者考证，此信大概写于1718年5月，写信地在佩拉，收信人可能是布里斯托尔伯爵夫人。
② 原文为"ferace"，是外套的意思。
③ 原文为"yashmk"，是面巾的意思。

趣的事物来为自己添乐。我知道您正盼着在上述的这番声明之后，就会有关于我的见闻的一些记载了，然而我却实在没有心思去重复地写那些已被写了千百遍的东西。比如，告诉您君士坦丁堡就是古代的拜占庭，现在被一个据说是西徐亚①人的民族给征服了，它里面有五六千座的清真寺，圣索菲亚大教堂是由查士丁尼建造的，等等。请问，这有什么意义呢？但我要向您保证，我并非是因为知识的匮乏才避而不写这些精彩的事物的。其实，我也可以通过翻阅诺里斯②和保罗·里考特爵士的书，不费吹灰之力地就给您罗列出一份土耳其历代皇帝的名单来，只是我的确不愿跟您讲些在任何写过这个国家的作者的书中都能够找到的东西。而出于一种女人特有的爱反驳的脾性，我会更倾向于告诉您，您从那些作家的书中所获得的知识大部分都是有误的。例如，那位令人敬仰的希尔先生③，他就言之凿凿地声称他在圣索菲亚大教堂里看到过一根"流汗"的柱子，那柱上的"汗"实乃医治精神错乱的香膏。然而，此地根本就没有任何可与此沾边的风俗传统，我猜想这是他在埃及地下墓穴中度过那段奇妙的时光之际所见的异象，因为我确信他在这里是听不到这类奇迹的。此外，看到他和他的那些航海作家同行们为土耳其妇女所受的痛苦的束缚而悲叹，也是颇堪发噱的。实际上，土耳其妇女恐怕要比天底下任何的女子

---

① 西徐亚（Scythia），亚洲和欧洲东南部一古地区，位于黑海以北，今乌克兰境内。

② 理查德·诺里斯（Richard Knolles, 1550—1610），英国历史学家，以研究土耳其历史闻名，著有《土耳其通史》。

③ 艾伦·希尔（Aaron Hill, 1685—1750），英国诗人、剧作家、散文作家。

都更加地自由。她们可说是这世间仅有的过着一种不受搅扰的快乐生活的女子——得免于种种的烦扰,她们就可以把所有的时间都用来串门、沐浴,或做些花钱买东西、发明新时尚之类的乐事。倘若有哪个做丈夫的硬要妻子多少节俭一点,那他就会被认为是疯掉了,因为妻子的花销是绝不能有所限制的,这得由着她。挣钱是丈夫该做的事,妻子只管花钱就是了。而这一贵族间的特权,竟也延伸到了当地女性中最卑下的阶层。比如这里的一个背着一批绣花方巾的卖货郎,虽然有着您心目中低贱的商贩所应有的穷苦模样,但我可以向您保证,他的妻子是不屑于穿任何比金丝面料逊色的料子的,并且,她还会有貂皮以及一套非常漂亮的用作头饰的珠宝。此外,这里的妇女随时都可以外出,想去哪儿就能去哪儿——虽然她们除了澡堂外的确没有什么别的去处,而在那澡堂里所能遇到的,也只有同为女人者罢了。不过,去澡堂却是她们乐此不疲的一项消遣。

三日前,我便去了城中最好的一处澡堂,在那里有幸看到了一位土耳其新娘被迎娶的场面,以及其间的全部仪式。这就使我想起了忒奥克里托斯写的海伦的祝婚诗,在我看来,那古代的习俗在此得到了延续。当时,这两个新联姻的家庭中所有的女性朋友、亲戚和熟人都聚在了澡堂里。此外,还有几拨出于好奇而前来的女子。我相信,那天现场至少有两百名女子。只见那些才结婚或结婚多年的,都安坐在环绕着澡堂房间的一圈大理石"坐台"上,而处女们则是急匆匆地脱掉了她们的衣服,除了垂下来的一头编缀着珍珠或丝带的长发外,全身上下就没别的什么装饰或遮挡了。其中有两名处女,在门口迎接了新娘,那新娘是由她的母亲和另一位尊长领过来的。新娘是一个约莫十七岁的漂亮少女，衣着非常华丽，身上的珠宝闪闪地发着光，但很快就被脱得一丝不挂了。另有两名处女，则给鎏金的银罐盛满了香水，然后便开始领队前行，余下的处女也都两人一对地跟在后面，计有三十人。只听得那领队的唱起了一首祝婚歌，而其他的人也应声合唱着，唯有最末的两人在牵着漂亮的新娘前行。行进途中，那新娘的眼睛始终是盯着地面的，带了一份刻意表现出来的迷人的矜持。她们就这样依此次序绕着澡堂的三个大房间行进了一圈。而这一番景象的美，我是很难向您呈现的——她们大多都身形匀称，皮肤白皙，并且因了经常前来沐浴的缘故，一个个皮肤还光滑无比，润泽有光。在她们行进完毕后，新娘就被带去逐一拜见了围坐在澡堂房间四周的已婚的妇人们，而这些妇人则以赞美和礼物向新娘道贺，有送珠宝的，也有送毛料、方巾或诸如此类的小贺礼的。收礼时，新娘亲吻了她们的手，以表谢意。

我很高兴能够看到这一仪式，而您也大可信我所言，即土耳其的女士跟我们这边的女士相比，也有着至少是同等的智慧、礼节，乃至自由。诚然，这套习俗赋予了她们那么多可以去满足自己的邪思（如有的话）的机会，但它也同样使其丈夫拥有了肆意报复她们的权利——倘若她们被识破了的话。而我也并不怀疑，她们有时会因了她们的不检点而受到极为严重的惩处。大约两个月前，于黎明时分，在离我家不很远的地方就发现了一具血淋淋的年轻女子的尸体——光着身子，仅裹了一张粗布单，身上共有两处刀伤，一处在腰间，一处在胸口。当时那女子的身体还未变得十分冰冷，她的模样也出奇地漂亮，故而佩拉城中的男子鲜有不去看她一眼的。只是，没有人能够认出她来，因为当地女子的脸从不为外人所睹。据说，她是在夜深人静的时候被人从君士坦丁堡那边带过来的，然后就放在了这里。至于对凶手的调查，则几乎是没有，之后那尸体便被无声无息地悄悄埋掉了。国王的官员是向来不会去追究谋杀的，这一点便与我国相仿。给死者报仇乃亲属的事，而如果亲属更愿意收点钱就将之了结的话（正如他们通常所做的那样），那么此案便不会有人再提了。您或许会觉得，该国体制中有了这样一种弊端，恐怕上述的惨剧是会频频发生的吧。然而，实际上却极其少见，这也足可证明该国人民并非生性凶残。而我也不认为在许多其他的方面，他们真的就具有我们安给他们的那种所谓野蛮的习性。

这里有我熟识的一位来自基督教国家的贵妇人，她自愿地选择了与一个土耳其丈夫相守。她是位十分亲切又极有见识的女士。她身上的故事实在太过离奇，我是忍不住要跟您讲一讲的，但我要向您保证，我将用尽可能少的文字把它讲完。这位女士是西班牙人，她原先与家人住在那不勒斯。当时的那不勒斯王国还是西班牙领土的一部分。有一次，她在兄长的陪护下，乘三桅小帆船从那不勒斯前往土耳其，不料他们却遭到了土耳其海军上将的袭击，被带到了对方的船上，给劫走了。接下来，我该怎样跟您平铺直叙地讲述她之后的惊险遭遇呢？其实，早于她很多年前，同样的事情也曾发生在美丽的卢克丽霞[①]的身上，只是我们的这位女

[①] 卢克丽霞（Lucretia），罗马传说中的贞洁烈妇，在遭到罗马暴君塔奎（Tarquin）之子强奸后悲愤自杀。

士乃一虔诚的基督徒，所以并未像异教的罗马人卢克丽霞那样寻了短见。而面对这个漂亮的俘虏，海军上将竟深深地被她的美貌和坚韧给迷住了，他第一次讨好她所做的便是立即还她的兄长和随从以自由。随后，她的兄长就飞奔回了西班牙，没过几个月那边就送来了总计四千英镑的赎金，以期赎回他的妹妹。土耳其海军上将收下了赎金，并将之交给了我们的这位女士，还告诉她说她自由了，但这位女士却非常慎重地考量了她回到故国后可能会受到的另一番待遇——在眼前这样的处境下，她的那些信奉天主教的亲戚们能为她做的最仁慈的事，必定就是强让她待在女修道院里度过余生。再看看她的那位异教的仰慕者，是那么英俊，那么温柔，他爱着她，他把土耳其的一切荣华富贵都慷慨地抛到了她的脚边。故而她非常坚决地回答道，她的自由对她来说并不如她的名节那么宝贵，若要恢复她的名节，除了娶她为妻外便别无他法。故而她希望他把赎金收着，就当作是她的嫁妆，并要他给她一个圆满的答复，表明他已明白天底下没有哪个男人可以在未成为她的丈夫前就吹嘘说得到了她的芳心。海军上将听了她的这番情深意切的婚嫁之言后，感到欣喜不已，便把赎金退还给了她的亲人，还跟她说他十分乐意被她俘获。于是，他便娶了她，且再未娶过任何其他的女子，而她（据她自己所说）也从未觉得有什么理由可以令她后悔当初的这一选择。数年之后，他离她而去了，使她变成了君士坦丁堡最富有的寡妇之一。只是，没有哪个独身的女子可以长久地维持体面的生活，考虑到这一点，她便只好嫁给了其亡夫的继任者，也就是现任的海军上将。恐怕您要以为我的朋友是爱上了劫掠者，但我却愿意相信她的话，即她完全是为了保全名节才嫁给他的，尽管我认为她若是被他的慷慨感动了，也在情理之中。而这样的慷慨在有身份的土耳其人中间是很常见的。

其实，敢于讲真话也是慷慨仗义的一种表现，土耳其人是鲜有去维护冠冕堂皇的谎言的。当然，我所指的并不包含那些无比下贱卑劣之徒，因为他们极其地蒙昧无知，所以也就没有什么道德良心，在这里找作伪证的可要比基督教国家便宜多了，毕竟那些败类即便被当众识破了也不会受到足够严厉的惩处。既然我谈到了他们的法律，我就在想我是否曾向您提到过他们国家特有的一种习惯做法。我想说的是领养，这在土耳其人中间是很普遍的，而在此地的希腊人和亚美尼亚人中间则更是寻常。那些无法拥有自己小孩的人，是没有权力把自己的财产传给朋友或远亲的，为避免财产落入大君的财库，他们只好到最贫苦的阶层中去挑个可爱的男孩或女孩，并把孩子连同父母一起带到下级法官的面前，在那里宣布将孩子收为自己的继承人。与此同时，原先的父母则会声明从今往后将放弃对孩子的抚养权，接着便写成一纸文书，请人做个见证。而这样收养来的孩子，就不会被剥夺继承权了。不过，我却见到过一些贫贱的乞丐，并不愿意以这种方式与自己的孩子分离，将之交给希腊人里最富有之辈中的几个人。父母与生俱来的对子女本能的爱竟是如此强烈！哪怕那些养父通常都是非常疼爱这些孩子的——他们将之称为自己"精神上的子女"。我得承认这种做法要比我们那种依照姓氏继承的荒谬规定更得我心。如果一个婴孩是由我按自己的方式教育出来的，是在我的膝上给带大的（这是土耳其语里的说法），是已经学会了要对我存有孝敬之心的，那么我便愿意让他过上富足的日子。我认为，这比把财产分给一个除了姓氏那几个字母与我相同外，其他就无足观或无瓜葛的家伙，要合情合理得多。然而，这却是一种我们经常会见到的荒唐做法。

我刚才既已提到了亚美尼亚人，或许正好可以跟您讲一些他们那个国家的情况，因为我确信您对该国是完全不了解的。不过，为免烦扰到您，我并不会去描述他们国家的地理位置，因为您在地图上就可以看到了，也不会去讲他们古时候的辉煌历史，这方面您在有关罗马史的书中也能读到。如今的亚美尼亚人已臣服于土耳其人了，他们勤于做生意，人口也在不断地增长，变得越来越多，因而在土耳其的领地上到处都散布着大量的亚美尼亚人。据他们的说法，使他们皈依基督教的乃圣格列高利[①]，而他们或许可以算是这世间最虔诚的基督教徒了。他们的牧师所宣导的主要戒律是必须严格遵守斋期——每年至少会有七个月的斋期，他们哪怕是遇到了燃眉之急，也不可不守。在那斋期内，倘若他们触碰了未用油烹饪的香草根茎以及素的干面包（这两样就是他们的斋戒餐了）之外的任何食物，那么，不管是出于什么情况，他们都是无法得到宽宥的。而在沃特利先生的翻译中，就有一名出自该国的基督徒。那个可怜的家伙由于禁食过度，竟使得身体都垮掉了，以致性命垂危。然而，无论是他主人的命令，还是医生的

[①] 圣格列高利（St. Gregory，240—332），基督教传教士，正是他让亚美尼亚人从异教徒变成了基督教徒，亚美尼亚也因此成为第一个将基督教作为官方宗教的国家。

叮嘱（医生劝道，若要保命，别无他法），都不足以说服他喝下两三勺的肉汤。在我看来，除了斋戒（与其说是一种信仰还不如说是一种习俗），他们的宗教与我们的就几乎没有什么不同了。诚然，他们似乎非常倾向于惠斯顿先生①所宣扬的那种教义，而我也并不认为他们这些希腊教派②的教义会与之相去甚远，因为可以肯定的是，既然他们坚称圣灵仅出于圣父，那就显然使圣子从属于圣父了。不过，亚美尼亚人却是完全不知圣餐变体之说的，不论保罗·里考特爵士予以了他们怎样的描述③——我更愿意相信他的这番描述是为了在1679年讨好我们英国的宫廷而特意编造的。并且，亚美尼亚人还对那些改信罗马宗教的同族人怀有极大的厌恶。

而在他们的习俗中，最为奇特的要算是他们的婚俗了，我相信他们的这套礼仪于此世间是无可比拟的。他们通常在很小的时候就订下了婚约，不过订婚的男女要等到他们结婚三日后才能见到对方的模样。在婚礼当天，新娘将被带到教堂里去——新娘的头上往往戴着一只形似大方顶帽的帽子，而蒙在帽子上的则是一层红色的丝质面纱，那面纱把新娘从头到脚都盖住了。然后，神父就会问新郎，他是否愿意娶那女子，即便她聋了、瞎了？——这些话都是我按字面意思翻译的。而等到新郎回答完愿意后，新娘就会被带往新郎家中，一同前去的还有双方的所有亲朋好友。

---

① 即第二十八封信中提到的威廉·惠斯顿，他信仰阿里乌教义，宣称耶稣基督系上帝所造，因此与上帝不同质，要低于上帝。
② 即东正教，该教教义认为圣灵由圣父而发，借圣子而遣。
③ 里考特曾在书中写道，亚美尼亚人与天主教徒一样，也信奉圣餐变体说。

他们一路上是载歌载舞，待进屋之后，新娘便被安排坐在沙发角里的垫子上。不过，在婚后的三日内，即使是她的丈夫也不曾将她的面纱掀起过。说起来，在这样的一些规矩里是有个别十分离奇古怪的地方的，起初我也是疑而不信，我还亲自去问了几个亚美尼亚人，但他们却都跟我保证说这些全是真的。特别是有个年轻的小伙，当他谈及此事的时候，竟然哭了起来，因为他的母亲让他跟一个女孩订了婚，他必须按他们的方式迎娶那女孩，哪怕他再怎么在我面前抗议说他宁死也不愿屈从于这样的束缚——他早已在自己的脑中构想过他的这位新娘可能会有的种种天生的畸形丑陋之处。

我想我都能看到你面对着这一可怕的故事在惊呼"我的天"了。因此，我便不忍用一个更令人惊骇的故事来结束我的信，虽然这故事是真实不虚的，就像我始终是你姐姐那样，我亲爱的妹妹①。余不多及。

---

① 从开头来看，这封信应是写给某位尊贵的伯爵夫人的，毕竟用到了"Your Ladyship"。但到了信尾，对收信人的称呼却变成了"亲爱的妹妹"（"dear Sister"）。这个前后不一的问题，在原信中就是存在的。

第四十四封
致康提神父

君士坦丁堡,旧历1718年5月19日

我非常高兴收到了您的来信,您在信中竟向我请教了一些罕见的问题,这使我的虚荣心(人类的一个可爱的弱点)得到了极大的满足,虽然我是完全无力回答这些问题的。就算我是欧几里得那样杰出的数学家,也需在某地待上很长一段时间后,才能对那里的空气和水蒸气做出公允的评价。我在这里还没有住满一年呢,竟已到了即将要搬走的时候了,我那四处漂泊的命运便是如此。而我将离开的消息,应会使您感到吃惊吧,但想来没有人会比我自己更为吃惊的了。也许您要责怪我懒惰,或迟钝,或两者兼而有之,居然在离开此地之前不给您写点关于土耳其宫廷的见闻。不过,我只能告诉您,倘若您愿意去读保罗·里考特爵士的书,您便能在书中找到一篇全面而真实的关于维齐尔、贝勒别伊①、世俗政府和宗教教会以及土耳其宫中官员之类的记载了。以上种种的相关列表很容易就能获得,因而书中这方面的记载便足

---

① 贝勒别伊(beglerbeg),官衔名,指奥斯曼帝国的总督。

资信赖。不过，对于其他的方面，老天也知道，毋庸赘言，是每个人都可以任意写下自己的看法的。比如一国之人的习俗，就有可能会发生变化，或部分地被旅行者的观察所遗漏。但一国的政府终归是不同于此的。由是之故，既然我在该国政府方面跟您讲不出什么新鲜的来了，我便只好略而不谈。同样地，对于该国的武库和七塔堡垒我也将一字不提。而至于那些清真寺，我则已向您非常详细地描述过最宏伟的几座中的一座了。然尽管如此，在这里我仍是忍不住要跟您提一提杰梅利①书里的一处错误，哪怕我对他的敬意比对其他任何航海作家的都要高得多。据他所言，在该国已见不到卡尔西顿②的遗迹了。此说当然是错误的。因为我昨天就在那里，我是坐着我的桨帆船横渡"运河"过去的——那座城市与君士坦丁堡之间隔着一条极窄的海峡。如今，它仍是一座大城市，且有数个清真寺建在城中。基督徒依旧称它为卡尔西顿尼亚，至于土耳其人给它起的名字我则忘记了，但无外乎就是卡尔西顿这同一个词的变体罢了。我想，杰梅利书中之误应是源自他的向导，而他自己在该国待的时间又很短，便失去了查验纠正的机会。毕竟在其他方面，我对他文字的真实可信是怀着应有的敬重的。

在君士坦丁堡，没有什么会比那运河更赏心悦目了。土耳其

---

① 乔瓦尼·弗朗切斯科·杰梅利·卡雷里（Giovanni Francesco Gemelli Careri，1651—1725），意大利冒险家、旅行家，著有《环球旅行记》。

② 卡尔西顿（Chalcedon），小亚细亚西北部古国比提尼亚（Bithynia）的一座古城。

人对它的美是再熟悉不过的，他们所有的别业都建在了运河的两岸上，居于其中就能同时得享欧洲与亚洲最美丽的风景。只见那两岸上宏伟的宫殿鳞次栉比，有数百座之多。然而，人的尊贵显赫在此地要比在其他任何地方都更加地不稳固。经常可以见到的是，三尾帕夏这样的显贵的后代，也没有足够的财富来修缮帕夏当初在此所建的宫殿。因而，短短数年内，就皆成了废墟。昨日，我去看了一座由已故的大维齐尔修造的宫殿——他战死于彼得瓦尔丁。这座宫殿是为了迎娶他那来自皇家的新娘而建的。他的新娘乃现任苏丹之女，可惜他未能活着在这里见到她。其实我是很想跟您描述一番这座宫殿的，然而我又很清楚地知道，就算我的刻画是无比地精湛，也无法原原本本地把它留给我的那种印象传递给您。它所在的位置属于运河岸边最宜人的几处地方之一。它背靠一座小山，小山之侧长有蓊郁的树林。它的占地广阔得惊人，守卫很肯定地告诉我里面有八百个房间。虽然我并未亲自数过，不敢保证有此数目，但那房间的数量的确是极多的。里面所有的房间都装饰着大量的大理石、描金以及无比精美的以水果和花卉为题的彩绘。房间窗户的框上也都镶了从英国运来的最澄澈的水晶玻璃。假若某位虚荣奢侈又手握一庞大帝国之财富的年轻公子建了座宫殿，那么，但凡您能想到的他宫殿里任何的富丽堂皇之处，在这里也都是有的。然而，没有什么比那些用作浴堂的房间更令我喜欢了。这里修了两座一模一样、彼此呼应的浴堂。浴堂里的浴室、喷泉和地面全都是白色大理石材质的，那些屋顶也都是涂了金的，并且墙上还贴有一层日本瓷片。与两座浴堂相毗邻的是两个房间，最主要的那间隔出了一个石质"坐台"，而在房间的四角则有从屋顶落下来的有如瀑布的水流，只见那水经由贝壳状的白色大理石导水盘一层层地往下流，一直流到了房间的南端，落入一只大水池中。而水池周围又绕了一圈管子，可以把水喷到屋顶那么高。这两个房间的墙都是花格式的，在花格靠外的一面种有藤蔓和香忍冬，整个就形成了一种绿色的挂毯，给宜人的房间带来了惬意的隐秘幽静之感。其实，我本应继续写下去的，领着您去看看其他的房间（全都将不枉您的一片好奇之心），然而因了建造上的完全不规则，土耳其的宫殿就要比其他任何宫殿都更难于描画，故我只好作罢。在土耳其宫殿建筑中，没有什么是可以被恰当地冠以"正面"或"翼部"之名的，虽然这样的错乱我以为是赏心悦目的，但在信中却实难让您领略得到。接下来我仅想补充说说苏丹驾临此地探望女儿时专门为其准备的那间宫室——它的护墙板用的是贝壳，而将之固定起来的则是被当作钉子的绿宝石。此外，也有其他的房间用了珍珠母贝，然镶嵌的却只是橄榄木，又有个别的房间用的是日本瓷片。而宫殿里那数量众多、规模极大的走廊，则是用装有石膏花朵的罐子和盛着各种各样石膏水果的瓷盘来装饰的，这些石膏饰品做工精美，色彩栩栩如生，散发出一种迷人的效果。花园与房屋也是相得益彰的，花园里的凉亭、喷泉和小道都被错落有致地糅在了一起。除了雕像外，就不缺什么装饰物了。

先生您瞧，如此看来这些人也并不像我们所刻画的那样不高雅。的确，他们的富丽堂皇有着一种迥异于我们的风味，不过他们的或许还要更好些吧。而我也几乎持这样的看法，即他们对生活有着正确的见解。他们的日子是在音乐、花园、葡萄酒和精致的饮食中度过的，而我们却在那里盘算着某个政治上的计谋，以此来折磨我们的大脑，或研究着某种我们永远也无法探索明白的学问——即便弄通了，也不能说服他人像我们那样去看重它。当然，我们所感为何、所见为何，也都理应是我们自己的事——如果确有什么事是理所应当的。不过，那美妙的荣名、虚浮的称赞，都是很难寻获的，并且就算得到了，相较于失去的光阴和健康也可说是得不偿失。我们在收获我们的辛劳所结出的果实之前，要么是死了，要么就已变得老态龙钟了。每每思及人是多么命短、脆弱的一种生物，我就难免会有所感叹——追寻什么能比追寻眼下的快乐更有益呢？我是不敢再继续探究这个话题了，或许我已经说得太多了，不过这都是因为我把您视作了深谙我心的知音。故而我便认为您不会像他人那样，倘若读了这信，将在回信中用种种无趣的嘲弄来奚落我。虽然您是知道如何把消遣与堕落这两个概念区分开来的——它们只有在愚人的脑中才会被混淆在一起。但我还是可以容许您去嘲笑我下面说的这句以感官之乐为上的宣言，即我宁愿成为一个富有却无知无识的阿凡提，也不愿成为有着那般学识的艾萨克·牛顿爵士。余容后叙。先生您的朋友敬上。

第四十五封
致康提神父

突尼斯，旧历1718年7月31日

我是在上个月的六号离开君士坦丁堡的，但直到现在我才遇到了途中的第一个驿站，我总算可以从这里给您寄去一封信了——虽然我早就频频地期盼着有那寄信的机会，想把我在这次航行中所得的乐趣分享一些给您，毕竟我行经的是这世界上最宜人的地区，里面的每一处风景都能给我带来某种诗情诗意，

诗情涌动，心起热潮，只因我在游历
一座座仙岛和那片著名的海域——
在此地，缪斯拨动竖琴太寻常，
山峦昂首，没有一座未曾被歌唱。

我请求您原谅这俏皮的诗句，接下来如果我可以的话，我将用平易的散文体来继续写余下的见闻。在我们启航后的第二天，我们

经过了加利波利①。那是一个坐落在加利波利半岛海湾的美丽的城市，土耳其人很是看重它，因为它乃土耳其人在欧洲占领的第一个城市。待到次日清晨的五点，我们锚泊在了位于塞斯托斯②与阿拜多斯③两地城堡间的赫勒斯滂④海峡，如今人们则以达达尼尔海峡⑤称之。而在那两处地方，现在仍能见到两座小的古堡，只是已经没有了恢宏之气——它们皆被笼罩在了其背后的高耸的地势之下。我得承认，倘若我没有听到我们的船长和军官们在议论它们，我是永远也不会注意到的，因为当时我的思绪完全被那个也为您所熟知的悲剧故事⑥给占据了。

> 泅渡海峡的恋人与夜色下的新娘，
>
> 希罗那般地爱着，利安德那般地溺亡。

又是诗句！看来我的确是受到了我所穿过的那片诗意之气的感染。而阿拜多斯的空气，无疑是非常浪漫多情的，因为正是那样的一股柔情把该地的城堡给出卖了，使之落入了奥尔汗⑦治下的土耳

---

① 加利波利（Gallipoli），土耳其西北部港市。

② 塞斯托斯（Sestos），土耳其西北部古镇废墟，位于达达尼尔海峡最窄处。

③ 阿拜多斯（Abydos），古希腊在达达尼尔海峡亚洲一侧的殖民地。

④ 赫勒斯滂（Hellespont），土耳其达达尼尔海峡的旧称。

⑤ 达达尼尔海峡（Dardanelles），土耳其欧亚两部分的分界线，连接马尔马拉海与爱琴海。

⑥ 希腊神话中，阿拜多斯古镇的青年利安德（Leander）每夜都会泅过赫勒斯滂海峡与情人希罗（Hero）相会，后在暴风雨中溺亡，而希罗也为此自杀殉情。

⑦ 苏丹奥尔汗（Sultan Orhan，1281—1361），奥斯曼帝国第二任苏丹。

其人的手中——当时,他们正在围攻城堡。据说,该城城主的女儿在一个梦中见到了她未来的丈夫(尽管我并未发现她睡在了结婚蛋糕上,或在圣阿格尼斯之夜禁过食①)。她在幻想中看到的丈夫是以其中一个围攻者的形象出现的。由于她一心只愿听从自己命运的指示,她竟朝着那个围攻者将一张纸条扔出了墙外。在纸条中,她表明她愿以身相许,并把城堡献上。然后,那个围攻者就将纸条呈给了将军过目,将军看后同意暂且信她意图真诚,便撤了兵,只命这年轻人在午夜带一队精挑出来的士兵返回。是夜,她果然在约定的时间将他放进了城堡,接着他就摧毁了城堡里的驻军,将她的父亲收为了阶下囚,还娶了她为妻。这座阿拜多斯城位于亚洲那边,最初是由米利都人建立的。而塞斯托斯城则位于欧洲这边,曾是加利波利半岛的主要城市。自从我亲眼见到了两城之间的这条海峡后,我就感到利安德的冒险泅渡并非难于登天,而薛西斯②的船桥也无令人十分惊叹之处。因为这条海峡是如此地狭窄,难怪乎一个年轻的恋人要试图游过去,一个野心勃勃的君王要试图让他的军队跨过去。不过,这条海峡却很容易受到暴风雨的影响,所以那恋人溺亡、船桥毁损,是不足为奇的。从这里,我们还得以一览了伊达山③的全景:

---

① 应是两种迷信的说法。据传,女子照着这样去做,就可以梦见未来的丈夫。
② 薛西斯一世(Xerxes,约公元前519—465),波斯国王,曾率大军入侵希腊。在希波战争中,他命士兵搭了一座用于横渡赫勒斯滂海峡的船桥,该船桥后来毁于一场暴风雨中。
③ 伊达山(Ida),土耳其西北部卡兹山(Kaz Dagi)的古称,位于古城特洛伊原址东南方向。

> 朱诺曾在山上爱抚她多情的朱庇特,
>
> 而这位世界之主则倾倒在爱情之侧。

然后,自此地出发,航行了没有多少里格,我就看到了一小角的陆地,那是可怜的老赫卡柏[①]的埋骨处。接着,又航行了约一里格,我们便来到了土耳其禁军角[②],即著名的西吉昂[③]岬角,并锚泊在了那里。当时,我在好奇心的驱使下,竟然有足够的力气爬上了那岬角的顶端,去看了看埋葬阿喀琉斯[④]的地方——亚历山大曾裸身绕着他的墓奔跑以纪念他,而这无疑是对他魂灵极大的抚慰。此外,我还看到了一座大城的遗址,并在那里发现了一块石碑,沃特利先生清楚地辨识出了石碑上的文字是"西吉昂卫城"。我们随后就命人将这块石碑送到了船上。其实,有位希腊牧师也曾引我们去看过其他的石碑,而那些石碑皆要比我们的这块有意思得多,尽管希腊牧师一无所知,对任何东西都给不出差强人意的介绍。——当时,我们看到在一座小教堂的门前左右各立着一块大石碑,每块石碑约有十英尺长,五英尺宽,三英尺厚。右边的那块

---

① 赫卡柏(Hecuba),希腊神话中特洛伊国王普里阿摩斯的妻子,赫克托耳和帕里斯的母亲。

② 原文为"Cape Janissary"。

③ 原文为"Sigeum"。

④ 阿喀琉斯(Achilles),希腊神话中珀琉斯(Peleus)与海洋女神忒提斯(Thetis)之子。他因幼年时被母亲倒提着浸于冥河水中而变得刀枪不入,仅有那被母亲握住的未入水的脚踝是其死穴。后来在特洛伊战争中,他杀死了赫克托耳,但却被帕里斯用箭射中脚踝受伤而死。

用的是非常细腻的白色大理石，在其侧面雕刻着精美的浅浮雕图案。图案中有一女子，坐在一张配了脚凳的椅子上，她似乎是按某个神的形象设计的。在她面前，是另一个女子，正哭着将怀里的小孩呈给她，而那女子身后还跟了一列带着小孩的女子，她们也都是同样的神情姿态。这块石碑显然是一座非常古老的墓的一部分，但我却不敢不懂装懂地去阐释它的真正意义是什么。在左侧的石碑上，有非常漂亮的铭文，我确信我是原原本本地把铭文抄录下来了的，只是铭文中的希腊语太过古老，沃特利先生也无法将之译出。我那精准的铭文复本如下：

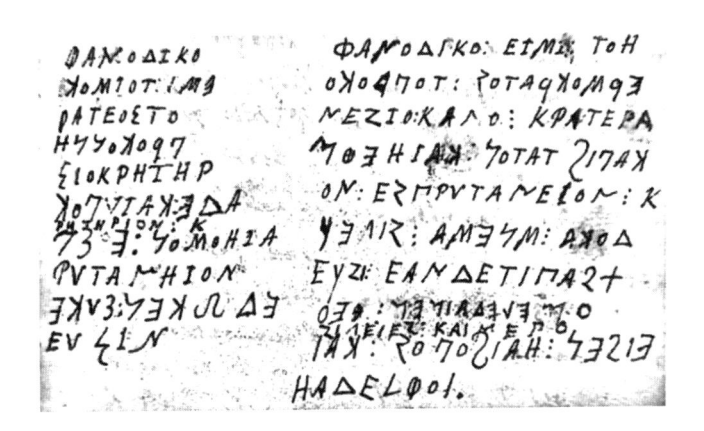

我感到非常遗憾的是，原碑未能为我所有——本来向当地那些贫穷的居民付一小笔钱就可以买下的，但我们的船长却不容置疑地告诉我们，如果没有专门的机械设备，便不可能把这块石碑运到海边，况且就算运到了海边，他的那艘大艇也没有大到能够容纳下它。

在这座大城的遗址上，如今居住着贫穷的希腊农民，他们穿的是希俄岛[1]人的传统服饰——女子们皆身着短裙，短裙是由可绕在肩上的背带固定的，她们的袖子则是宽大的亚麻材质的罩衫袖，而她们的鞋子和长筒袜也都很整洁，并且她们的头上还戴了一大块细薄的棉布，棉布垂落在肩上堆出了一个个的大褶。我的同胞桑兹[2]先生（您肯定曾把他的书当成同类作品中的上乘之作读过），在谈及上述遗址之时猜测它是康斯坦丁所建的某座城市的地基，其年代要早于同为他所建的拜占庭。不过，我却看不出这一猜想有什么很好的依据，我更倾向于相信该遗址还应更加古老得多才是。

我们从岬角上很清楚地看到西摩伊斯河[3]自伊达山那边滚滚而来，流经了一座非常空旷的山谷。此河现已是一条相当壮阔的大河了（被冠以西摩瑞斯[4]之名），且在山谷中还与斯卡曼德洛斯河[5]汇在了一起——眼下的斯卡曼德洛斯河乃一条有一半都被泥土给填堵住了的小河，或许到了冬天它才会变成大河吧。此外，正如荷马告诉我们的，斯卡曼德洛斯河对应着那众神中的河神克珊托

---

[1] 原文为"Sciote"，应是后文中"Scio"的形容词。"Scio"即"Chios"（希俄斯岛），是一座位于希腊爱琴海中的岛屿。

[2] 乔治·桑兹（George Sandys，1578—1644），英国旅行家，著有关于土耳其帝国的游记。

[3] 西摩伊斯河（Simois），位于土耳其西北部的一条河流。

[4] 原文为"Simores"。

[5] 斯卡曼德洛斯（Scamander），土耳其西北部河流小门德雷斯河（Menderes）的古称。

斯①，而山林女神俄诺涅②就曾在她写给帕里斯的信中呼唤过这个神名以乞求神佑。然特洛伊人中的处女们却是以斯卡曼德来称呼该神的。据说，她们过去都会向其献上自己的初夜，只是后来发生了一桩鲁莽之事③（拉封丹④先生曾以极其欢快的笔调讲述过），使得上述的异教仪式被废除掉了。而待到斯卡曼德洛斯河与西摩伊斯河交汇后，两条河便一起奔向了大海。

如今，特洛伊城遗存下来的就仅剩下它曾立于其上的那方土地了，因为我坚信但凡在那附近所发现的古物都是远远晚于特洛伊时代的，并且我认为斯特拉博⑤也说过同样的话。不过，看一看这山谷亦颇有趣味，毕竟据我猜想墨涅拉俄与帕里斯之间的那场著名决斗就是在这里进行的，而那世界上最伟大的城市也是坐落于此的——就一座大帝国的都城而言，这处位置无疑是最恢宏大气的了。它可要比君士坦丁堡的所在优越得多，因为这里的港口是很便于世界各地的船只往来的，但君士坦丁堡的港口却在一年之中近乎有六个月都会因时值北风正旺而令船只无法靠港。

---

① 原文为"Xanthus"。

② 俄诺涅（Oenone），希腊神话中伊达山的神女，曾与帕里斯结婚生子，后帕里斯因爱上海伦而将其抛弃。

③ 根据当地的传统，但凡要出嫁的女子都得在此河中沐浴，并祈求河神夺去其贞操。有一次，某贵族女子正在河中沐浴祈求的时候，却遭到了一个爱慕者的强暴。从此以后，这一传统就被废止了。

④ 拉封丹（Jean de La Fontaine，1621—1695），法国诗人，以其《寓言诗》闻名于世。

⑤ 斯特拉博（Strabo，约公元前63—公元23），古希腊地理学家、历史学家，著有《地理学》。

我们在西吉昂岬角的北面看到了以埃阿斯①之墓而闻名的罗提姆城②。当我欣赏着这些著名的田野河川的时候,我很是叹服于荷马笔下那精准的地理描写——当时我手里正拿着荷马的书。荷马为这里的山或平原所取的几乎每一个别称,如今看来也都是贴切的——有数小时我竟陷入了怡悦的神游之中,就像堂吉诃德在蒙德齐诺山③上所经历过的那样。当晚,我们航行到了世人所说的特洛伊城曾坐落其上的那个海岸。第二天,我费力地在凌晨两点就起来了,为的是在清冷之中好好欣赏一番当地人通常会向外人展示的那处遗址——土耳其人称之为"埃斯科-斯坦布尔"④,即"旧君士坦丁堡"之意。而因为这个名称,以及其他的一些缘由,我便推测这是君士坦丁兴建的那座都城的遗址。当时我还雇了一头驴(这是此地唯一能找到的"马车"),以便能往城中再行几英里,然后绕着那古城墙游览一圈,毕竟古城墙的范围是极宽广的。游览途中,我们先是在一小山上发现了一座城堡的遗址,接着又在一山谷中发现了另一座城堡的遗址,以及数根残柱和两个基座。从那基座上我誊录了以下的这些拉丁文铭文:

DIVI. AUG. COL.

ET. COL. IUL. PHILIPPENSIS

---

① 埃阿斯(Ajax),特洛伊战争中的希腊英雄。
② 原文为"Rhoeteum"。
③ 原文为"Montesinos"。在小说中,堂吉诃德曾在此山的山洞里沉睡一个钟头,但醒后他却以为自己在地下待了三天三夜,并经历了一连串的奇遇。
④ 原文为"Eski-Stamboul"。

EORUNDEM ET PRINCIP. AM

COL. IUL. PARIANAE. TRIBUN.

MILIT. COH. XXXII. VOLUNTAR.

TRIB. MILIT. LEG. XIII. GEM.

PRAEFECTO EQUIT. ALAE. I.

SCUBULORUM

VIC. VIII.

DIVI. IULI. FLAMINI

C. ANTONIO. M. F.

VOLT. RUFO. FLAMIN.

DIV. AUG. COL. CL. APRENS.

ET. COL. IUL. PHILIPPENSIS

EORUNDEM ET PRINCIP. ITEM

COL. IUL. PARIANAE TRIB.

MILIT. COH. XXXII. VOLUNTARIOR.

TRIB. MILIT. XIII.

GEM. PRAEF. EQUIT. ALAE. I.

SCUBULORUM

VIC. VII.

而位于此地附近的一处神庙的遗址，毫无疑问就是献给奥古斯都的那座神庙的遗址了。但我却不明白为何桑兹先生要称它为一座基督教的教堂，这周围可的的确确都是那个时代的罗马人修建的啊。这里还有许多以精美的大理石为材质的坟墓，以及大块大块的花岗岩——只是土耳其人会取之来为他们的大炮制作硕大的弹丸，所以这些花岗岩也就日渐稀少了。

那天傍晚，我们经过了特内多斯岛①。从前，这岛是受阿波罗庇佑的，因为阿波罗在追求达佛涅②的过程中，向达佛涅细数自己的领地时，就亲口提到过它。这岛虽然周长仅有十英里，但在过去却非常富庶，且人烟稠密，就算到了现在也仍以其绝美的葡萄酒而闻名。至于特内斯——这岛即得名于他，我就略而不提了。不过，说到我们接下来经过的米提利尼，我却不能不提莱斯博斯岛③。因为萨福④曾在此赋诗，庇塔库斯⑤曾在此称雄，它还以诞生过阿尔凯奥斯⑥、泰奥弗拉斯托斯⑦以及阿里昂⑧这样的大诗人、大哲学家和大音乐家而著称于世。同时，它也是土耳其人征服君士坦丁堡后仅存的几座仍受基督教国家管辖的岛屿之一。此刻还需

---

① 特内多斯岛（Tenedos），爱琴海东北部岛屿，希腊神话中围困特洛伊的希腊舰队基地。

② 达佛涅（Daphne），希腊神话中居于山林水泽的仙女，为逃避阿波罗的热烈追求而变成月桂树。

③ 莱斯博斯岛（Lesbos），希腊爱琴海东部的一座岛屿，米提利尼（Mytilene）是该岛上的港市。

④ 萨福（Sappho），公元前7世纪古希腊著名女抒情诗人。

⑤ 庇塔库斯（Pittacus，约公元前650—570），古希腊七贤之一，曾统治莱斯博斯达十年。

⑥ 阿尔凯奥斯（Alcaeus），公元前7世纪古希腊抒情诗人，作品有颂歌、情歌和政治颂诗。

⑦ 泰奥弗拉斯托斯（Theophrastus，约公元前372—前287），古希腊逍遥学派哲学家，尤以勾画不同道德类型的《品格论》而闻名。

⑧ 阿里昂（Arion），传说中生于莱斯博斯的诗人、音乐家。

我跟您提一提诸如康塔库尊①之类的君王吗?您对他们可是和我一样也很熟悉的啊。然后,我便依依不舍地看着我们的船从这座岛驶进了爱琴海,也就是如今的多岛海②,渐渐地把那左侧的希俄岛(即古代的希俄斯岛)抛在了后面。这希俄岛可说是群岛中最富饶的了,且其人口也最多,它盛产棉花、谷物和丝绸,又栽种得有一片片的橘树和柠檬树,而位于其上的阿维西亚山,如今也仍以维吉尔曾提及的甘露享有盛名。这里有着全土耳其最好的丝绸制品,而坐落于此的城镇也修建得十分精良,城中的女子则是出了名的漂亮,她们也和基督教国家的女子一样,展露着自己的容颜。其实,这里还有许多的富户,只是他们都把富丽堂皇深藏在了自己的屋内,以免引来土耳其人的嫉妒——土耳其人在此地设有一个帕夏。不过,当地人还是享有着适当的自由的,可以尽情地舒展他们国家的人所特有的性情:

> 他们饮宴、唱歌、跳舞不断,
> 令时光飞散,
> 如当地的树林那般葱郁,
> 也如当地的气候那般和暖。

加给他们的锁链,只是轻轻地挂在了他们的身上,虽然那是不久前才强加上的——直到1566年,他们才被土耳其人统治。或许,

---

① 康塔库尊(John VI Cantacuzenos,1292—1382),拜占庭帝国皇帝。
② 原文为"Archipelago",即"群岛"之意。

服从于土耳其大君跟服从于热那亚政府是一样地轻松容易——他们先前被希腊皇帝卖给了热那亚。真是的，我又沉浸在了对历史的勾勒之中了，我给您写信时写下这些东西，是极不合宜的。

我们在经过安德罗斯岛[①]与亚加亚[②]（即现在的利巴迪亚）之间的海峡时，还看到了苏尼翁岬角[③]——如今它被称作科隆纳角。在那岬角上，至今依旧矗立着米涅瓦[④]神庙残存下来的一根根巨大的石柱。而这一壮观的景象，就使我想到了那座美丽的忒修斯[⑤]神庙，心里不禁生出了加倍的惋惜之情。因为我确信忒修斯神庙之前在雅典是保存得近乎完整无缺的，只是到了最终的摩里亚[⑥]之战的时候，土耳其人在里面装满了火药，才致使它被意外炸毁了[⑦]。您可能会以为我将有极大的兴致去登上那著名的伯罗奔尼撒半岛吧，尽管到了那里也只是为了看看阿索波斯[⑧]河、佩纽斯[⑨]河、

---

① 安德罗斯岛（Andros），爱琴海岛屿，以出产葡萄酒闻名。
② 亚加亚（Achaia/Achaea），古希腊伯罗奔尼撒半岛北部一沿海地区。
③ 苏尼翁岬角（Sounion），希腊阿提卡（Attica）半岛最南端的一个三面环水的岬角。
④ 米涅瓦（Minerva），罗马神话中的智慧女神，相当于希腊神话中的雅典娜（Athena）。这座神庙现在被认为应是海神波塞冬（Poseidon）的神庙。
⑤ 忒修斯（Theseus），希腊神话中阿提卡的英雄，一生成就诸多伟业，包括杀死牛头人身怪物弥洛陶洛斯（Minotaur）、征服亚马孙族等。
⑥ 摩里亚（Morea），希腊南部半岛伯罗奔尼撒中世纪时期的名称。
⑦ 1687年，威尼斯人围攻雅典之时，帕台农神庙（Parthenon）被部分地炸毁。
⑧ 阿索波斯（Asopus），希腊河流名，亦为河神名。
⑨ 佩纽斯（Peneus），希腊河流名，亦为河神名。

伊那科斯①河、欧罗塔斯②河以及阿卡迪亚③地区这些古代神话的发生地。然而，除了有神话中的半神和英雄外，据我得到的可靠消息，那里现在还有了泛滥成灾的强盗，倘若我在这荒凉的国度走上这么一段旅程，我就得面对落入盗贼手中的巨大危险了。不过，我对那里又是非常崇敬的，我费了好大的气力才克制住自己不去跟您连篇累牍地叙述它的整个历史——从建立迈锡尼和科林斯④开始到这最后一役的历史。而我也终归是让这一倾向得到了抑制，就像我对待我登岛的愿望那样。然后，我们又静静地驶过了安哲罗角，即从前的马里亚角⑤，不过在那上面我却没有看到著名的阿波罗神殿的任何遗迹。那天傍晚，位于克里特岛的干地亚⑥映入了我们的眼帘。克里特岛是个多山的所在，我们一眼就认出了其中的伊达山。另据维吉尔的权威之作，这里是有着一百座城市的：

---

① 伊那科斯（Inachus），希腊神话中阿尔戈斯（Argos）的第一任国王，其领地附近的一条河即以他的名字命名，而他也是一位河神。

② 欧罗塔斯（Eurotas），希腊神话中拉科尼亚（Laconia）国王，其国内的一条河流即以他的名字命名。

③ 阿卡迪亚（Arcadia），希腊伯罗奔尼撒半岛中部一地区，在诗歌中代表田园式的天堂，是希腊神话里牧神潘（Pan）的家乡。

④ 迈锡尼（Mycenae）和科林斯（Corinth）均为伯罗奔尼撒半岛上的古希腊城市。

⑤ 原文为"Cape Angelo"和"Malea"，该海角即为现在位于希腊南部的马塔潘角（Cape Matapan）。

⑥ 干地亚（Candia），坐落在克里特岛上的希腊港市伊拉克利翁（Iraklion）的旧称。

——他们居住在一百座城中——

而列于首位的,乃是克诺索斯城①,也就是那充斥着野兽之怒的地方。话说,克里特岛这一朱庇特的诞生地,先是被梅特卢斯②给征服了,而后又落入某某手中。哎,再这样下去,我就要喋喋不休地一路讲到干地亚之围③了,我真是懊恼不已,因此对于途经的其他所有的岛屿我就不再多做描述了,我只说一个总的感受,即实难想象天底下还有什么能比这段旅途更令人愉悦的了——领略着两三千年以来的历史,与萨福喝完一道茶后,当天傍晚我或许就能去游览那位于希俄斯的荷马神庙。然后,便可以用下面的方式度过整个旅途了——按计划参观一座座宏伟的神庙,细细勾勒雕像的奇美,并与人类中最文雅也最无忧者交谈。唉!只是这里的人造胜景已经绝迹了,唯有自然的奇观留存了下来。而欣赏埃特纳火山④的种种奇观,也是带给了我极大的愉悦的。夜色中,即便从与之相隔好几里格远的海上望去,它的火焰也仍然明亮无比,可诱人生出成千上万的奇想来。不过,我终归把哲学看得太过崇

---

① 克诺索斯(Knossos),克里特岛北部城市,希腊神话中牛头人身怪物弥陶洛斯即关在此地的迷宫里,以食人肉为生,故而蒙太古夫人称这里为"充斥着野兽之怒的地方"(the scene of monstrous passions)。

② 梅特卢斯(Quintus Caecilius Metellus Creticus,约公元前135—55),古罗马将军,于公元前67年征服克里特岛。

③ 1648年,受威尼斯人统治的干地亚遭到了土耳其人的围攻。

④ 埃特纳火山(Etna),西西里岛东北部活火山,是欧洲最高的活火山。

高了，实在无法想象这火焰会扰乱了恩培多克勒[1]的头脑，而卢奇安[2]也断不能使我信服那般的丑事竟会发生在恩培多克勒的身上，毕竟卢克莱修[3]可是这样称赞他的啊：

——他看上去绝非凡人之躯——

我们在经过特里纳克里亚岛[4]之时，并没有听到任何荷马所描写的塞壬[5]的歌声，且途中也没有撞上斯库拉[6]和卡律布狄斯[7]，就平平安安地来到了马耳他[8]。马耳他起先叫作马利他，因其盛产蜂蜜而得此名。该岛通体是块大石，仅覆盖得有极少的土壤。大首领[9]居

---

[1] 恩培多克勒（Empedocles，约公元前493—前433），古希腊哲学家，生于西西里岛。他认为万物皆由火、水、土、气四种元素构成，并在相互对立的爱和憎两种力量的作用下结合或分离。据说，他为了让人认为自己是神而跳进了埃特纳火山的火山口。

[2] 卢奇安（Lucian，120—180），古希腊作家，以其讽刺性著作《神的对话》和《冥间对话》闻名。

[3] 卢克莱修（Lucretius，约公元前95—前55），古罗马诗人、哲学家，著有长诗《物性论》。

[4] 特里纳克里亚岛（Trinacria），西西里岛的拉丁名。

[5] 塞壬（Siren），希腊神话中半人半鸟的女海妖，以美妙歌声诱惑过往海员，使驶近的船只触礁沉没。

[6] 斯库拉（Scylla），希腊神话中六头十二臂的女妖，和专门制造大漩涡的妖怪卡律布狄斯（Charybdis）对面而居，形成狭隘水域。船只在接近她所住的洞穴时，船上的水手即会遭其捕食。

[7] 卡律布狄斯（Charybdis），见上注。

[8] 马耳他（Malta），地中海中部岛国。

[9] 拉卡夫尔（Ramon Perellos y Roccaful，1637—1720，）圣约翰骑士团大首领。

于此处，就像一国之君那样，只是他如今在海上的力量变得十分弱小了。而岛上的防御工事，则有世上最佳之誉，全是不惜工本和劳力地用坚硬的石头砍凿而成。离开这岛后，我们遇到了凶猛的风暴，船只颠簸不已，然无比庆幸的是，八日后我们总算能驶入非洲海岸的法瑞娜港了，而这也就是我们的船现在停泊的地方。

我们在这里受到了驻突尼斯的英国领事的迎接。我当下就接受了他的邀请，同意到他在这里的宅子里住上几日，因为我满怀着好奇心，想去看看世界上的这块地方，特别是迦太基的遗址。晚上九点，我乘着他的马车出发了。当时一轮满月高挂空中，故我能够如同在白天那样看清该国的景色——此地白日里烈日炎炎，实在让人难以忍受，除了在夜间，其他时候根本就无法出行。而这里的土壤，虽然大多是沙质的，但却处处可见果实累累的椰枣树、橄榄树和无花果树。它们未经人工栽培，就结出了这世上最鲜美的果实。当地人的葡萄园和瓜地都围着有篱笆，篱笆是由我们称作印度无花果①的那类植物搭成的，故使之变为了一种效果绝佳的围挡，没有哪种野兽能够穿越过去。毕竟这种植物长得很高，也极厚实，上面的针或刺如同长发卡那般又长又尖。此外，它还能结果，农人多食之，味道不坏。

现在正值土耳其斋月（也称大斋期），而这里所有的人又都声称自己最起码也是信奉伊斯兰教的，因此他们每天都会斋戒到日落时分，然后再用晚上的时间来饮宴。当时，我们就看到在许多地方的树下都有成群的乡下人正在吃饭、唱歌，并伴着他们那奔

---

① 原文为"Indian fig"，指刺梨（仙人掌）。

放的音乐跳舞。这些人虽然看起来并不太黑,但却全都是黑白混血儿——可谓人之形态所能展现出的最可怖的一面。他们的身上近乎一丝不挂,仅裹有一条粗哔叽布。不过,女子们从胳膊到肩膀、脖子直至脸,都装饰了用火药烧印上的花朵、星星等各种各样的图案——为她们那天生的丑陋模样又添了重重的一笔。只是,她们自己却觉得这是很漂亮的装饰。我相信她们为此是承受过剧烈的疼痛的。

在离突尼斯大约六英里远的地方,我们看到了那座宏伟的渡槽的遗址——渡槽横跨绵延四十英里的数座高山将水运送到了迦太基。遗址上,如今仍然保存着许多完整的拱洞。我们花了两个小时细细地游览了一番,期间沃特利先生肯定地跟我说,罗马的渡槽要远逊于此。这座渡槽所用的石块虽然大得惊人,但却都是精心打磨过的,彼此之间严丝合缝,几乎没用什么水泥来黏合。而且,它今后如若未被人为地推倒,看样子是还能再屹立个一千多年的。我天刚破晓就到达了突尼斯城。这座城是用雪白的石头精心修建的,只是城中却看不到花园的影子。据当地人说,这是因为土耳其人首次占领它时,把花园全都毁掉了,而那些葱郁的树丛也被统统砍倒了。此后,便再也没有栽种过。眼前的这片干旱的沙地,呈现出了一种十分丑陋的景象,并且因缺乏绿荫的遮蔽,当地气候本有的炎热就越发地明显了——真是热过了头,我费了好大的劲才忍耐下来。的确,这里每天中午都会有清新的海风吹拂,若无此的话便没法让人再住下去了。不过,这里的淡水却极少,仅有九月间降雨时蓄在水池里的雨水而已。城中的女子出门,皆从头到脚地蒙着一袭黑纱。她们因混有背教者的血统,所

235

以据说很多都生得又白嫩又俊俏。该城曾在1270年遭到法国国王路易①的围攻，但国王却因染上瘟疫而死在了城墙下。在他死后，他的儿子腓力与我国的爱德华王子，亦即亨利三世之子联手，同突尼斯达成了那一值得称道的条约，最终停止了对它的围攻②。而后突尼斯自然也就处在了非洲国王的统治之下，直至被出卖到了苏莱曼大帝的海军司令巴巴罗萨③的手中。虽然后来又有查理五世皇帝④将巴巴罗萨驱逐了出去，但在塞利姆二世治下的希南帕夏的带领下，土耳其人还是重新夺回了突尼斯⑤。自此至今，突尼斯便一直是大君的进贡国了，并由一总督管辖。而这总督虽名义上是土耳其的臣民，但却早就拒绝归附土耳其，他独断专行，几乎不怎么向土耳其进贡。此外，大城市巴格达⑥眼下也是同一种情状。然对于这些地方统治权的旁落，大君是默许的，因为他怕若不如此的话，可能就连土耳其领地之名也保不住了。

---

① 路易九世（Louis IX the Holy，1214—1270），法国国王，他在他二度参加十字军东征（第八次十字军东征）期间，因身染瘟疫而死于突尼斯。

② 蒙太古夫人此处叙述有误。历史上，法国国王腓力三世（Philip III，1245—1285）是在他叔叔那不勒斯国王查理一世（Charles I of Naples，1226—1285）的协作下，与突尼斯的哈里发（伊斯兰世界的统治者）签订的条约。而英格兰国王爱德华一世（Edward I，1239—1307）虽参加了第八次十字军东征，但他并未参与上述条约的谈判。

③ 巴巴罗萨（Barbarossa Hayreddin Pasha亦即Khair ad-Din，1478—1546），苏莱曼大帝麾下派驻地中海的著名海军司令，他于1534年夺下突尼斯。

④ 查理五世（Charles V，1500—1558），神圣罗马帝国皇帝，他于1535年摧毁了巴巴罗萨的舰队，并夺取了突尼斯。

⑤ 他于1574年夺回突尼斯。

⑥ 巴格达（Baghdad）曾在1534年被奥斯曼帝国占领。

我昨日一大早（已歇息了一晚后）就赶去参观迦太基的遗址了，不过我仍然在太阳下被晒了个半熟。因此，当我被领进一间地下的屋室时，我真是欣喜若狂。当地人把这些地下的屋室称作"象棚"，但我并不相信它们是为此种用途而设计的。因为我在其中不少的屋室里，都发现了精美的大理石石柱的残块，且还有些是斑岩材质的。我不认为任何人会平白无故费力地将这些石柱运送至此，我也无法想象如此精美的石柱是用来装饰牲畜棚的。我更倾向于相信这些屋室原本是修在宫殿下面的夏宫——毕竟此地气候炎热，这也是有必要的。如今，这些屋室都被乡下人用作粮仓了。当我坐在这里的时候，从不远处满是帐篷的小镇里涌来了许多的女子，她们全是进来看我的。而我们在相互打量中，获得了同等的快乐。她们的坐姿、她们皮肤的颜色、她们那垂在脸两侧的长而油的黑发，以及她们的容貌和肢体形状，都与她们那儿的"土著"亦即狒狒差别甚微，实在难以想象她们竟是全然不同的一个种族。故我难免会认为这两族之间在古时曾有过结盟。

我休息了一会儿，又吃了点当地人送来的一些牛奶和精致的水果，人也就觉得稍微精神些，于是便爬上了一座小山，而毕尔萨城堡即曾耸立其上。我从那里清楚地看到了著名的迦太基城的所在地。它坐落于一地峡之上，四面八方都有海水涌来。如今它的一侧已成了沼泽地，上面分布着一些盐池。斯特拉博称迦太基方圆有四十英里。不过除了我以上所写的那些，就再见不到什么遗迹了。而至于它的历史，则是耳熟能详的，无须我去简述一番。

您看，我认为您是把从命看得比恭敬更重的。所以我回您的信，才先按您所愿给您写了途中的种种见闻，并把感谢的话留到了信尾。我打算明天就离开这里，继续我的旅程，去穿越意大利和法国两地。但愿能在其中一地亲口告诉您，我是您恭顺的仆人。

第四十六封
致马尔伯爵夫人

热那亚，旧历1718年8月28日

我亲爱的妹妹，请你原谅我没有从突尼斯写信给你。虽然突尼斯是自我离开君士坦丁堡以来唯一有机会可以写信的地方，但那里的温度实在是太高了，并且光线也强，非常伤眼，因此在给康提神父写了一封信后，我的眼睛就瞎了一半，不敢再继续给计划中许多其他的人写信了。再说了，在那个蛮荒的国度也的确找不出什么能让你读后大感过瘾的见闻。然而，我现在则是被各种有趣的事物包围着的，并深深地沉醉于意大利的美景中——我不由感到既然我在这里得到了很好的消遣，倘若我还不给它一点点赞美作为回报的话，那便是忘恩负义之行。我眼下正住在位于圣皮埃尔场①的戴夫南特夫人②的家中，而我刚才所说的赞美也是该给她一份的，不然我就太不道义了，毕竟这地方让我觉得悦目迷

---

① 原文为"St. Pierre L'Arene"，此地为热那亚的一个近郊。
② 弗朗西斯·巴瑟斯特（Frances Bathurst），英国驻热那亚大使亨利·戴夫南特（Henry Davenant）之妻。

人，是大大地得益于她那随和的性情以及贴心的陪伴的。

热那亚坐落于一个非常漂亮的海湾中，整个城市就建在那里的一座陡峭的小山上，城中既有花园错杂其间，又有精美绝伦的建筑为之添彩，故而从海上望去真是好一副美不胜收的景色——尽管在看惯了君士坦丁堡的美景后，热那亚的美已在我的眼中消减了大半。话说热那亚人曾统治着爱琴海群岛中的数个岛屿，以及君士坦丁堡境内如今被称作加拉塔①的那整片区域。然而，他们竟背叛了基督教的事业，去帮助土耳其人夺取君士坦丁堡，因此他们后来饱尝苦果也是罪有应得——他们在君士坦丁堡那边所征服的全部领土皆落入了这些异教徒的手中。如今的热那亚人已远远称不上富足了，并且他们还受到法国人的鄙夷，因为他们的总督曾被已故的法国国王强命着亲自前去巴黎，专为法国特使府邸中的法方武器在夜间被溅了粪这么一丁点儿的小事请求宽恕。我想，这是西班牙派系中的一些人干的。这一派系的人在当地仍占大多数，尽管他们未敢公开声称属于此派②。

这里的女士们都故意装出了一副法国女士的样子，但她们却要比所模仿的对象更显优雅。毫无疑问，正是当地养情夫③的习俗，大大提升了她们的风姿。我不知道你是否听闻过情夫。说实话，倘非我亲眼所见，我怎么也不会相信世上竟有这样的一类人。

---

① 原文为"Galata"，此地常被称作佩拉"Pera"。

② 1684年5月，为惩罚热那亚人支持西班牙，法国曾对热那亚进行轰炸，一共投射了一万三千颗炮弹。

③ 原文为"tetis beys"，即"cicisbeismo"。而"cicisbeo"指的就是18世纪意大利有夫之妇的男伴、情夫。

此种风习就是从热那亚发端的,如今已在意大利各地流行了开来,而意大利女子的丈夫也不像我们所描绘的那样是一群极为可怕的家伙。他们中并没有出现什么粗暴之徒,故意地去跟这一习俗作对,毕竟它是那样根深蒂固了,且还是由政府订立下来的——因为我确信,它原先是议院提出的一种权宜之计,旨在消除致使一家之产业四分五裂的家庭仇恨,并为那些被迫去相互割喉夺命的小伙找个事做以打发时间。此种权宜之计取得了极大的成功。自从养情夫的习俗订立以来,他们之间就唯剩和睦与友善之气了。这些情夫乃一群愿为某一特定的女士尽心效劳的绅士——我所说的女士,是指那种结过婚的,因为此地的处女都只在修女院中住着,外面一个也见不到。在各种公共的场合,情夫们都必须服侍他们的那位夫人。比如在看戏、听歌剧和聚会(这里叫"谈天")之际,他们便会在她的座位后面伺候着,倘若她要玩一会儿,他们就给她照看扇子和手套,当然他们也有听她窃窃私语的特权……而当她往外走后,他们还得充当她的男仆,恭恭敬敬地在她的椅轿边快步紧跟。凡在她公开露面之日,他们都应到场,就连她的命名日[1]也不能忘了,而这便是他们的职责所在。简言之,他们需把所有的时间和金钱都用来为她效劳,而她则会按自己的喜好相应地奖赏他们(他们有的是机会讨赏)。不过,她的丈夫却只是将这样的关系视作柏拉图式的友谊,并不会贸然地往别的方面去想。而那做丈夫的虽然的确会试着亲自为她挑选一个情夫,

---

[1] 在许多天主教国家里,天主教信徒会根据圣人历,庆祝自己名字所在的那个日子。

但倘若她凑巧与丈夫品味有异（往往如此），她也总是可以自行去找来一个合乎自己心意的。从前，一位美人往往能拥有八至十个这样恭顺的爱慕者，然而那些情夫又多又谦敬的日子已不复存在了。如今的男子是越来越少，越来越粗俗了，因此每位女士便只好接受一次仅能拥有一个情夫的现状。

你看，这就是属于一个共和国的光荣的自由了，或者更确切地说，应是属于贵族阶级的，因为这里的普通民众与这里的法国人一样也是四处漂泊的奴隶。而且那些老贵族还并不怎么尊敬当地的总督，毕竟总督上任才刚满两年，时至现在，总督的妻子也都没有获得比任何一个贵妇人更高的地位。说起来，这里的安德里亚·多利亚①——即那位伟人，是他使热那亚人恢复了其所应享有的自由——家族，是确确实实拥有一些特权的。比如，议院虽认为实有必要消除衣着奢靡之风，禁止人们穿戴珠宝和锦缎，但还是容许多利亚家族的人想花多少就花多少。当时，我还兴味盎然地去看了那个英雄的雕像，它就立在多利亚公爵府邸的院子之中。

而这就使我想起他们的宫殿来了，只是我笔力不济，无法予以令人满意的描绘。但如若我说一句它们大多是出自帕拉第奥②的设计，这难道还不够吗？那条名叫诺瓦街③的街道，可能是这世上

---

① 安德里亚·多利亚（Andrea Doria, 1466—1560），热那亚海军司令，曾于1528年击退法国，并重新建立热那亚共和国。

② 安德里亚·帕拉第奥（Andrea Palladio, 1508—1580），意大利建筑师，复兴了古典建筑，著有《建筑四书》。

③ 原文为"Strada Nova"，即"新街"之意。

最漂亮的一道建筑风景线了。在此，我必须专门提一下都拉佐的那些硕大的宫殿、巴尔比两兄弟的那组宫殿（由一条宏伟的柱廊连接在一起），以及位于圣皮埃尔场村中的皇家宫殿和另一座属于多利亚家族的宫殿。从这些宫殿中，可以看到建筑的登峰造极之境、华丽家具的数不胜数之状，并且，凡此种种都是带着无比高雅的品味和富丽堂皇的气息的。不过，最令我醉心者，莫过于宫殿里的一批素描画藏品——它们出自拉斐尔[①]、保罗·韦罗内塞[②]、提香、卡拉奇[③]、米开朗琪罗、圭多和柯勒乔之手。而我所提到的这最后的两位，正是我尤为心仪的画家。虽然，我也承认我无法在可怖的作品中寻得乐趣，并且在我看来，耶稣在十字架上受难的场景呈现得越逼真，就越会让人感到不适。但我所钟爱的这些画家，却既如实地展现了那个场景的原貌，又为之披上了一层迷人至极的光彩。其中，我特别喜欢的画作，是巴尔比府邸中所藏的一幅卢克丽霞像[④]。画中卢克丽霞的脸与胸的动人之美，让我生出了以卢克丽霞为题的最好的诗作能在人的心中所激起的全部怜悯和赞赏之情。而出自同一画家之手的克莉奥佩特拉[⑤]像，也

[①] 拉斐尔（Raphael，1483—1520），意大利画家、建筑师，被认为是文艺复兴盛期最伟大的艺术家之一，其画作包括《西斯廷圣母》和未完成的《基督显圣容》。

[②] 保罗·韦罗内塞（Paolo Veronese，1528—1588），意大利威尼斯派画家，作品包括《迦拿的婚宴》《利维的家宴》等。

[③] 卡拉奇（Annibale Carracci，1560—1609），意大利画家，以湿壁画著称，主要作品有罗马法尔内塞宫的装饰壁画。

[④] 圭多·雷尼所绘。

[⑤] 克莉奥佩特拉（Cleopatra，公元前69—前30），埃及托勒密王朝末代女王，以美貌著称，即那位著名的"埃及艳后"。

很值得一提，倘若不是卢克丽霞像先抓住了我的眼睛，我是会再多谈谈那幅画作的。此外，这里还有一些年代古远不清的半身雕像。

位于此地的圣劳伦斯教堂，通体是以黑白大理石为材质的，那只著名的用单块绿宝石雕刻而成的盘子即存于该教堂中。不过，现在却不许让人触碰了，因为据这里的人说，曾有那么一桩想把它扔在地上摔个粉碎的阴谋被揭露了出来。并且，他们认为这一幼稚的恶毒想法出自西西里国王，称这是国王求购此盘遭他们拒绝后在寻机报复。而这里的圣母领报教堂，也用了大理石来精心装衬，教堂的柱子便是以红白相间的大理石制成。至于圣安布罗斯教堂，则是由耶稣会的人为之大加装潢的。不过，我得承认因先前已看过圣索菲亚大教堂的缘故，这里所有的教堂在我看来都是极不起眼的了，就连录下它们的名字我也觉得无甚必要。然我仍旧希望你会认同，我并没有枉费时日，总算游览了这么多，因为我们暂离隔离区的时间仅有短短数日。而说到这隔离，只要是从黎凡特过来的人都不能得免。但还好的是，我们的隔离期已大大缩减了，并且我们还有戴夫南特夫人的陪伴，故也过得十分惬意——我们住在距热那亚大约一英里远的圣皮埃尔场村中的一所房子里，房子是由帕拉第奥修建的，设计得极佳，外形也极宏伟，走在里面实在是一种享受。而在此地接见来客，还必须要有一位热那亚的贵族在场才行——这贵族是奉命前来监督我们与来客是否有身体接触的。接下来，我还将在此地多待上几日，而我也近乎希望能够一辈子都待在这里了，只是恐怕我的人生注定不会如此平静安宁。

第四十七封
致马尔伯爵夫人

都灵①，旧历1718年9月12日

我从热那亚沿平坦的道路行至此处共用去了两日。我已看过了城中那些供外来人参观的种种，感到实在不值得我特意花费笔墨去描述一番。而我对那神圣的裹尸布也没有多少的崇敬，故我并不会多谈它的。至于那教堂，则很漂亮，国王的宫殿，亦是如此。不过，我近来才领略了建筑的登峰造极之境，便自然不会对这些投去太多的关注了。该城本身是修建得颇为精美的，它坐落在波河②岸边的一个美丽的平原上。我们看到，离它不远就是维纳利亚宫③和瓦伦蒂诺宫④，这两者皆是让人感觉非常惬意的幽静的住处。而我们歇宿的地方则位于皇家广场，这座广场可说是我

---

① 都灵（Turin），意大利西北部城市。
② 波河（the Po），意大利北部河流，是该国最长的一条河。
③ 维纳利亚宫（the Venaria palace），与凡尔赛宫规模相当的一座宫殿，是萨伏依（Savoy）公爵查尔斯·伊曼纽尔二世（Charles Emmanuel II, 1634—1675）于17世纪修建的一座宏伟的狩猎行宫。
④ 即瓦伦蒂诺城堡（the Valentino）。

见过的最壮丽的广场之一了——在它的四周，围得有近乎整整一圈的精美的白色石门廊。我们在这里刚一住下，切瓦利埃（这人你在英国也是认识的）就前来拜访我们了，他非常客气地恳请准许由他引我们去宫里觐见王室。王宫目前就设在里沃利，距都灵约一里格远。昨日，我便去到了那里，有幸见过了王后[①]——是由王后的大侍女领我进去的。我看到，王后殿下住在一间华丽的屋子里，屋内还有一列端庄漂亮的女子，都穿着长袍，而从里面很容易就能分辨出哪位是那美丽动人的卡里南公主[②]。当时，王后带着无比的友善与和蔼款待了我，她看起来似乎是一位很有见识的女子。她还不忘提醒我她有英国血统，并进而说道她总觉得自己对英国人有一种特别的偏爱。而我为了回报她的热情礼待，也尽量多地殿下殿下地叫她，因为恐怕她也没有几个月能舒服地听到这样的尊称了[③]。此外，国王的眼睛很是炯炯有神。而那年轻的皮埃蒙特王子，则是一个非常英俊的小伙，然当前宫中正在大力御敌，便无法让他享有正适合他这个年龄的任何的消遣娱乐了。在此地，游行和集会是很盛行的，其场面真可谓华丽至极。不过献殷勤却是一大重罪，那可怜的某某伯爵（我们在伦敦的旧相识），便是因贸然向一位王宫侍女说了些许示好的话而丢尽了颜

---

① 安妮（Anne，1669—1728），奥尔良公爵菲利普一世（Philippe I, Duke of Orleans，1640—1701）之女，萨伏依公爵、西西里国王维托里奥·阿梅迪奥二世（Victor Amadeus II，1666—1732）之妻。

② 指玛利亚·安娜（Maria Anna，1690—1766）。卡里南（Carignan）是地名。

③ 维托里奥·阿梅迪奥二世治下的西西里王国在1718年夏遭到了西班牙的侵略。

面。我打算明日就启程了,去翻越那常常被人谈论的可怕的阿尔卑斯山脉。倘若我越过高山来到了山底,你是会再次收到我的来信的。

第四十八封
致瑟斯尔斯维特夫人

里昂①,旧历1718年9月25日

您惠寄给我的两封信,我一到这里就都收到了,当然我也收到了许多其他朋友寄来的信。这些信原本都是寄往君士坦丁堡的,但却从马赛②转寄到了这里,因为我们在马赛的贸易商已经知道我们回来了。听闻我妹妹马尔夫人离开了英国,我感到很是惊讶。我想我从都灵写给她的信她是收不到的了,我也不知要再把这信寄往何处,毕竟在她的亲笔信中并没有关于她近况的只言片语。而我自己呢,则是整日待在房中出不了门,一直到昨天我都还是在床上躺着的——我十七日刚到该城便患上了极其严重的热病,然后就卧床不起了。有段时间我竟深信我所有的旅程都将结束于此地,而我病中所经受的那种种折磨能有这般的效果,我是一点也不觉得奇怪的。

---

① 里昂(Lyon),法国东南部城市。
② 马赛(Marseille),法国东南部港市。

我们第一天的行程是从都灵前往诺瓦莱萨①，沿途穿过的是一片非常美丽的田野，田野上的作物栽种得都很整齐漂亮，且经过人工与自然之助，又添了几分丰沃。第二天，我们便开始去登塞尼山②。我们坐的是一种用柳条编成的小轿椅，椅子被固定在竿子上，由男子肩扛着前行。而我们的马车则被拆成散件放在了骡子背上。途中只见那群山覆盖着终年不化的积雪，云层远远地浮在我们脚下，一道道巨大的瀑布顺着山石翻滚而下，发出震耳欲聋的咆哮——面对凡此种种壮丽的美景，倘若我当时能少受点山上那肆虐的严寒的折磨，我也是会感到震撼不已的。只怪那蒙蒙冷雨下个不停，竟然渗透了我裹在身上的厚厚的毛皮衣服，还未下行至山脚，我就已经冻得半死了——我们是走到天黑后再走了两小时才来到山脚的。虽然在塞尼山的山顶上有一宽阔的平地，平地里还有一美丽的湖泊，但下山之路却是又陡又滑，所以看到那些轿夫们仍能走得如此平稳，我心中自是惊讶不已。其实，我对摔断脖子的惧怕相较于我对受寒病倒的惧怕，连后者的一半都不到。而后来的事实也证明我的惧怕是放对了地方的。途中其他的山现在均可以通行马车了，山里面的藤蔓十分浓密，草地也郁郁葱葱。就在这群山之间，还栖息着一种世界上最漂亮的山羊。艾格贝勒是我们途经的最后一个属于萨伏依的城市，之后不久我们就来到了法国的边境城市博瓦赞桥——这座城的桥是法国与萨伏依的领土的分界线。我们是在那天晚上很晚的时候才到达这个城

---

① 诺瓦莱萨（Novalesa），意大利都灵省的一个城市。
② 塞尼山（Mount Cenis），法国与意大利交界处阿尔卑斯山脉的一处山峰。

镇的,我在城中除了养病外也没什么别的事可做。我想我已经脱离了危险,我也坚信那仍未消去的咽喉的肿痛是不会把我困在屋内太久的。我都迫不及待地想要看看这座名城里的种种古迹了,当然我也更加迫不及待地想要继续踏上我这前往巴黎的旅程。待我到了巴黎之后,我希望我能从那里给您写一封比我眼下所能写的这封有趣得多的信,毕竟我此刻的精神正因疾病而衰弱,头脑也被黑胆汁①所搅乱,并且我写信的地方是一家糟糕的客栈,而我的房间里还堆满了药剂师开的那些让人看着就不舒服的药瓶药罐。

---

① 原文为"spleen",即脾脏。根据古时候的"四体液说",四体液中致人忧郁的黑胆汁是由脾脏分泌的。

第四十九封
致亚历山大·蒲柏先生

里昂，旧历1718年9月28日

我在这里收到了你的来信，我本该对你为我的归来所表现出的那番喜悦予以感谢的，但我又实在忍不住要生你的气，因为归来一事令我烦恼不堪，而你却在庆贺它。你应会觉得此话不过是我回信中的一句故作古怪的答谢语，但我还是要向你保证，我这样说并非是因为我对重逢旧友之喜麻木冷淡，而是因为再次相聚的同时，我必定会见到和听到上千件烦不胜烦的与我无关的事，且还得不停地接待拜访，屈膝行礼，前去参加无数的茶话会，并在茶桌上被各种问题纠缠个半死。然我又是那样一个给不了他人什么帮助的人，不管对谁我都只能献上一点微不足道的美好的祝愿而已。我的出现，于国内任何一个人而言，也不必然就意味着有用有益。因此，我认为我最好还是待在能够获得安逸与宁静的地方——正是这两样东西构成了我那闲散生活的幸福。倘若我再围绕此话题多写上一行字，我定然就要陷入忧郁之中了，还不如让我用位于市政厅门口两侧的铜板上的铭文来填满这页纸余下的空白。①

I. TABLE

... mae rerum Nostr ... sii ... Equidem primam omnium illam cogitationem hominum, quam maxime primam occursuram mihi provideo, deprecor, ne quasi novam istam rem introduci exhorrescatis sed illa potius cogitetis, quam multa in hac civitate novata sint, et quidem statim ab origine urbis nostrae in quod formas statusque res p. nostra diducta sit.

Quondam reges hanc tenuere urbem, ne tamen domesticis successoribus eam tradere contigit. Supervenere alieni et quidam externi, ut Numa Romulo successerit ex Sabinis veniens, vicinus quidem, sed tunc externus, ut Anco Marcio Priscus Tarquinius. Is propter temeratum sanguinem, quod patre Demarato Corinthio natus erat et Tarquiniensi matre generosa, sed inopi ut quae tali marito necesse habuerit succumbere, cum domi repelleretur a gerendis honoribus, postquam Romam migravit, regnum adeptus est. Huic quoque et filio nepotive ejus (nam et hoc inter auctores discrepat) incretus Servius Tullius, si nostros sequimur, captiva natus Ocresia; Si Tuscos, Coeli quondam Vivennae sodalis fidelissimus omnisque ejus casus comes, postquam varia fortuna exactus cum omnibus reliquis coeliani exercitus Etruria excessit, montem Coelium occupavit et a duce suo Coelio ita appellitatus mutatoque nomine (nam Tusce Mastarna ei nomen erat) ita

---

① 两块石碑的铭文记录了罗马皇帝克劳狄于公元48年对罗马元老院所作的演讲，演讲旨在让高卢贵族也获得参加元老院的特权。塔西陀在《编年史》第11卷第23—24章中记载的这篇演讲的另一个版本。(参见《编年史》，商务印书馆)

appellatus est, ut dixi, et regnum summa cum reip. Utilitate obtinuit. Deinde postquam Tarquini Superbi mores invisi civitati nostrae esse coeperunt, qua ipsius qua filiorum ejus, nempe pertaesum est mentes regni, et ad consules, annuos magistratus, administratio reip. translata est.

Quid nunc commemorem dictaturae hoc ipso consulari imperium valentius repertum apud majores nostros, quo in asperioribus bellis aut in civili motu dificiliore uterentur? aut in auxilium plebis creatos tribunos plebei? Quid a consulibus ad decemviros translatum imperium, solutoque postea decemvirali regno ad consules rursus reditum? Quid in pluris distributum consulare imperium, tribunosque militum consulari imperio appellatos, qui seni et saepe octoni crearentur? Quid communicatos postremo cum plebe honores non imperii solum, sed sacerdotiorum quoque? Jamsi narrem bella, a quibus coeperint majores nostri, et quo processerimus, vereor ne nimio insolentior esse videar, et quaesisse jactationem gloriae prolati imperi ultra oceanum. Sed illoc potius revertar. Civitatem …

对于第二块铜板，我就不会像抄录第一块那样费心良多了。你大可想见这一块上面的铭文亦是同一种风格，且其尖锐也是如出一辙的。铭文如下：

II. TABLE

… sane … novo … divus Aug … no … lus et patruus Ti. Caesar omnem florem ubique coloniarum ac municipiorum, bonorum scilicet virorum et locupletium, in hac curia esse voluit. Quid ergo? Non italicus senator provinciali potior est? Jam vobis cum hanc partem censurae meae adprobare coepero, quid de ea re sentiam, rebus ostendam. Sed ne provinciales quidem, si modo ornare curiam poterint, rejiciendos puto.

Ornatissima ecce colonia valentissimaque Viennensium quam longo jam tempore senatores huic curiae confert. Ex qua colonia inter paucos equestris ordinis ornamentum, L. Vestinum, familiarissime diligo et hodieque in rebus meis detineo; cujus liberi fruantur quaeso primo sacerdotiorum gradu, post modo cum annis promoturi dignitatis suae incrementa. Ut dirum nomen latronis taceam, et odi illud palaestricum prodigium, quod ante in domum consulatum intulit, quam colonia sua solidum civitatis Romanae beneficium consecuta est. Idem de fratre ejus possum dicere, miserabili quidem indignissimoque hoc casu, ut vobis utilis senator esse non possit.

Tempus est jam, Ti. Caesar Germanice, detegere te patribus conscriptis quo tendat oratio tua: jam enim ad extremos fines Galliae Narbonensis venisti.

Tot ecce insignes juvenes, quot intueor, non magis sunt paenitendi senatores, quam paenitet Persicum, nobilissimum virum, amicum meum, inter imagines majorum suorum Allorogici nomen legere. Quod si haec ita esse consentitis, quid ultra desideratis, quam ut vobis digito demonstrem solum ipsum ultra fines provinciae Narbonensis jam vobis senatores mittere, quando ex Lugduno habere nos nostri ordinis viros non paenitet? Timide quidem, p. c. egressus adsuetos familiaresque vobis provinciarum terminos sum, sed destricte jam comatae Galliae causa agenda est. In qua si quis hoc intuetur, quod bello per decem annos exercuerunt divom Julium, idem opponat centum annorum immobilem fidem obsequiumque multis tripidis rebus nostris plusquam expertum. Illi patri meo Druso Germaniam subigenti tutam quiete sua securamque a tergo pacem *praestiterunt, et quidem cum ad census novo tum opere et in adsueto Gallis ad bellum advocatus esset. Quod opus quam arduum sit nobis nunc cum maxime, quamvis nihil ultra quam ut publice notae sint facultates nostrae, exquiratur, nimis magno experimento cognoscimus.*

此外，我还被带去看了圣犹斯督教堂门外的一座古罗马渡槽的遗址，并且在圣玛丽修道院的后面，还看到了一处皇宫的遗址，克劳狄皇帝[1]即出生于此，塞维鲁皇帝[2]也曾在此住过。至于圣约翰大教堂，则是一座漂亮的哥特式建筑，它里面的钟受到了德意志人深深的赞美。而在那城中最显眼的地方之一，还立有已故国王的雕像[3]——整个一副傲视天下的样子。在此，我就实在忍不住要说一句关于那些雕有涂金的过肩假发的法国雕像的话了，因为我此后便再也不愿提及了。我要说的是，倘若他们的国王打算用一种形象来同时表现他的无知、低劣的品味以及虚荣自负，那么，他的雕刻师们就只得通过在雕像的头上加大量的卷发，并让雕像手握镀金的权杖，才能呈现出一心想当英雄的年老的纨绔子弟这样一个奇特的混杂形象。此外，关于这座城市的历史，法国人已着墨甚多，我就无须再说些什么了。而城中的房屋也都修得还算不错，且白苹果广场上遍植了林木，从那里可以看到索恩河[4]与罗

---

[1] 克劳狄（Claudius，公元前10—公元54），古罗马皇帝。
[2] 塞维鲁（Severus，146—211），古罗马皇帝。
[3] 即位于里昂白苹果广场（Place Bellecour）的路易十四骑马雕像。
[4] 索恩河（Soane），法国东部河流。

讷河①那著名的交汇处。

> 因此，巨河罗讷啊，你滚滚波涛奔流，
> 然阿若②却迟疑不已，不知择何路行走。

我如今总算有时间悠闲地去看过了这里的各种事物——先前，我因喉咙肿痛在城中住处闭门不出达数日之久。这肿痛是发烧之后的遗留症状，而发烧则是我在阿尔卑斯山的阴冷潮湿中所染的风寒引起的。这里的医师都很热心于医治新来的病人，他们用了各种各样的不适来警告我，说什么倘若肿胀还未大消，我就胆敢离他们而去的话，便必会招来何种何种的身体失调之症。然而，我却清楚这肿痛的顽固，认为它何止会伴着我在里昂穿街走巷，即便是在我继续赶往巴黎的路上它也可能会跟随着我。所以我决心将医师、药剂师和肿痛的喉咙抛在一边，明天就继续踏上我的旅程。当你见到里奇夫人时，还请转告她我已收到了她的来信，并且我会从巴黎回信的，毕竟我相信这是她最愿意听闻的一处地方。

---

① 罗讷河（Rhone），欧洲西部河流，它与索恩河交汇于里昂。

② 这两句出自塞内加的《变瓜记》（*Apocolocyntosis*）。"阿若"在英译文中为"Arar"，即指"索恩"。

第五十封
致里奇夫人

巴黎，旧历1718年10月10日

倘若要向我亲爱的里奇夫人证明我是多么乐于给她写信，当莫过于就选择在这样一个充塞着各色各样娱乐消遣的地方来写上一封。在这里，我被如潮般的拜访给淹没了，来客造访的那些场合是满溢着热闹之气与庆贺之声的，因而需要用上全副的心力去仔细地听辨某人是否应答了我的话。法国驻君士坦丁堡大使的夫人在此地有着一个非常庞大、人口众多的家族，她家族中的人全都前来探望了我，并且还无休无止地向我问来问去。巴黎的空气已对我产生了良好的影响，因为我现在真是再健康不过了，尽管我从里昂到这个地方的整个路上都一直重病缠身。其实，你也大可想见这段旅程对我来说是多么地不愉快——根本无须添上病痛一事，就足令我厌之恶之了。我认为没有什么会比见到种种苦难的景象更为可怕的，除非你能像上帝那样救人于苦难。而法国乡间的各个村庄所呈现的，除了苦难外就别无其他了。还记得我们在换驿站的时候，总会有整村的人跑来向我们乞讨，光是看到那一张张无比可怜、饿得枯瘦的脸，以及那又薄又破烂的衣服，根本就无须他们开口诉苦,你便会相信他们的确是境况凄惨。

只有等你来到了枫丹白露①,才能领略到法国全部的堂皇富丽。在这里,你将开始觉得这个国家是富裕的了,倘若你被带去参观了国王狩猎行宫里的那一千五百所房间的话。这些皇家的套房都非常地大,且还处处涂着金,不过我在其建筑或绘画方面却并没有看到任何值得记住的东西。而那座由亨利四世②修建的长廊,虽然从其侧墙望出去能将国王所有的殿宇都尽收眼底,但长廊是按当时的风格设计的,如今看来就显得很粗劣了。然而,在那公园里的确是有着好树好水的——遍植园中的林木都长得郁郁葱葱,一池池的鱼塘里还养着不怕人的鲤鱼,据说有些都已活了八十岁了。那位已故的国王③,生前是每年都会前来这里住上几个月的。而围在此地四周的那些石头,上面皆铭刻着一些虔诚的句子,由此便可看出虔心信教之风曾盛行于他的宫中。只是我相信这已随他一同消逝了,至少我在巴黎就没有看到此风的任何外在迹象。在那里,每个人的所思所想似乎都是投注在眼前的欢愉上的。

眼下正值圣劳伦斯集市开市的时节。你大可确信我已被带着去过那里了,我认为这个集市要比我们的巴塞洛缪集市布置得好得多。这里的店铺都是很规整地摆成一排一排的,店里灯火通明,

---

① 枫丹白露(Fontainebleau),法国北部城镇,以皇家行宫闻名。
② 亨利四世(Henry IV,1553—1610),法国波旁王朝第一任国王。
③ 即路易十四。

整个构成了一副十分悦目的景象。不过，我对他们那里哈乐根[1]一角的粗俗表演一点也不满意，就像我对他们歌剧中的音乐的感受那样——真是难听刺耳至极，毕竟我已听惯了意大利的歌剧音乐。而他们的歌剧院，相较于秣市广场[2]的歌剧院，简直就是个小棚子，并且他们的戏院也没有林肯律师学会广场[3]的戏院那么整洁。但是，我也必须承认他们是有值得赞赏之处的，即他们的悲剧演员要远远好过我们的。因此，奥德菲尔德夫人[4]最多只配给德马尔女士[5]当密友，除此之外我实难给她一个更高的位置了。我已观看了悲剧《巴雅泽》[6]，整部剧呈现得非常好，我不禁感到我们最顶尖的演员不过是在念台词罢了，而这里的演员却能演得生动传神。当然了，看到一个男子显得不快乐，的确要比听到带着张笑脸、面露蠢蠢的傻笑的男子说自己不快乐更加感染人。而谈到面容，我就必须告诉你一些关于法国女人的事了。我已看遍了这里的佳丽，真是一群（我实在忍不住要用粗鄙之词）恶心透顶的家伙！

---

[1] 哈乐根（harlequin），意大利即兴喜剧中的小丑角色，通常戴黑色面具，穿多色菱形图案的紧身衣。在当时巴黎的集市中经常会有即兴的喜剧表演，而哈乐根正是这种喜剧里的核心角色。

[2] 原文为"Haymarket"，位于伦敦。

[3] 原文为"Lincoln's Inn Fields"，位于伦敦。

[4] 安妮·奥德菲尔德（Anne Oldfield，1683—1730），伦敦特鲁里街皇家歌剧院（Drury Lane Theatre）女主演。

[5] 德马尔（Christine Antoinette Charlotte Desmares，1682—1753），法国17世纪晚期最负盛名的女演员。

[6] 《巴雅泽》（*Bajazet*），法国剧作家拉辛（Jean Baptiste Racine，1639—1699）的剧作。

她们的衣服实在是怪异荒唐至极！她们涂抹的妆容也夸张得可怕无比！她们的头发都剪得短短的，绕着脸烫成了一圈小卷，并且里面还打满了粉，故而看起来就像白色的羊毛。此外，从她们的脸颊到下巴，竟然还涂着一层亮亮的红漆，只见红漆闪着火红的亮光，使她们的脸看起来与人脸毫无相似之处。我倾向于相信，她们是从一只刚用代赭石打上标记的白色绵羊①身上得到的初始灵感。我还是乐于去回想我见过的那些可爱美丽的乡村女子，而倘若我要给除你之外的任何人写信，我应该会说，这些把自己涂抹得奇奇怪怪的女子，让我对我亲爱的里奇夫人那赤褐色头发的自然魅力，以及她那未被脂粉弄脏过的面色的动人光彩更加崇拜了。

又及，我在这里遇到了康提牧师，他希望我代他向你问好。

---

① 用代赭石给绵羊打上标记是为了分辨绵羊为谁所有。

第五十一封
致瑟斯尔斯维特夫人

巴黎，旧历1718年10月16日

您看，我的确是在信守诺言从巴黎给您写信了。在巴黎，我十分意外地遇到了我的妹妹。不用多说，我自然是感到非常高兴的。而妹妹也和我一样，完全没有料到我们竟会相遇——她还未收到过我最近写给她的信。我们的这番相遇，倘若经史居德里先生[①]之手写来，应会显得光彩夺目。但我却不想尽去模仿他的写作风格，告诉您我们如何频频地拥抱彼此，她如何问我因什么样的机缘巧合从君士坦丁堡回来了，以及我如何反问她是什么样的冒险把她给带到了巴黎。还是长话短说吧，那些问与答，以及惊叹、夸赞我都略而不提了。我们见面后，便商量好一起去四处游览，目前已看过了凡尔赛宫[②]、特里阿农宫[③]、

---

① 史居德里（Georges de Scudery，1601—1667），法国剧作家、小说家、诗人，法国著名女小说家玛德琳·史居德里（Madeleine de Scudery，1607—1701）的兄长。
② 凡尔赛宫（Versailles），路易十四修建于巴黎凡尔赛附近的一座王宫。
③ 特里阿农宫（Trianon），凡尔赛附近的另一座宫殿，用于安放路易十四的情妇。

马尔利城堡①和圣克劳德城堡②。游览期间，我们曾获特许——那凡尔赛宫的水景将打开来供我们欣赏，当时所有在巴黎的英国人都跟随着我们前往了那里。我得直言，凡尔赛宫在我看来只是宏伟而已，并算不上漂亮，因为我已领略过了意大利建筑那极其匀称的比例，故而觉得凡尔赛宫外形的不规整真是触目惊心。它里面国王用来存放古董和勋章的陈列室，的确装饰得非常富丽堂皇。在这些藏品中，我最心仪的当莫过于那雕刻在一大块玛瑙之上的"杰马尼库斯神化像"③，这是我印象中所见过的同类作品里最精致的几件之一了。然后我还参观了一些极其贵重的古代雕像，不过，勒布朗④那令人作呕的谄媚和俗丽的画风在这展厅里也是一样的恶心。接下来，我不会去装模作样地向您描述那硕大的套房、花样繁多的喷泉、配套的剧院以及伊索寓言之林⑤等，凡此种种您都能在法国作家的一些书中读到非常丰富详尽的描述——这是他们受雇写下的。至于特里阿农宫，因其小巧玲珑，就要比凡尔赛宫更让我喜欢了，而马尔利城堡相较于它们两个又要更胜一筹。圣克

---

① 马尔利城堡（Chateau de Marly），路易十四的一处行宫。
② 圣克劳德城堡（Chateau de St. Cloud），奥尔良公爵（Duc D'Orleans）的宫殿。
③ 原文为"Apotheosis of Germanicus"。杰马尼库斯（Germanicus，公元前15—公元19），古罗马将领，古罗马皇帝提比略（Tiberius）之侄。这件作品中的人物似应为罗马皇帝克劳狄，但在路易十四获得此物之时，作品中的人物被误认作了杰马尼库斯。
④ 勒布朗（Charles Le Brun，1619—1690），法国画家、设计师，是法国国王路易十四的首席宫廷画师，凡尔赛宫装饰设计的主要参与者。
⑤ 凡尔赛宫的一座迷宫丛林，里面的喷泉和雕塑皆取材自《伊索寓言》。

第五十二封
致康提神父

多佛①，旧历1718年10月31日

我愿意相信您所说的，倘若我平安地渡海登岸后，第一时间便让您知晓此事，那么我就当真算是了却了您的一桩心愿。我是今早抵达的多佛，登岸前我在那邮船上被颠簸了一整夜。当时船只晃动得极其猛烈，船长考虑到他的船不很坚固，便决定最好还是抛掉邮包，并向我们发出遇险的通知。于是，我们便向一艘小渔船呼救，然而它却难以靠近我们，而我们船上的人则全都在呼天抢地了——我实在想象不出一个人还能陷入何种比这样的凶险之境更为可怖的境地。不过，我该向您承认以下这件事吗？——尽管我一点也不想要被淹死，但面对某位同行的旅客所表露的双重的焦虑，我还是忍不住乐了起来。她是我在加来②遇见的一位英国女士，她希望我能让她过来与我一起坐在我的船舱里，因为她买了一顶精致的蕾丝小帽，打算瞒过海关官员将之偷运回国。后来，

---

① 多佛（Dover），英格兰东南部港市。
② 加来（Calais），法国北部港市。

当海上的风越刮越大,我们的小邮船出现裂痕时,她竟非常虔诚地跪在地上祈祷了起来,整副心思全都投注在了她的灵魂上面。而待到风力似乎开始减弱后,她却又回到了对她头饰的那种世俗的担忧中,并还主动地跟我说:"亲爱的夫人,您能帮我照看一下这顶帽子吗?如果它丢了!——噢,上帝啊,我们都会丢命的!愿主怜悯我的灵魂吧!——夫人,请您照看好这件头饰啊。"眼见从她的灵魂到她的头饰之间那轻易的转变,以及这两者交替着给她带来的痛苦,实在令人难以确定她究竟认为哪一样最珍贵。但这一幕也并不是那般地有趣,而我则很高兴于我能抽身离开,被人扔进了那艘小船里,虽然险些没把我脖子给摔断。小船最终安全地将我带到了此处。我忍不住用了那饱含偏爱之情的双眼去看我的故土。这种偏爱之情当然是与生俱来的,为的是防止我们散游不归——我们会那样做,是因为我们对平常无法接触到的知识怀有强烈的渴求之欲。然而我们从这样的探求中所得到的不过是一种注定无果的虚愿——希望将分散在世界上不同地方的、不能并存于一处的种种不同的娱乐和便利都融汇在一起。当我读遍了所有我能找到的以我掌握的那些语言写成的书本之后,当我因焚膏继晷地专研而令我的目力衰退之后,我却羡慕起了一个面色红润的挤奶女工所拥有的那种平静无忧的心境。她不会心生疑问,并为其所扰。她每个周日都会谦卑地去聆听布道,她脑中的那份天职感不会因各派经院学者的种种徒劳的究问而受到扰乱,尽管后者也许更为博学,但终归还是蒙昧无知。而且,在看过了亚洲和非洲的部分地区,并近乎完成了一趟欧洲之旅后,我认为淳朴的英国乡绅要过得更加幸福。因为他们深信希腊葡萄酒不如三月啤酒①那么甘醇，非洲水果不如金黄苹果那般味道绝佳，意大利的小鸣禽②不如牛臀肉尝来那样好吃。简言之，他们认为除了在老英格兰，别的地方根本就享受不到这种完满的生活。我要祈求上帝，愿我在余生里也会这样去想。而既然我必须得满足于我们这里白昼的短暂，那我也许就可以忘记君士坦丁堡那让人焕发生机的阳光了。

---

① 在三月间酿造的一种烈性苦啤酒。
② 小鸣禽（beccafico），尤指林莺，意大利将之视为一种美食。

第五十三封
致蒲柏先生

多佛，旧历1718年11月1日

时至此刻我才收到了你那封从巴黎转寄给我的信。我相信并且也希望，我能很快地见到你和康格里夫先生。不过，既然眼下我正在一间客栈里——我们住这客栈，是为了在我们带着大包小包的行李踏上前往伦敦的漫漫长途前好好休整一番。那么，我就将花上一点我的闲暇时间来答复你的来信中似乎需要我给出一个答案的那部分内容。

我必须赞赏你的善良，因为你认为你所讲的那对田园恋人（通俗的叫法是晒制干草的农人）恐怕早就生活在永远的欢乐与和谐中了，倘若那道闪电没有打断他们对人生幸福的规划的话。然而，我却看不出有什么理由可以把约翰·修斯和萨拉·德鲁想得比他们的邻里更聪慧或更忠贞。不过就是一个二十五岁的健壮男子一心想娶一个十八岁的皮肤黑黑的女子罢了，这并没有什么惊奇之处。并且，我还会忍不住去想，如果他们结了婚，他们的生活也该过得和他们教区的其他居民一样。这男子的勇于去为那女子挡下风暴的侵袭，只是本能的反应而已，若换作是他的马陷入了同一种情境，他肯定也会这样做的。我亦不认为他们的意外身亡是对他们彼此的忠贞之情的回报。你是知道的，犹太人曾因认为遭雷火摧毁的村子要比那些避开了雷击的村子更邪恶而受到了责难。其实，这全在乎各人遇上的时候和机会。既然你希望我能试着将我的诗才用来写写墓志铭，我便有了以下的这些诗句，尽管不如你的那样富有诗意，但也许要比你的更加公允。

> 约翰·修斯与萨拉·德鲁长眠于此，
> 或许你会说，这关你何事？
> 但请相信我，朋友，还有许多可说，
> 关于这死去的苦命的一对如何罹祸。
> 下个周日，他们本该成亲，
> 但看世事怎样离奇运行！
> 上个周四，突然雷雨交加，
> 这对年轻的恋人饱受惊吓。
> 他们正在那干草堆中藏躲，
> 满心希望将这场风暴扛过，
> 但凶猛的雷电却将他们找出，
> （毫无疑问是受命追捕）
> 攫住了他们颤抖的呼吸，
> 将他们送入死亡的阴翳。
> 但又有谁知这不是一桩善事？
> 倘若他们得见了来年的红日，
> 就会有挨打的妻子和戴绿帽的小伙，

在一同诅骂那婚姻的枷锁。
如今他们于此劫难中将幸福永享,
只因蒲柏已在其墓碑上写下诗行。

我得承认上述诗句所流露的情感完全不似你的诗句中的那种英雄史诗之情,但我希望你能看在最后两句的分儿上原谅这一点。你看,我是多么憧憬你给他们的荣耀,尽管我并不很急于获得同样的荣耀,并且我宁愿继续做你的还活着的愚笨又谦卑的仆人,也不想被欧洲所有的作家的笔称颂。

我会写信给康格里夫先生的,不过我想如果他问起了我,你应会把这封信念给他听的。

译 后 记

玛丽·沃特利·蒙太古夫人（Lady Mary Wortley Montagu，1689—1762），婚前姓皮埃尔朋，生于1689年，乃伊夫林·皮埃尔朋与玛丽·菲尔丁的长女。1690年，在她一岁时，其父成为金斯顿伯爵五世（后又于1715年获封金斯顿公爵一世），由此她也就有了贵族小姐的头衔。同年，玛丽的妹妹弗朗西丝出生；随后在1691年和1692年，小妹伊夫林、弟弟威廉也相继出生。而就在弟弟出生后不久，玛丽的母亲突然离世。对于幼年丧母，玛丽在其自传体传奇小说中写道："一位高贵的母亲去世了，她本可用她的美德和智慧来培育教导她的小孩，但如今小孩却只得留给一位年轻的父亲来养育了。虽然他生来是个实诚之人，但他沉溺于自己的欢愉玩乐中，并且（与他那种阶层的大多数人一样），他不认为自己有义务去悉心关照孩子的教育。"母亲去世后，玛丽的这位花花公子式的父亲就把她和她的妹妹弟弟都交给祖母伊丽莎白·皮埃尔朋抚养。她在祖母那座位于西迪恩的具有詹姆斯一世时期风格的庄园里度过了六年多的童年时光。这段经历在她记忆中并没有留下多少印象，她只记得她那"想要捕捉住落日的幼稚愿望。我记得我曾奋力奔跑追逐，如能捉住它，那的确是件很美好的事，可实践很快就证明这是不可能做到的"。

1699年，祖母去世。随后，玛丽就被接到了父亲位于诺丁汉的索尔斯比庄园里。她最感兴趣的，是庄园里的藏书室。她躲进父亲的藏书室，贪婪地阅读，在14岁时，就已读过了鲍蒙特与弗莱切、德莱顿、康格里夫、莫里哀、高乃依等知名剧作家的剧作，以及大量法国和英国的传奇小说。在这些作品的影响下，她开始写作，并将自己的作品抄录进了一本册子中，册子名为《无比忠顺的斯特丰敬献到美丽的赫尔曼西尔德之玉手中的诗歌、谣曲等》。她还为册子写了前言：

这里面无疑会有许多错漏，但任何一个理智的人只要想到以下三点，就会予以原谅。
一、我是个女人。
二、我没有任何受过教育的优势。
三、所有这些作品都写于14岁。

一两年后，她又有了另一本册子，她浮夸地将其称作"克拉琳达全集"。这本册子中有一篇夹杂着韵文的散文体寓言，讲的是斯特丰追寻真爱的历程——斯特丰发现了一座名为"婚姻"的城堡，城堡中住着"不和""争执"以及"忧虑"，这就让斯特丰认识到，"爱情与婚姻是永不可调和的仇敌"。此外，据玛丽自述，她还曾迷上奥维德的《变形记》，并因此下决心努力学习拉丁文。她记忆力超群，又刻苦不懈，躲着女家庭教师，拿一本拉丁文词典和一本语法书，在父亲的藏书室里偷偷自学了两年，每日学习时间长达5至8小时。后来，她还得到了索尔兹伯里主教伯内特的鼓励和指点，在其帮助下翻译了爱比克泰德的《手册》。

在玛丽17岁时，她的父亲成为了多尔切斯特侯爵，随着政治和经济地位的提升，父亲的社会应酬自然也多了起来。作为长女的她，被父亲安排学习了绘画、意大利语以及切肉之艺。而这最后的一项对她来说是最为重要的，因为她需在鳏居的父亲的宴会桌上作为女主人招待客人，为客人切肉上餐。这些客人是她父亲在基特-卡特俱乐部里的密友，包括约瑟夫·艾迪生、理查德·斯梯尔和威廉·康格里夫等，由此，她也就得以经常接触到英国文学奥古斯都时期的这些文界泰斗。其实，早在她还未满8岁时，她的父亲就在基特-卡特俱乐部的一次旨在商讨推选一名美人作为年度受祝酒之人的会议中，将她提名为候选人。而在俱乐部的其他成员都反对评选一名他们从未见过的候选人时，她的父亲就命人为她穿上精美华丽的衣裳，将她带到他们开会的酒馆中来。在那里，她被与会者一致评为了第一美人。据她外孙女所述，当时"她从一个诗人、爱国者或政治家的腿上被抱到另一个的怀里，她被蜜饯填饱，被爱抚淹没，而早已让她感到更为高兴的是，她的智慧和美貌在每个角落都获得了高声赞美。她说，用快乐这个词来描述她的感受就太乏味了，她所感受到的简直就是狂喜：在她未来的整个生活中，她再也没有度过如此快乐的一天"。多年以后，玛丽自己也曾说过："我年纪轻轻就步入了匆碌的社会。"

除了待在诺丁汉的索尔斯比庄园外，玛丽偶尔也会去到父亲位于伦敦阿灵顿街上的宅邸里小住。在伦敦的她，还结交了其他初入社交界的富家女，这之中有一位名叫安妮的小姐，其兄正是她未来的丈夫爱德华·沃特利·蒙太古。沃特利是桑威奇伯爵一世之孙，乃一非常英俊的富家子，曾就读于威斯敏斯特学校和剑桥三一学院，后又进入中殿律师学院学习法律，并在21岁时取得律师资格。1705年，他还被选为代表亨廷登的议会议员，可谓前途无量。他又与当时的文学名人斯梯尔和艾迪生交情颇深。斯梯尔盛赞他的学识，艾迪生则夸他吐属不凡，胜于任何人，并曾将一卷《闲谈者》题献给他。玛丽在与安妮结为好友后，她机缘凑巧地见到了安妮的这位哥哥。沃特利的学识、与文学名人的交情以及广远的政治前程，都让玛丽倾心不已。而沃特利则被玛丽的智慧和美貌迷住。据玛丽自述，在一场玩牌的聚会中，她先是因妙语谈论一出新戏而吸引了他的注意，后又因展现出自己也与他一样熟读古典，而让他更加另眼相看。于是，沃特利就借妹妹之笔，利用妹妹写给玛丽的信与玛丽书信往还，直到妹妹于1709年突然离世。虽然他们之后仍能经常在宫里和朋友家里的聚会中相遇，相互间也有所交谈，但更加直白畅快的交流还是借助书信来完成的。

1710年3月28日，玛丽在未获父亲允许的情况下，给沃特利寄去了第一封直接写给他的信，这也是她第一次给一个男人写信。此后，他们便书信不断。虽然在这大量的书信中，充满了两人的争执之语，但沃特利一直在追求玛丽。就在这一年，他向玛丽的父亲提亲了。不过，当时的贵族婚姻所看重的并不是感情而是财产，由此玛丽的父亲便给出了一个条件：沃特利必须将他的财产限嗣继承给他今后所生的长子。对此，沃特利不愿答应，双方便僵持不下，最后未能谈拢。气愤的沃特利就在《闲谈者》上发表文章，批判买卖式的包办婚姻制度。而玛丽的父亲则一直不准玛丽与沃特利相见。在之后的两年里，沃特利还多次与玛丽的父亲交涉，但双方在经济问题上始终都不肯让步，沃特利最终失去了追求者的资格。玛丽的父亲便为玛丽找来了一个名叫斯凯芬顿的新的追求者。这位追求者能向玛丽提供每年500英镑的丰厚的零用钱，倘若他去世了，成为寡妇的玛丽每年还能获赠1200英镑的遗产。至于限嗣继承，也根本不成问题。但玛丽并不愿嫁给此人，她向父亲请求让她继续独身下去，因为她绝不肯嫁给一个她不爱的男子。不过，多尔切斯特勋爵却向女儿警告道，她可以做这样的选择，但他不会准许她嫁给其他人，并且今后每年只会给她至多400英镑的钱。

1712年7月，玛丽与斯凯芬顿的婚礼正在紧锣密鼓地筹备着，而此前玛丽已通过书信向沃特利提出了私奔，并还浪漫地幻想两人逃去那不勒斯定居。当时，很幸运的是，玛丽与斯凯芬顿的结婚契约被发现有误，需送回爱尔兰修订重签，因此婚礼就被推延了。由于婚礼的延期，住在父亲位于阿克顿的别墅里等候出嫁的玛丽，即将在一周内被转送至西迪恩继续等候。于是，玛丽就和沃特利商定利用这个时机，赶在她被送走前秘密私奔。但在他们约定的时刻，悄悄来到阳台的玛丽却没能见到沃特利的身影。随后，她就被匆匆送进了驶往西迪恩的马车。而来晚了的沃特利则只好骑在马背上，去追赶那辆马车。在途中，他们还入住过同一家旅店，只是他们相互间并不知道对方也在。不过，他们最终还是成功碰面了，并携手私奔，于10月15日在索尔兹伯里私下成婚。但他们的婚后生活并不如玛丽当初所幻想的那样浪漫，定居那不勒斯的计划也再未被提起。结婚后的沃特利只一心专注于自己仕途的发展和家中煤矿生意的经营，常年不能待在玛丽身边，抛下玛丽一人，让她从一个亲戚家里搬到另一个亲戚家里借住。甚至在1713年5月，他们的儿子出生后，沃特利都没能回到玛丽身边陪伴她。生下孩子后，玛丽在约克附近的米德尔索普村租下了一栋宅子，而在找房租房一事上，沃特利自然也没有提供什么帮助。对于丈夫的冷漠，玛丽在书信中频频有过抱怨，可沃特利始终很少回应。

1714年8月1日，安妮女王去世，受到辉格党人极力支持的汉诺威选帝侯旋即登位称王。这就意味着，托利党失势，沃特利所在的辉格党得势。并且，议会还将在半年内解散，进行重新选举。于是，玛丽便开始为她的丈夫规划宏大的政治生涯。她热情劝说沃特利选一个有把握的选区参加竞选，而当这类好的选区都已被他人占去后，她还建议沃特利通过朋友的关系先买下小一点的康沃尔选区席位再说。最后，沃特利总算是赢得了代表威斯敏斯特市的议员席位。而在此之前，他在玛丽的劝说下，还接受了担任第一财务大臣的亲戚提供给他的财务专员的职位——虽然他原本并不屑于接受任何非内阁的职位，好高骛远地只一心想着当国务大臣。1715年1月，玛丽从约克搬到了伦敦来住，而她特意赶在这时候回伦敦，就是为了看议会开幕，见证辉格党在议会选举中的大获全胜。

来到伦敦的她，住进了沃特利在威斯敏斯特的杜克街上买好的宅子里。这个住处离圣詹姆斯宫很近，她便整日忙于宫廷社交，想方设法去讨国王的欢心，赢得宫廷里众人的喜爱。她结交了国王的几位有权有势的情妇，以及国王的独子乔治王子和王子妃卡罗琳。与此同时，她也与不少文人结交，比如在《东方来信》中出现过的康提神父以及康格里夫。她可能正是通过康格里夫的介绍，才进一步结识了当时活跃于伦敦的其他才子，这里面有诗人约翰·盖伊、讽刺作家约翰·阿巴思诺特医生、画家查尔斯·耶尔瓦，以及她一生中最重要的文友亚历山大·蒲柏。而就在她搬来伦敦的这一年，她与蒲柏合作，参与了盖伊的一项文学创作计划——将维吉尔的田园牧歌改编为都市牧歌，以伦敦的美人公子替换原作中古典时代的牧羊男女。在她负责创作的两首中，有一首竟是批评讽刺王子妃卡罗琳的。不过，她也只是贪图好玩而已，并不志在发表，她仅将这些作品的手稿抄本借给了自己信得过的朋友传阅。而这正是当时的一种传统做法，诚如她多年后所主张的，"有身份地位的人不应志在成为作家，其作品能获得朋友的掌声也就够了，断不可冒险出版"。但她的个别朋友并不值得信赖。1716年年初，她的这首牧歌终归是传开了，而且还传到了卡罗琳那里，引起了王子妃的不悦。后来，她的两首牧歌又与盖伊的那首一起落入了艾德蒙·柯尔的手中。柯尔是个臭名昭著的盗版印刷商，他将这三首牧歌合编在了一本名为《宫廷诗》的小册子里盗印刊行。而他在自己为小册子所写的前言中，还暗示这些诗的作者除了可能是某位贵妇人以及盖伊先生外，也可能是荷马史诗的译者。如此一来，他就将矛头指向了刚出版了荷马史诗第二卷译本的蒲柏。为了自己的名声，或许也是为了替玛丽出气，蒲柏便对他进行了报复。据传，蒲柏曾请柯尔到一家酒馆里喝酒，趁机悄悄地在柯尔的酒里下了催吐药，喝了这酒的柯尔会有何丑态也就可以想见了。而就在玛丽遭遇这场"风波"之前,她还遭遇了一场人生的大不幸。1715年12月中旬,她染上了天花,这个病在几年前曾夺去了她弟弟威廉的生命,因此她感到非常害怕。病中的她受到了当时伦敦最著名的两位医师的医治。虽然最后康复了,但天花在她脸上留下了深深的麻点,并让她的睫毛全都掉光了。康复后,她在1716年春,还创作了另外三首都市牧歌,而收尾的那首的题名正是《星期六,或天花》——诗中,一个名叫弗莱维娅的女子因被天花毁去美貌而悲情地与世界作了告别。

不久,玛丽自己也将辞别她所熟知的那个世界,因为她的丈夫沃特利于1716年4月7日被任命为了驻土耳其大使。沃特利的出使土耳其是有很艰巨的外交任务在身的。当时,土耳其正在与威尼斯共和国交战,而奥地利根据盟约也准备参战,以支援威尼斯。不过,奥地利一旦参战,英国就会缺少奥地利的军队支持,无法制衡西班牙在地中海的势力。因此,英国就须劝阻奥地利,不让它卷入到土耳其与威尼斯的战争中。沃特利作为大使,手里拿得有一封国王致神圣罗马帝国皇帝查理六世(奥地利大公)的信,信中表达了英国想要居间调停、争取休战的意愿。沃特利为尽早将信送达以便更顺利地斡旋调解,他就决定取道荷兰先行前往奥地利的维也纳,之后再前往土耳其。经过一番精心准备后,大使沃特利和大使夫人玛丽最终在8月1日带着他们的儿子以及一大群随从启程离开了伦敦,并于次日在格雷夫森德登上了驶往荷兰的快帆船。他们的出行是盛大而隆重的,据说共有二十名仆人陪同,并且玛丽为突显自己的尊贵,还特意戴上了一顶黑色的过肩假发。而她这一路的经历见闻都可从她的《东方来信》中得见。比如，在进入荷兰后，她赞美了鹿特丹的整洁干净，将海牙的中央广场说成是海德公园与位于圣詹姆斯公园中的林荫大道的结合体，并将奈梅亨比作了诺丁汉；在途经科隆、纽伦堡以及拉蒂斯邦的时候，她又对当地教堂里被过度装饰的圣人遗物以及其他华丽装饰表示吃惊并予以了讥讽……最后，经过了一路的风尘仆仆，他们终于安然地抵达了维也纳。而在他们抵达之前，局势已发生了变化——由欧根亲王率领的帝国军于彼得瓦尔丁击败了数量两倍于己方的土耳其军队，并将其残余驱赶到了贝尔格莱德。当时，人们普遍认为只要能让土耳其人相信皇帝还有意继续征伐，那么，不必攻占贝尔格莱德就能让土耳其人进一步退兵，从而结束战争。于是，沃特利便想在离开维也纳之前争取将和平条约谈成。他为此在维也纳待了两个多月，而玛丽则有机会出入维也纳的宫廷，游览维也纳的风光。此外，她还去参加了宴会，观看了歌剧，并留心观察当地的社会风俗，特别是当地女性所享有的婚恋自由以及崇高地位。到了11月，土耳其苏丹穆罕默德三世终于表示愿意让英国来居间调解。同时，贝尔格莱德的帕夏也传来消息通知沃特利尽早赶到土耳其。不过，在出发前，沃特利一行先去了一趟汉诺威，到汉诺威的王宫里领受了英国国王下达的其他指示。接着，他们又返回了维也纳，在那里过完狂欢节后，才正式启程穿越匈牙利平原前往土耳其。由于当时多瑙河已结冰，不能行船，他们便把马车固定在雪橇上，一路飞速滑行而去，途经了已被土耳其与奥地利之间的战火摧毁了的布达。待到他们抵达彼得瓦尔丁后，帝国还派出了一组护卫队专程护送他们前往边境之地贝斯卡村。而在贝斯卡村，又有土耳其护卫队前来迎接他们，护送他们进入贝尔格莱德。他们在贝尔格莱德一共待了三周，招待他们的是当地的一位贵族文士，玛丽被这位"阿凡提"的智慧和学识所倾倒，整日与他畅谈，通过他了解了阿拉伯语诗歌，也初识了土耳其的习俗文化。

然后，他们又继续赶路，取道索菲亚和菲利普波利斯前往哈德良堡。在索菲亚，玛丽悄悄一个人去参观了那里的一座温泉浴池，她见到里面有200多名女子，皆赤身裸体，美丽而优雅。这些女子对她很热情，还劝她脱掉衣服也加入进来。无奈之下，玛丽只好解开裙子，露出了紧身褡，而这些女子见此也就不再强求。因为她们认为玛丽被锁在了紧身褡里，她自己无法将其打开，并且她们还认为那是玛丽的丈夫给她装上的。待沃特利一行来到哈德良堡后，他们被安排住进了那里的一座宫殿里。期间，玛丽与同在哈德良堡的法国大使夫人结为了好友，一起去看了苏丹往清真寺出巡的盛况，此后还结伴周游了全城。通过书信，她向已成为马尔伯爵夫人的妹妹弗朗西丝细致介绍了当地女子的服饰风尚，特别谈到了蒙面布为当地女子带来的与情人幽会的自由，以及她们婚后所享有的经济独立；她向好友萨拉·茨斯维尔夫人则讲述了当地天花接种术的具体操作过程，赞美了这一方法的安全有效，并表达了想要将其引入英国的决心。身为才女的她，也与蒲柏通信，她在信中翻译了当地的土耳其语诗歌，并认真与蒲柏探讨这些诗歌与英语诗歌的异同。而作为大使夫人，她还受邀与"大维齐尔"的夫人一起用餐，之后又去拜访了"卡哈亚"的夫人，她在书信中对这些贵妇人的样貌服饰、内宅陈设、饮食宴乐等都有过细致入微的刻画。此外，她也喜欢描写当地宫殿宅邸的建筑样式，特别是显贵家中难以为其他普通旅行者所窥见的内宅的构造。并且，她还详细记述了自己穿上土耳其服饰去参观苏丹塞利姆一世清真寺的经历。

至于沃特利，他则一直在与"大维齐尔"交涉。经过一个多月的谈判，他们最终谈妥了休战条件，即奥地利若能将一年前攻占的泰梅什瓦尔归还给土耳其，土耳其便同意休战。他将拟好的休战建议书发往了维也纳，自以为维也纳会接受这一休战条件，可维也纳一方却觉得这个条件是荒唐可笑的。因为自从三十多年前土耳其人攻到维也纳城门口后，土耳其人就节节败退，如今匈牙利的大部分地区都已落入了帝国手中。而就在不久前，欧根亲王还在彼得瓦尔丁以少胜多大败了土耳其军队，且眼下正打算赶在土耳其从亚洲搬来救兵之前围攻贝尔格莱德。处于弱势的土耳其，竟提出这样的休战条件，简直是荒谬绝伦。由此，维也纳也就没有对沃特利的休战建议书做出任何响应。不过，当时的沃特利还不知情，而休战建议书既已递交了过去，他便无需继续待在哈德良堡了。1717年5月末，沃特利一行启程前往了君士坦丁堡。

来到君士坦丁堡后，他们租住在金角湾北岸山顶郊区的一座宫殿里，从那儿"可以看到港口、城区、皇宫和亚洲的远山"。初到君士坦丁堡的玛丽，先是去参观了周围村庄墓地里的墓碑，而后又去搜集古董，并且定下了一具木乃伊准备运回国内。当炎热的夏季来临后，他们为避暑，还搬到了靠近黑海、为树林所环绕的贝尔格莱德村中居住。在村里，玛丽过着十分悠闲惬意的生活——她"周一猎山鹑，周二读英文，周三习土耳其语，周四看古典名家作品，周五写作，周六专心于针黹，周日接受拜访并听音乐"。在过了这样一段仙境般的生活后,玛丽又返回了君士坦丁堡。当时已怀有身孕的她,在1718年1月生下了自己的女儿,也就是后来的比特伯爵夫人;而就在生产后没几个月,她还大胆勇敢地让人为她的儿子做了天花接种手术。此外,与在哈德良堡一样,玛丽也喜四处游览。在君士坦丁堡的这段日子里,她去参观了苏丹的皇宫,经过再三请求当地长官,她还获准进入了索菲亚大教堂。她在信中,对苏莱曼苏丹清真寺、苏丹皇太后清真寺,以及当地的广场、交易所、旅店、修道院、澡堂、宫殿等都以精致绮丽的文笔进行过描画。

而沃特利则仍在耐心等候维也纳那边皇帝对休战条件的回复,可他并不知道英国驻维也纳大使正在密谋以无能失职为由将他从驻土耳其大使的位置上赶下来,以便取而代之。这位名叫斯坦亚的大使早已向国务大臣森德兰勋爵汇报过,说皇帝对沃特利传来的休战条件故意置之不理。而到了1717年8月,奥地利军队突袭攻占贝尔格莱德后,斯坦亚便立即告知森德兰勋爵,和平谈判的最佳时机已到,如果沃特利先生被召回,他愿充当调解人。1717年9月,新上任不久的另一位国务大臣,亦即沃特利的好友艾迪生,正式签发了召回沃特利并任命斯坦亚为驻土耳其大使的命令。由于距离的原因,迟至11月初,沃特利才收到了这一消息,而海军部也已派出一艘名为"普雷斯顿"的军舰驶往君士坦丁堡接沃特利一行回国。1718年5月,斯坦亚抵达哈德良堡,沃特利一行则于同年7月从君士坦丁堡登上"普雷斯顿号"启程返回英国。同年秋季,《帕萨罗维茨和约》成功签订,土耳其向奥地利割让了土地,双方战争也终告结束。

在回国途中，当他们的船驶过达达尼尔海峡，亦即古时候的赫勒斯滂海峡时，玛丽联想到了利安德与希罗的爱情悲剧。而待他们进入爱琴海后，她则有机会去参观了更多的古典作品中所提及的著名地点。比如，她曾在凌晨两点起来，雇了一头驴充作"马车"，去参观了特洛伊的遗址。这一段旅途，用她自己的话来说，即是"实难想象天底下还有什么能比这段旅途更令人愉悦的了——领略着两三千年以来的历史，与萨福喝完一道茶后，当天傍晚我或许就能去游览那位于希俄斯的荷马神庙"。并且，在他们抵达突尼斯后，她还为去参观迦太基遗址，"在太阳下被晒了个半熟"。而当她躲进地下屋室里乘凉的时候，则看到了许多前来看她的当地女子。她对这些黑人女子的描述虽真实却不免刻薄。她说她们的坐姿、肤色、头发、容貌、肢体，都和当地的"土著"亦即狒狒差别甚微，她甚至怀疑她们的先辈曾与狒狒交媾。接下来，沃特利一行抵达了意大利的热那亚。沃特利与玛丽为更快地赶到伦敦，两人便选择了走陆路，并让儿女继续乘坐"普雷斯顿号"经海路返回英国。他们先是在热那亚被隔离了十日，然后才向北行去，途经都灵，并坐在柳条编成的小轿椅里由脚夫扛着翻越了险峻的阿尔卑斯山脉中的塞尼山，来到了法国里昂，随后又赶往了巴黎。在巴黎，玛丽游览了枫丹白露，走进了圣劳伦斯集市，在歌剧院里听了音乐"难听刺耳至极"的歌剧，在戏院里看了演员表演生动传神的悲剧。并且，她还意外地遇到了妹妹马尔伯爵夫人，与妹妹结伴同游了凡尔赛宫、特里阿农宫、马尔利城堡和圣克劳德城堡等地。之后，她便与沃特利从加来登船，抵达多佛，并于1718年10月2日最终回到了伦敦。

自此以后，沃特利再未热心过政治事业，玛丽对他也不再寄予厚望。回到伦敦后的玛丽，很快就恢复了宫廷社交生活，成为了社交界的风云人物，并以其机智闻名。而到了1721年天花肆虐伦敦之际，玛丽便开始投身于推广她从土耳其学来的天花接种术。这一年的4月，她找来曾随她出访土耳其并在君士坦丁堡为她儿子接种的梅特兰医师，说服他为她4岁大的女儿做了接种，这是在英国实施的首次天花接种手术。随后，玛丽就在好友间广泛宣传这次成功的接种，并引起了王子妃卡罗琳的注意。8月，在卡罗琳的支持下，梅特兰在纽盖特监狱的6名犯人身上做了接种实验。当时给出的条件是，犯人接种后如能活下来，就可重获自由。最后，实验取得了成功。不过这场实验也激起了很大争议，在医学界和神学界均有反对的声音。比如，有些医师认为这种方法风险极大，预防天花的效果也不确定，还有可能助长天花的传播。而有的牧师则在布道坛上布道称，天花接种是在干涉上帝的旨意，天花本是对人类所犯罪孽的惩罚，人类理应受此病苦，岂能用这种异教邪术来抵御。面对这些争议，卡罗琳还是在1722年4月为她的两个女儿做了接种。而一直坚信接种有益于人类的玛丽，为回应社会对此的普遍质疑和担忧，则拿起笔来，匿名写下并发表了一篇名为《一个土耳其商人关于天花接种术的朴实记载》的文章，对天花接种术予以了介绍和提倡。此后，欧洲其他皇室很快也纷纷效仿，开始推行起了天花接种。在接下来的几十年里，由玛丽引进的天花接种术传遍了欧洲大陆，挽救了无数生命，她也因此被后世永久铭记。

不过，正是在18世纪20年代这一时期，玛丽与蒲柏的友情出现了破裂。其实，蒲柏一直以来都是很迷恋玛丽的。在玛丽当年出行之前，蒲柏曾向玛丽赠送过一本用红色土耳其皮革装订的册子，里面是他用最漂亮的字迹誊写下来的她那五首都市牧歌。而在玛丽旅行途中，他还给玛丽写过不少很露骨的书信。比如，在某封信中，他说他和玛丽"就像是一对伴侣，在人前表现得很端庄检点，可一旦私自相处，就会毫无顾忌地解开袜带或脱掉衬衫"。并且，在他们交恶之前，蒲柏与回国不久的玛丽还是关系很友好融洽的邻居。当时，与玛丽在特维克纳姆比邻而居的蒲柏，甚至还请来画师为玛丽画了身着土耳其服饰的肖像。而这幅肖像在蒲柏的余生中，一直都挂在他那间面朝泰晤士河的最好的房间里。可后来不知是何原因，两人竟彻底反目了，从文友变成了文敌。据传，起因可能是有了"非分之想"的蒲柏某日向玛丽热情示爱后，玛丽却忍不住为此而破声大笑。这番嘲笑，无疑伤害并惹恼了蒲柏。此后，蒲柏就用他的笔对玛丽施以了十分恶毒的攻击。1728年，他在一首名为《阉鸡故事》的叙事诗中，将玛丽比作一只母鸡，说这只母鸡孵了太多的小鸡，自己无力抚养，便去骗来一只阉鸡帮忙抚养，并让阉鸡以为这些小鸡都是它自己所生。而在同一年出版的长诗《群愚史诗》中，他则讽刺玛丽是个妓女，将她描述成一个"精明的妇人，在她那门行当上经验丰富"。

到了1733年，蒲柏还在名为《仿贺拉斯第二卷第一首讽刺诗》的诗作中，将玛丽称为"愤怒的萨福"，并将玛丽的好友赫维勋爵称为"范妮勋爵"，以此暗讽赫维的同性恋倾向。随后，受到蒲柏攻击的玛丽和赫维两人便联起手来予以回击，发表了《赠贺拉斯模仿者的诗》。在诗中他们针对蒲柏的驼背做了这样的讥讽：

> 带着你那扭曲心灵的标记,
> 就标在你的背上,如同该隐,乃上帝亲手所赐。
> 你被诅咒着,游荡在这片土地。

而蒲柏的回应也是一样的刻薄:

> 我常常担心萨福会走上这样的命途:
> 因她的爱而生疮,或因她的恨而染毒。

这句诗中的"生疮(poxed)",既可以指感染天花,也可以指感染梅毒。由于蒲柏当时在文坛的影响力,他所写下的这些讽刺诗,让玛丽的名声受到了严重玷污。在英国,已有不少名人认为玛丽是个浪荡的恶毒女子。不过,英国对于现在的玛丽来说似乎已是无可留恋的了——她的父亲早在几年前就已去世;她的妹妹马尔伯爵夫人身患严重的抑郁症几近发疯(其夫曾发动詹姆士党人叛乱,失败后被流放法国,她也因此而患上了抑郁症);她的女儿不遵母命,执意要嫁给在她看来毫无前途的比特伯爵;她的儿子不学无术,总是离家出走,在外欠下一大笔债,令她头痛不已;而她的丈夫沃特利则常年待在北部地区经营他的家族产业,一心求富积财,与她离多聚少,显然他们的婚姻已名存实亡。以上种种都可能是导致她之后离开英国到国外旅居的潜在原因。不过,更明显的原因则是她对浪漫爱情的追求。

1736年,年近五十的她竟迷恋上了一个初来伦敦的意大利年轻男子。此人名叫弗朗西斯科·阿尔加罗蒂,他出生于意大利的一个富有的中产阶级家庭。他才华出众，志向远大，极富个人魅力。在欧洲游学时，他曾广结艺术家、科学家以及启蒙运动的巨擘。比如，伏尔泰就非常地赏识他。他这次来英国，是为了仿照丰特奈尔的《关于宇宙多样性的对话》，采用对话体的形式将牛顿的著作《光学》编译为意大利语版的通俗作品。在伏尔泰的引荐下，他在英国结识了赫维勋爵，而赫维勋爵又将他引荐给了玛丽。当时，玛丽与赫维两人都被他迷得神魂颠倒。待他回到意大利后，两人都给他写去了热情的书信，并且玛丽还提出要与他在意大利相会同居。1739年，她便以身体不适需出国调养为由说服沃特利准许她旅居意大利。而待她来到意大利后，她却并没有见到阿尔加罗蒂，因为他已被腓特烈二世召去了柏林。这位普鲁士的皇太子是他的赞助人，也是他的情人，他被腓特烈称为"帕多瓦的天鹅"。由此看来，玛丽与他之间的所谓浪漫爱情，大多只是出于玛丽的一厢情愿。直到两年后的1741年，玛丽才最终和阿尔加罗蒂在都灵相会。不过，他们在一起仅同住了短短两个月，就结束了这段"恋爱"关系。而在此后的二十多年中，玛丽都未曾回过英国，她一直旅居在欧洲。1742年至1746年，她住在法国的阿维尼翁。之后，她在青年子爵帕拉齐的护送下又返回了意大利。她本打算前往威尼斯，却因病重之故只好住进了帕拉齐母亲位于布雷西亚的庄园里，后来为了养病又从帕拉齐手上租下了一栋破烂无比的乡间庄园。在帕拉齐的"照料"下，她在布雷西亚住了整整10年。虽然起先她还否认她被帕拉齐软禁了，但她也渐渐意识到帕拉齐实非善人——这个帕拉齐乃当地上层阶级中臭名昭著的恶棍匪徒，从她那里骗走、偷走了大量财物，包括许多的珠宝和地契。1756年春，她在他人的帮助下，总算成功逃脱了帕拉齐的控制，离开布雷西亚，来到了威尼斯，并在威尼斯和帕多瓦分别买了宅子住了下来。不过，正是在她"幽居"布雷西亚的这10年中，她给女儿比特夫人写去了大量充满真情和睿智的家信。她在信中大谈如何教育她的外孙女，特别强调要让她们得到良好的教育。她说读书是最省钱的消遣娱乐，从中能获得隽永的乐趣，而要充分得到读书的乐趣，就应当去学外语，抛下翻译作品直接读原著，但要切记语言只是学问的工具而非学问本身。她还说对自己的学问要深藏不露，以免四处炫耀招来他人嫉恨，而女人有了学问就能排遣寂寞，陶冶性情，做到知足常乐。钱锺书在其《管锥编》中引用的她致女儿信中的一句话，似乎对当下也很有借鉴意义——"汝不必感我诞育为人，正如我不谢汝惠临出世。俗见多妄，每以孝思绳子女，吾生平绝口未尝道之。"她在书信中表达的许多观点的确冲破了世俗之见，她不愧是一位博学多闻、具有"新女性"特征的才女。

1761年1月，她的丈夫沃特利去世，为确保丈夫的丰厚遗产大部分都由女儿继承，而不是落入她那不肖子的手中，当时已罹患乳腺癌的她便计划返回英国。经过一番准备后，她于9月初正式启程。由于当时英法正在交战，她就决定取道德意志和荷兰，走一条更加安全的路线。而当她抵达荷兰鹿特丹后，却不巧遇到了暴风雨——海上风浪极大，不宜出航，并且她的女仆也生病了。由此，她就只好先暂留在鹿特丹，寄居在一位名叫本杰明·索顿的牧师的家中。也就是在此期间，她给索顿看了她根据自己的日记和真实书信整理加工而成的《东方来信》，并送给了他一套亲笔题赠的书信抄本。她在抄本的封面上写道："此二卷赠给在鹿特丹的牧师本杰明·索顿，交由他以他认为合适的方式处理。这出自玛丽·沃特利·蒙太古的意愿和安排。"而此处所谓的"处理"，应是指让索顿在她去世后将这组书信刊印出版。1762年1月，在国外旅居二十多年的玛丽终于回到了英国。她女儿为她在圣乔治街上安排了一栋宅子，她的许多故旧都前来看望她，但有些只是纯粹出于对她的好奇。而曾经被她瞧不起的女婿，早就成了青云得意的显赫人物，这一年的5月他被任命为首相。如今，她那身份尊贵的女儿比特伯爵夫人，自然很是担心母亲回国后又会掀起一大片流言蜚语，为家族招来丑闻。不过，当时玛丽的乳腺癌已很严重，她在回国后还不到一年，就于8月21日去世了。在她去世后，她的女儿和女婿都不愿看到她的《东方来信》出版，便以500英镑的价格从索顿手中把书信买了回来。但在1763年，这组书信还是被盗印出版了。据索顿回忆，曾有一对英国的年轻人向他"借阅"过一晚书信，他们极有可能连夜将书信抄录下来，偷偷交到了印刷商手中。书信盗印出版后，旋即成为畅销书，第一版很快就售罄，紧接着就出了第二版，并在欧洲广获赞誉，也让玛丽跻身于著名书信作家的行列。伏尔泰说这些书信要远胜过塞维尼夫人的书信，斯摩莱特则说这些书信"举世无双，任何性别、年龄或国籍的书信作家，其作品都无法与之比肩"。此外，18世纪英国文坛的祭酒约翰逊博士，还将她的这组书信视作了唯一一部他纯粹是为了乐趣而阅读的作品。著名史学家吉本在读完这些书信后，甚至发出了这样的赞叹："多么热烈，多么闲适，多么精彩的关于欧洲和亚洲的见闻！"虽然比特伯爵夫人为了保护家族隐私在去世前将母亲从婚后就开始坚持写的日记全都烧毁了，让我们无缘得见玛丽所写下的最重要、私密、有趣的那部分文字，但玛丽的书信，特别是被她当作文学作品来精心构撰的这五十二封《东方来信》，已为她赢得了不朽的文学声誉，她的确是启蒙时代的一颗耀眼的彗星。

此译本以维拉戈（Virago）出版社编辑出版的《东方来信》[①]为底本进行翻译，并参考了布罗德维（Broadview）出版社的新版本，以及企鹅出版社和人人文库的蒙太古夫人书信选本。此次翻译自2018年10月左右开始，到2020年12月底结束，历时两年有余，过程虽然辛苦，但最终的成果还算令我满意。总体上，我的译文与原文贴合得较为紧密，在很多地方我都是在"亦步亦趋"。因此，译文中也就充满了向来为某些翻译名家所反对乃至批判的欧化中文长句。不过，我倒认为，唯有采用这样蜿蜒绵长、"的""的"不休的中文才能将蒙太古夫人那情感丰厚、绮丽优美、真实却不乏波俏的原文风致体现出来。我的这次或许还不够成熟的"翻译实验"是否取得了成功，只有交给广大的读者去评判了。

在此次翻译过程中，我很荣幸地得到了刘意青教授、韩加明教授、姚翠丽编辑的帮助。感谢刘意青教授和韩加明教授细读了我的译稿，对很多细节问题提出了十分中肯的建议，正是在看过他们的反馈后，我又对照着原文重改了一遍译文，使译文变得更加准确；感谢姚翠丽编辑的认真审读，她细致地为我整理出了77

[①] 原名为 *The Turkish Embassy Letters*，即"出使土耳其信札"。为收简洁之效，译者参照周珏良先生的译法，将其译作"东方来信"。

条译文中存在的问题并电邮给我与我商榷,她的这次审读,让我的译稿离翻译中可望而不可即的"完美之境"又更近了一步。此外,刘意青教授还花了许多精力专门为这个译本写了一篇很有深度的导言。她是研究英国18世纪文学的知名专家,相信她的导言能让读者从宏观和微观的双重角度较为全面地了解蒙太古夫人的书信作品在文学史中的意义。至于译文中还可能存在的任何错漏和不足,自然都是由于我个人水平有限造成的,在此,我衷心地希望读者批评指正。同时,我也衷心地希望今后能有更多的译者来翻译这类长期被忽略的英文文学经典著作,让不为中文读者所熟知的类似蒙太古夫人这样的英文作家的作品,在中文世界里被阅读、欣赏,从而为中文读者的文学宝库增添一些来自他国的文学宝石。而这样的工作,就和蒙太古夫人创作《东方来信》一样,定能在推进东西方文化交流方面起到增进了解、消除偏见的积极正面作用,并让我们警惕和避免与萨义德所称的"东方主义"相对的"西方主义"。

2021年9月9日于成都

汉译文学名著

第二辑书目（30种）

枕草子	〔日〕清少纳言著	周作人译
尼伯龙人之歌	佚名著	安书祉译
萨迦选集		石琴娥等译
亚瑟王之死	〔英〕托马斯·马洛礼著	黄素封译
呆厮国志	〔英〕亚历山大·蒲柏著	李家真译注
波斯人信札	〔法〕孟德斯鸠著	梁守锵译
东方来信——蒙太古夫人书信集	〔英〕蒙太古夫人著	冯环译
忏悔录	〔法〕卢梭著	李平沤译
阴谋与爱情	〔德〕席勒著	杨武能译
雪莱抒情诗选	〔英〕雪莱著	杨熙龄译
幻灭	〔法〕巴尔扎克著	傅雷译
雨果诗选	〔法〕雨果著	程曾厚译
爱伦·坡短篇小说全集	〔美〕爱伦·坡著	曹明伦译
名利场	〔英〕萨克雷著	杨必译
游美札记	〔英〕查尔斯·狄更斯著	张谷若译
巴黎的忧郁	〔法〕夏尔·波德莱尔著	郭宏安译
卡拉马佐夫兄弟	〔俄〕陀思妥耶夫斯基著	徐振亚、冯增义译
安娜·卡列尼娜	〔俄〕列夫·托尔斯泰著	力冈译
还乡	〔英〕托马斯·哈代著	张谷若译
无名的裘德	〔英〕托马斯·哈代著	张谷若译
快乐王子——王尔德童话全集	〔英〕奥斯卡·王尔德著	李家真译
理想丈夫	〔英〕奥斯卡·王尔德著	许渊冲译
莎乐美 文德美夫人的扇子	〔英〕奥斯卡·王尔德著	许渊冲译
原来如此的故事	〔英〕吉卜林著	曹明伦译
缎子鞋	〔法〕保尔·克洛岱尔著	余中先译
昨日世界：一个欧洲人的回忆	〔奥〕斯蒂芬·茨威格著	史行果译
先知 沙与沫	〔黎巴嫩〕纪伯伦著	李唯中译
诉讼	〔奥〕弗兰茨·卡夫卡著	章国锋译
老人与海	〔美〕欧内斯特·海明威著	吴钧燮译
烦恼的冬天	〔美〕约翰·斯坦贝克著	吴钧燮译

图书在版编目（CIP）数据

东方来信：蒙太古夫人书信集/（英）蒙太古夫人著；冯环译.—北京：商务印书馆，2022
（汉译世界文学名著丛书）
ISBN 978-7-100-20602-0

Ⅰ.①东… Ⅱ.①蒙…②冯… Ⅲ.①书信集—英国—近代 Ⅳ.①I561.64

中国版本图书馆CIP数据核字（2022）第014341号

权利保留，侵权必究。

汉译世界文学名著丛书
东方来信
蒙太古夫人书信集
〔英〕蒙太古夫人 著
冯 环 译

商 务 印 书 馆 出 版
（北京王府井大街36号 邮政编码100710）
商 务 印 书 馆 发 行
北京通州皇家印刷厂印刷
ISBN 978-7-100-20602-0

2022年3月第1版　　开本850×1168 1/32
2022年3月北京第1次印刷　印张10 插页4
定价：48.00元